François-Henri Désérable

Ein gewisser Monsieur Piekielny

Für die traurigen Mäuse

… denn besser könnte man es nicht ausdrücken.
Romain Gary, *Gedächtnis mit Flügeln*

ERSTER TEIL

1

Im Mai 2014 geriet ich durch allerlei Zufälle in die Jono-Basanavičiaus-Straße im litauischen Vilnius.

Ein Freund heiratete, und ich sollte sein Trauzeuge sein. Ich möchte, sagte er, dass du dich um meine Beerdigung kümmerst. Ich wendete ein, dafür sei es wohl ein bisschen zu früh, er habe doch noch die besten Jahre vor sich, zumal er sich einer robusten Gesundheit erfreue, doch gegebenenfalls würde ich mich seiner Witwe annehmen. Die meines Junggesellenlebens, stellte er klar. Ah, entgegnete ich, du meinst einen Spaziergang über die Champs-Élysées in Cowboy-Klamotten? Er meinte Striptease und Eishockey.

Wir kauften also Tickets nach Minsk, wo ein Eishockeyturnier stattfand. Es sollte uns als Vorwand dienen, denn siehst du, meine Liebste, was können wir denn dafür, dass der zukünftige Ehemann Schlittschuhe und Hockeyschläger so sehr liebt, dass er davon träumt, bei der Weltmeisterschaft dabei zu sein, die dieses Jahr in Weißrussland stattfindet, wo die Frauen so schön, so blond und so rasch bereit sind, sich auszuziehen? Außerdem schworen wir, Hand aufs Herz, die Finger gekreuzt, von Minsk sähen wir einzig die Eisbahn und unser Hotel. Wir waren zu viert, doch es gab nur noch drei freie Plätze im Flugzeug. Nicht schlimm, sagte ich, ich nehme einen Flug nach Vilnius und von dort den Zug nach Minsk. So kam ich nach Litauen.

2

Von Litauen hatte ich nur ein naives, dürftiges Bild mit unscharfen Konturen. Die Epochen verschwammen in meinem Kopf und prallten in einem verrückten folkloristischen Chaos aufeinander: Ich sah ein Getümmel aus Reitern, deren Pferde sich auf grauen Straßen aufbäumten, das Väterchen der Völker, das Gediminas am Schlafittchen packte, oder Apparatschiks, die sich mit dem Tatarenreich Schlachten lieferten. Das Ganze hatte weder Hand noch Fuß, und schnell wurde mir klar, dass Litauen mir gänzlich fremd war. Letztendlich wusste ich nur zwei, drei Belanglosigkeiten: dass man es ohne *h* nach dem *t* schreibt, dass es der größte der drei baltischen Staaten ist und knapp drei Millionen Einwohner hat. (Ehrlich gesagt, kannte ich auch den Namen seines besten Eishockeyspielers, doch da ich ahnte, dass er mir vollkommen unnütz sein würde, bemühte ich mich, ihn aus meinem Gedächtnis zu streichen – befreien wir uns von ihm ein für alle Mal, indem wir ihn hier niederschreiben, Dainius Zubrus, und reden wir nicht mehr davon.)

3

An jenem Tag in Vilnius streikte die Sonne, der Himmel war grau, verwaschen, und der Regen trommelte auf das

Metall der Flugzeuge – ein köstliches, wenn auch leicht monotones Dröhnen zu meiner Begrüßung. Als ich meinen Koffer wieder in der Hand hatte, nahm ich ein Taxi und ließ mich vor dem Bahnhof absetzen. Es war Mittag, mein Zug nach Minsk würde erst in zwei Stunden abfahren, mir blieb also Zeit genug, essen zu gehen und dann meinen Fahrschein zu kaufen, doch ein Bummel durch die Stadt – schade, ein anderes Mal.

Ich betrat ein Restaurant in einem Kellergeschoss, eines dieser Lokale mit Bruchsteinwänden, verrauchter Decke und einem Kamin, in dem im Winter ein großes Feuer lodert: Die Feuerstelle, nun im Frühjahr unnütz, grinste mit ihrem weit aufgerissenen, verrußten Maul, während an der Decke zwei Glühbirnen knisterten und ein fahles Licht auf das alte gelbe Ölzeug des einzigen Gasts an jenem Tag warfen, eines jungen Mannes, der sich schwer auf den Tisch stützte, besser gesagt, der beinahe auf ihm lag, die Wange in die eine Hand geschmiegt, die andere um den Henkel eines Krugs gekrallt.

Ich wollte umkehren, doch unsere Blicke trafen sich, der junge Mann musterte mich aus erloschenen Augen, in deren Tiefe plötzlich so etwas wie eine Flamme erwachte: Die Kellnerin, geschminkt wie eine Königin, kam näher. Sie war jung, noch jünger als der junge Mann; sie hatte blondes, im Nacken zusammengebundenes Haar; eine weiße, weit ausgeschnittene Bluse und darunter üppige Brüste, schwer wie die Komplimente des jungen Mannes, der ihr ein wenig vergeblich den Hof machte (das stelle ich mir so vor, ich spreche kein Litauisch).

Mit einer souveränen, gebieterischen und wohlwollenden Geste wies mir die Königin einen Tisch in der Ecke.

Ich studierte die derb plastifizierte Karte: Fingerspuren von früheren Gästen, die sie als unstrittigen Beweis ihres Besuchs an diesem Ort hinterlassen hatten, verkrusteten die Namen der litauischen Gerichte. Ich bestellte einen Burger. Und haben Sie Wi-Fi? Ja, sagte die Kellnerin und reichte mir einen Zettel, auf dem in winzigen Zeichen das Passwort stand (X-fh3_pH-38, das vergisst man nicht). Ich verzichtete darauf, diese absurde Kombination aus Zahlen, Buchstaben und allerlei Strichen einzutippen, zog ein Buch aus meinem Koffer, las einige Seiten (es war nicht sonderlich gut) und legte es auf den Tisch: Mein Burger war da. Dann bat ich um die Rechnung (acht Euro achtzig).

Warum ließ ich mein Portemonnaie, als ich ihm einen Zehneuroschein entnommen hatte und mit dem Geld in der Hand auf die Kellnerin zuging, gut sichtbar zwischen dem leeren Teller und dem übervollen Buch auf dem Tisch liegen? Manche Geheimnisse löst man nie. Jedenfalls ging ich, nachdem ich die Königin, die keine englische war, entlohnt hatte (*Keep the change*, hatte ich ihr gesagt, und sie hatte mir einen Euro zwanzig zurückgegeben), wieder an meinen Tisch, wo ich nur noch den Teller und das Buch vorfand: Mein Portemonnaie war nicht mehr da. Ich drehte mich zu dem jungen Mann, hatte er vielleicht etwas gesehen? Nein, er war verschwunden, auch er (ganz eindeutig, ich hatte kein Glück). Plötzlich stand ich ohne Geld da – ohne natürlich das unschätzbare Kapital zu berücksichtigen, das die Königin ihrem Pagen herausgegeben hatte –, an einem Ort, dessen Sprache ich nicht sprach und wo ich niemanden kannte außer Dainius Zubrus, und auch ihn nur dem Namen nach. Der Zug nach Minsk fuhr in einer knappen halben Stunde, und ich hatte noch keinen Fahrschein. Es regnete.

4

Mein Vater. Ich musste meinen Vater anrufen, ganz dringend, das war leider die einzige Lösung. In drei Sätzen schilderte ich ihm meine Lage, Vilnius, die Kneipe und den Regen, und bat ihn, mir so rasch wie möglich Geld per Western Union zu überweisen. Dann winkte ich ein Taxi heran, ließ mich vor der Niederlassung absetzen, die Fahrt bezahle ich, wenn ich mein Geld entgegengenommen habe, sagte ich. Hmm, machte der Fahrer in seiner Lammfelljacke auf Litauisch (der Mai war eher kühl). Ich fügte an, ich hätte ein Euro zwanzig, und wenn er es wünsche, sei ich bereit, sie ihm als Anzahlung zu überlassen. Hmm. Ich bin sofort wieder da, sagte ich, es dauert nur fünf Minuten. Fünfunddreißig Minuten später hielt ich das Geld für meinen Fahrschein in der Hand: Der Zug hatte nicht auf mich gewartet.

Ich bezahlte das Taxi und schickte es weg, weil es nun überflüssig geworden war. Regen peitschte mir ins Gesicht; im Lichtkegel des bereits fernen Taxis sah ich ihn böig fallen. Da der nächste Zug Vilnius – Minsk erst am Abend fuhr, hatte ich nun einige Stunden Zeit; ich konnte ganz nach Belieben durch die Stadt laufen. Um wohin zu gehen? Mit welchem Ziel? Man würde schon sehen. Ich ließ mich treiben; traurig tropfte es von den Bäumen; durchweichte Blätter lagen auf den Gehwegen; ich machte mich daran, die Stadt zu erobern, mit meinem Koffer, den ich hinter mir her zog und dessen Rollen zwei parallele, flüchtige Furchen zogen, die sich sogleich wieder schlossen. Ich ging geradeaus und schützte mich notdürftig mit meinem Buch vor dem Regen (als Schirm taugte es auch nicht mehr). An der ersten Kreuzung bog ich nach rechts in eine lange Straße, die ich dreihundert Meter entlangging, wobei ich unweigerlich die grünen Hauben einer orthodoxen Kirche links liegen ließ (als ich drei Jahre später zum vierten Mal nach Vilnius kam, sollten sie nicht mehr grün, sondern golden sein, so wie sie ursprünglich gewesen sind, ich würde denken, so wie *er* sie jeden Tag gesehen haben musste, wenn er aus dem Haus trat), um wieder nach rechts in die Jono-Basanavičiaus-Straße zu gehen. An der Nummer 18 befand sich an der gelben Fassade eines mit Stuck verzierten Gebäudes, dessen Toreinfahrt zu einem Innenhof führte, eine Plakette. Darauf stand auf Litauisch und Französisch:

DER FRANZÖSISCHE SCHRIFTSTELLER UND DIPLOMAT
ROMAIN GARY
(VILNIUS 1914 – PARIS 1980)
LEBTE VON 1917 BIS 1923 IN DIESEM HAUS,
DAS ER IN SEINEM ROMAN
«FRÜHES VERSPRECHEN» ERWÄHNT.

Verblüfft und triefend nass blieb ich stehen und sprach laut diesen Satz: «In der Großen Pohulanka Nr. 16 in Vilnius lebte ein gewisser Herr Piekielny.»

5

Dieser Satz war nicht aus dem Nichts aufgetaucht. Ich musste ihn irgendwann gelesen und im Gedächtnis bewahrt haben, sodass er sich mir eingeprägt hatte und unveränderlicher Teil meiner Erinnerungen wurde, dieser zusammenhanglosen Fetzen, die hier und da im Vagen umherschwirren und manchmal unvorhergesehen zutage treten.

6

Ich stellte mich in der Toreinfahrt unter und sah im Internet – dieser Gedächtnisstütze – nach: Die Große Pohulanka war umbenannt worden. Sie hieß jetzt Jono Basanavičiaus, und die Nummer 16 von damals war nun die Nummer 18. Hier also, in einem dieser gelben Stuckhäuser, in der Nummer 18 der Jono Basanavičiaus, in der früheren Nummer 16 der Großen Pohulanka, hatte Romain Gary im Alter von sieben bis elf gewohnt, von 1921 bis 1925 (und nicht wie auf der Gedenktafel zu lesen war, vor der ich ein knappes Jahrhundert später triefend nass stand, von 1917 bis 1923), damals, als er noch nicht seinen Kampfnamen angenommen hatte, der sein Künstlername werden sollte, sondern noch den Namen trug, unter dem er geboren war, Kacew, Roman Kacew.

Es hörte auf zu regnen. Die eilig dahinziehenden Wolken trugen das Grau des Himmels davon. Die Sonne kam heraus, und ich betrat den Hof wie einen kultischen Ort, schweigend, mit entsprechend unwillkürlicher, steifer Ehrfurcht. Das Holzlager, in dem sich ein Jahrhundert zuvor ein weinendes Kind versteckt hatte, war verschwunden, ebenso die aufgetürmten Ziegelsteine, Überreste einer Munitionsfabrik. Auch die Schuppen gab es nicht mehr. Doch der Hof war noch dasselbe Ödland, zugeparkt mit Autos, auf deren regennass glänzenden Hauben sich der Himmel, die Bäume und die Firste der umliegenden Häuser spiegelten. In einem davon – in welchem? – hatte Roman Kacew gewohnt. In einem anderen, oder vielleicht auch im selben, ein gewisser Monsieur Piekielny.

7

Wie findet man heraus, was in den Bereich der Literatur gehört und was nicht? «Ein Buch, das man nicht wieder und wieder lesen kann, lohnt nicht, überhaupt in die Hand genommen zu werden», hat Oscar Wilde gesagt. Das ist ein subjektives Kriterium, ein maßloses, ein überaus maßloses, wie auch ein überaus exklusives; ich ergänze: Besteht der Wunsch nach Wiederlesen, handelt es sich um Literatur.

Ich habe *Frühes Versprechen* immer wieder gelesen: mitten im August unter der sengenden Sonne Apuliens, am Weihnachtstag in Vilnius, in der Mikro-Republik Uzupis, im tiefsten Winter in Jūrmala, an den verschneiten Stränden der Ostsee, ich habe es sogar auf einen Nepal-Treck mitgenommen und eines Morgens, mit dem Annapurna vor mir, einige Seiten darin gelesen. Ich habe es zu allen Zeiten und fast überall gelesen, und doch bin ich jedes Mal, wenn ich diese «gänzlich authentische und nicht im

Geringsten romanhafte Autobiographie» wiederlese, auf ewig dieser junge Mann, der ausgestreckt auf den grün-weißen Laken seines Betts in dem kleinen Zimmer eines roten Backsteinhauses in der Chaussee Jules-Ferry 18 in Amiens sich darin vertieft hat.

8

Ich war siebzehn Jahre alt: Ich verbrachte die meiste Zeit mit Schlittschuhen an den Füßen und einem Hockeyschläger in den Händen auf dem Eis; ich las nicht. Ich war aus den Vereinigten Staaten zurückgekehrt, in die ich ein Jahr zuvor mit einer Hockeytasche voll trügerischer Träume als einzigem Gepäck aufgebrochen war. Der Direktor des Lyzeums La Providence in Amiens wollte mich nicht für die vorletzte Klasse zulassen. Ich hatte ein Jahr ausgesetzt – war nur auf einer amerikanischen Schule gewesen, wo ich freiwillig die unnützesten Kurse belegt hatte, zum Teufel mit Mathe und Chemie. Am Ende des Schuljahrs, erklärte der Direktor meiner Mutter, stehe das Abitur in Französisch bevor, und er fügte hinzu, mich direkt für diese Klasse zuzulassen, berge die *Gefahr der Wiederholung* in sich. Mein Sohn, Monsieur, sagte meine Mutter mit Nachdruck, hat keine Zeit zu verlieren: Ihn erwartet eine große Zukunft. Er wird eine *Doktorarbeit* schreiben, ergänzte sie und betonte das Wort, indem sie ihm einen heiligen Klang verlieh. Aber Madame, warf der Direktor ein. Kein Aber, Monsieur, beharrte meine Mutter. Gut, beugte sich der Direktor, ich habe Sie gewarnt.

Ich Armer bemühte mich redlich, dass er recht behalten

sollte: In diesem Schuljahr legte ich ganz besonderen Wert darauf, nichts zu tun, *vor allem in den Französischstunden.* Etwa zwanzig Bücher standen auf dem Lehrplan, von denen ich nur ein einziges las. Vermutlich gehörten der *Cid*, *Jacques der Fatalist* oder auch *Die Wörter* dazu, ich hätte in eines davon einen Blick werfen können, doch nein, es war das *Versprechen.* Warum dieses statt eines anderen? Ich weiß es nicht. Der Einband sicherlich. Eine Fotografie des Autors als Soldat, als Bomberpilot, aufrecht wie ein I vor einem Flugzeug, das man schlecht erkennt, das vielleicht ein Doppeldecker ist oder auch nicht. Er trägt eine Mütze, eine Pilotenbrille und den Lederblouson, dank «dem sich so viele junge Menschen zur Luftwaffe gemeldet hatten». Es muss das Jahr 1942 oder 1943 sein. Was er im *Versprechen* erzählen wird, schreibt er noch nicht nieder: Er lebt es.

Ich könnte nicht sagen, was mir auf Anhieb an dieser Geschichte gefiel. Die Kindheit in Vilnius, dann in Nizza, der kleine Widerstand und der große, der Glanz der Vergeltung? Der Humor als «blanke Waffe der entwaffneten Männer»? Die Gestalt jener Mina Kacew, dieser erdrückenden, aufdringlichen, grotesken, tragikomischen, liebenden, zu sehr liebenden, maßlosen Mutter, die ihrem Sohn eine große Zukunft prophezeit? Oder vielleicht dieser recht verblüffende Zufall: Meine Mutter hatte mich auf den Tag genau im selben Alter bekommen wie Garys Mutter ihren Romain. Ich las das *Versprechen* und las es immer wieder, und bald schon standen in der Schule die Wiederholungsstunden an. Ich wiederholte nichts: Es erschien mir unsinnig, wie ein Schreiberling zu Hause zu bleiben, als der Frühling in den Sommer überging; draußen, auf den Straßen, in den Parks, wartete der Juni auf mich, und die Mädchen warteten. Ich wollte sie unterwürfig, untergeben, untertan; dass sich ein Aufschub zwischen der Äußerung meines Begehrens und seiner Erfüllung auftun könnte, war mir unerträglich. Meine Absichten waren eindeutig, meine Vorhaben klar wie der hellichte Tag, doch sie wurden ständig verschoben. Nach dem Abi vielleicht, sagten sie, aber jetzt, nein, die Wiederholungsstunden, verstehst du? Ihre Bücher dienten ihnen als Bollwerk gegen meine Lippen: Mit siebzehn ist man viel zu ernst. Ich wollte sie ausgestreckt auf meinem Bett sehen, hingebungsvoll und lasziv, wollte sie ausgiebig betrachten, sie behände umschlingen, stattdessen blieb ich unersättlich, unerfüllt, mit meiner Libido *ad libitum* in meinem Zimmer, mit all diesen ungelesenen Büchern und jenem von Gary, das ich unermüdlich las.

Die mündliche Abi-Prüfung in Französisch stand bevor. Meine Chance, sie zu bestehen, lag bei eins zu zwanzig. Ohne Hoffnung ging ich hin, wie der zum Tode Verurteilte, dem man die Hände hinter dem Rücken gefesselt und die Augen verbunden hat, den man fragt, ob er letzte Worte sprechen wolle, und der, als er mit geblähter Brust die Salve erwartet und den Offizier mit gezücktem Säbel und seine Henker mit dem Gewehr an der Wange erahnt, dem Erschießungskommando selbst den Befehl gibt und schreit: *Feuer*!

Kein Schuss löste sich. Es war ein Wunder. Was können Sie uns über das siebte Kapitel des *Frühen Versprechens* sagen? Da ich mit offenem Mund dastand, glaubte man zunächst, ich hätte es nicht gelesen. Sie wissen, erklärte die Prüferin, diese Passage über einen gewissen Monsieur

Piekielny in dem Buch von Romain Gary. Ich schilderte ihr dann das Leben des Autors, ich analysierte den Text und zeichnete dessen Entstehung nach, ich sprach lang über diesen Monsieur Piekielny, und ich würzte das Ganze mit Stilfiguren, mit Metaphern, Periphrasen und Litotes (ich führte sogar ein Beispiel für ein Zeugma an). Die Prüferin gab mir ein Lob und dann Küsschen. Wir schieden als gute Freunde.

Als ich am Abend nach Hause kam, hielt es niemand für ratsam, sich zu erkundigen. Obwohl mein Vater wusste, woran er war, stellte er mir schließlich die Frage: Und wie war dieses Mündliche? Nicht übel, entgegnete ich, ich glaube, ich habe es gut bestanden. Wenn du es wirklich gut bestanden hast, sagte er und hob den Blick zum Himmel, sagen wir, wenn du mehr als sechzehn von zwanzig Punkten hast, kaufe ich uns Eintrittskarten für das Finale der Olympiade in Turin. Einige Monate später schlug Schweden Finnland im Finale drei zu zwei. Wir waren dabei.

9

Ich dachte an den Siegtreffer von Nicklas Lidström in der vierzigsten Minute, an den großartigen Schuss in die obere Ecke, dann verließ ich den Hof des Gebäudes und ging über die Jono Basanavičiaus in die Altstadt. An der Kreuzung stand die Bronzestatue eines tränenüberströmten Jungen – aber vielleicht waren es nur die Regentropfen.

Diese Figur stellt Roman mit acht, neun Jahren dar, er blickt hoch in den Himmel, als wollte er ihn zum Zeugen nehmen. Vor dem Standbild lag an diesem Tag eine Rose.

Statue von Roman Kacew als Kind, Romualdas Kvintas, 2007, Vilnius, Litauen.

Es war nicht alles verloren: Es gab noch Menschen auf dieser schlechten Welt, die einem Schriftsteller Rosen zu Füßen legten.

10

Damals erinnerte ich mich nicht mehr, warum der kleine Bronze-Roman, der an jenem Tag im Regen triefte, sich einen Schuh an die Brust drückt. Zum x-ten Mal las ich das *Versprechen.* In Kapitel 11 löst sich das Rätsel: Er hatte ihn aufgegessen, um eine Dunkelhaarige mit hellen Augen, ein Mädchen namens Valentine, zu beeindrucken.

Aber nicht vergessen hatte ich die Passagen über seine Mutter, die ihn in Wilna allein und im Glauben an Frankreich großgezogen hatte; die Mathematik- und Geigenstunden, die Kurse in Tanz, Schauspiel, Malerei und Gesang, die sie ihm hatte angedeihen lassen, sie, die so wenig Geld hatte, ihm, der so wenig Talent zeigte (außer für die Literatur, «der letzten Zuflucht auf dieser Erde für alle, die nicht wissen, wo sie sich verkriechen sollten»); die Kräfte, die sie aufgeboten hatte, damit ihr geliebter Sohn ein Mann von Welt würde, die ihm schließlich zu Füßen liegen sollte; die Frauen, die sie ihm versprochen hatte (er würde «berühmte Tänzerinnen, die *prime donne*, die Rachels, die Duses» kennenlernen); den Ruhm, den sie ihm versprochen hatte (er würde ein Victor Hugo); das Geld, das sie ihm versprochen hatte (er würde sich in London kleiden); ihren unerschütterlichen Glauben, die Gewissheit, die sie hatte: Ihr Sohn Romuschka würde ein bedeutender Mann.

11

Ich erinnerte mich etwas weniger gut an die Damenhüte, die sie von Haus zu Haus geschleppt hatte, das «Gesicht erhellt vom unbezwingbaren mütterlichen Willen»; an die Nachbarn, die das Kommen und Gehen dieser Fremden, dieser aus Russland Geflohenen, mit ihren Koffern und Schachteln für geheimnisvoll und finster hielten; an die Hehlerei mit Diebesgut, derer man sie beschuldigt hatte, sie wurde entlastet, war aber zutiefst verletzt, und daran, wie sie ihren Sohn an der Hand vor die Wohnung, ins Treppenhaus, gezerrt hatte, wo sie von Tür zu Tür gegangen war, geklingelt, geklopft und geschrien hatte, dass sie, «diese bourgeoise Drecksbande», wohl nicht wisse, mit wem sie die Ehre habe zu sprechen. Ihr Romuschka werde «französischer Botschafter werden, Ritter der Ehrenlegion, ein berühmter Bühnenschriftsteller, Ibsen, D'Annunzio». Ich erinnerte mich nicht an «das gutmütige Gelächter der *bourgeoisen Drecksbande*». Hingegen erinnerte ich mich sehr gut an die Reaktion, die ein anderer Nachbar, ein gewisser Monsieur Piekielny, gezeigt hatte.

12

Das Gedächtnis ist tyrannisch, unbeständig und selektiv, willkürlich trifft es ganz nach Belieben eine Auswahl. So vergisst man nach und nach das Gesicht der Großmutter, aber die Partie Scrabble mit ihr bleibt lebendig, präzise und unwandelbar im Kopf. Wo ist da die Logik? Keine

Ahnung. Man vergisst die Titel der Filme, die man gesehen, der Bücher, die man gelesen hat, und erinnert sich an eine Szene, an einen Satz oder an ein ganzes Kapitel. Das Kapitel 7 des *Versprechens* hatte ich nicht vergessen. Ebenso wenig natürlich den Namen Piekielny.

13

«Die dramatische Enthüllung meiner zukünftigen Berühmtheit hatte nicht auf alle Mieter in der Großen Pohulanka Nr. 16 die gleiche Zwerchfell erschütternde Wirkung gehabt. Unter ihnen war ein gewisser Herr Piekielny – was auf Polnisch ‹höllisch› bedeutet.» So beginnt das Kapitel 7 von *Frühes Versprechen.*

Gary erklärt sogleich, «niemals jedoch passte ein Name schlechter zu seinem Träger». Monsieur Piekielny schreibt er, «glich einer immer piekfeinen, ängstlichen Maus; er wirkte so diskret, so unscheinbar und entrückt, wie es nur ein Mensch sein kann, der durch die Macht der Dinge gezwungen ist, sich auch nur ein klein bisschen über die Erde zu erheben. Er war ein empfindsames Geschöpf, und die absolute Gewissheit, mit der meine Mutter ihre Hand auf meinen Kopf legte und den Hausbewohnern ihre Prophezeiung im reinsten biblischen Stil entgegenschleuderte, hatte ihn zutiefst beeindruckt».

Traf er den kleinen Jungen im Treppenhaus, blieb Piekielny stehen, um ihn ernst zu betrachten, manches Mal lud er ihn in seine Wohnung ein, schenkte ihm mal Bleisoldaten, mal eine Festung aus Pappe, Bonbons oder Rahat Lokums: «Während ich mich vollstopfte – man weiß ja nie, was das Morgen bringt –, saß das Männchen mir gegenüber und streichelte sein tabakverfärbtes Spitzbärtchen.» Und dann eines Tages, fährt Gary fort, folgte «die pathetische Bitte, der Herzensschrei, das Geständnis eines maßlosen verzehrenden Ehrgeizes, den diese liebenswürdige menschliche Maus unter ihrer Weste verbarg». Mit einem Blick, in dem «aberwitziger Ehrgeiz» aufflammte und der sich «stumm flehend» in Romans Augen senkte, sagte die traurige Maus dem Jungen, «Mütter spüren solche Dinge»: Vielleicht würde er tatsächlich ein bedeutender Mann und schriebe für Zeitungen oder gar Bücher. Daraufhin beugte er sich zu ihm herüber, legte ihm eine Hand aufs Knie und sagte mit leiser Stimme: «Nun gut! Wenn du dann Persönlichkeiten begegnest, bedeutenden Männern, versprich mir, das du ihnen sagen wirst... Versprich mir, dass du ihnen sagen wirst: In der Großen Pohulanka Nr. 16 in Wilna lebte ein gewisser Herr Piekielny ...»

Gary lässt uns dann wissen, «die freundliche Maus aus Wilna hat schon längst zusammen mit Millionen anderer Juden ihre winzige Existenz in den Krematoriumsöfen der Nazis beendet», doch dass er bei jeder Begegnung mit den Großen dieser Welt sich gewissenhaft an sein Versprechen gehalten habe: «Von den Podien der UNO zur Botschaft in London, vom Bundeshaus in Bern zum Élysée, vor Charles de Gaulle und vor Wischinski, vor den hohen Würdenträgern und Erbauern ewiger Weltreiche habe ich es nie unterlassen, die Existenz dieses Männchens zu erwähnen, und habe sogar das Vergnügen gehabt, mehrmals auf den weitgespannten Netzen des amerikanischen Fernsehens vor Millionen Zuschauern zu verkünden, dass in der *Großen Pohulanka Nr. 16 in Wilna ein gewisser Mister Piekielny wohnte.* Gott sei seiner Seele gnädig.»

14

Man glaubt, es sei stets der Schriftsteller, der das Thema für seine Bücher wählt. Hat er die Absicht, die Sitten der Provinz zu beschreiben? So zieht er sich als Eremit nach Croisset zurück, schwitzt fünf Jahre lang Blut und Wasser und schenkt uns *Madame Bovary*. Entscheidet er sich, die Chronik von 1830 niederzuschreiben? Als das Volk Barrikaden baut, verbarrikadiert er sich in seinem Zimmer, und siehe da, es entsteht *Rot und Schwarz*. Will er lieber eine Gegenutopie entwerfen? So kehrt er in das zerstörte, verwundete London zurück und wirft der Welt, der furchterregenden, totalitären Welt, *1984* entgegen.

Doch das ist nicht immer der Fall, zumindest nicht oft, eigentlich nie. Aber wenn es schließlich dem Schriftsteller gefällt zu denken, er sei auf diesem Gebiet wirklich allmächtig, nichts hänge vom Werk ab, sondern allein von seinem Willen, dem reinen, unveränderlichen, der frei von jeglichen Zwängen sei, in wessen Namen sollte man ihm diese Freude nehmen? Warum sollte er sich nicht weiter in Illusionen wiegen? Muss man ihm tatsächlich sagen, in Wirklichkeit sei es das Thema, das ihn wähle, viel mehr als er das Thema wähle? Verschiedenartige, scheinbar nichtssagende Ereignisse, deren Logik ihm entgeht, folgen einander in einem trügerischen Wirrwarr; allmählich fügen sie sich perfekt zusammen, sie *ergeben einen Sinn*; die Idee keimt, schlägt aus, und der von ihrer Offensichtlichkeit verblüffte Schriftsteller schlägt sich an die Stirn, heureka, er *hat sein Thema*; das Buch ist da, in Gedanken kann er es bereits lesen: Er muss es nur noch niederschreiben.

15

Ich weiß nicht, ob ich an Gott oder an den Zufall glaube – und was ist der Zufall, wenn nicht der Gott der Ungläubigen? Doch damit die Idee für dieses Buch keimte, musste einiges sich perfekt zusammenfügen: dass *Frühes Versprechen* auf dem Lehrplan des Französisch-Abiturs gestanden hatte; dass diese Lektüre mich zutiefst berührt hatte; dass Jahre später ein junger Mann mein Freund wurde; dass er eine junge Frau kennen- und lieben gelernt hatte; dass diese Liebe auf Gegenseitigkeit beruhte und dauerhaft war; dass er ihr an einem kroatischen Strand bei untergehender Julisonne einen Heiratsantrag gemacht hatte; dass er mich gebeten hatte, Zeuge ihrer Liebe zu sein; dass auch er ein großer Eishockey-Fan war; dass, was sich günstig traf, ein Turnier in Weißrussland stattfand; dass das einzige Flugzeug nach Minsk, so ein Pech, ausgebucht war; dass Vilnius; das Lokal; das Portemonnaie; Western Union; dass ich auf gut Glück diese und jene Straße entlanggegangen war; dass dort eine Gedenktafel hing; dass mir schließlich aus meinem nebulösen Gedächtnis ein Satz eingefallen war.

16

In dieser Reihe *verschiedenartiger, scheinbar nichtssagender Ereignisse* wollte ich ein Geflecht aus Aufforderungen erkennen. Wer war sie, diese «traurige Maus»? Wie hatte sie gelebt? Was war aus ihr geworden? Ich musste Nachforschungen anstellen, mir blieb keine andere Wahl. Man muss sich der Verknüpfung von Zufällen, die unser Leben regieren, zu beugen wissen. Nach und nach beschloss ich, mich auf die Suche nach einem gewissen Monsieur Piekielny zu begeben.

ZWEITER TEIL

17

Wer zur See fahren möchte, zieht ein Ringelhemd, eine Matrosenjacke an und setzt aus Koketterie eine weißblaue Mütze auf den Kopf – die, will man extravagant wirken, einen roten Bommel haben kann. Wer zu einem Tauchgang aufbricht, schlüpft in einen Anzug, streift Flossen über und hat eine Maske und einen Schnorchel dabei. Wer beabsichtigt, Nachforschungen anzustellen, kleidet sich mit einem Trenchcoat, setzt eine Melone auf, nimmt einige Züge aus der Schaumpfeife und besorgt sich eine Lupe – oder tut nichts dergleichen und geht zu Google.

18

Es heißt, man finde dort nahezu alles, was man wolle. Es heißt weniger, man finde dort auch – und vor allem –, was man nicht wolle, und gibt man «Piekielny» in die Suchmaschine ein, stößt man unter tausend anderen Dingen auf einen Videoclip eines polnischen Rappers, auf die Adresse des Piekielny Ruszt, eines Grillrestaurants, wo man außer Gegrilltem vermutlich polnische Küche und Bier serviert bekommt, das gute alte Piwo, das man in einem Zug leert, ehe man sich mit dem Ärmel den perlenden Schaum vom Mund wischt, oder weiter, auf der dritten Google-Seite – die Abgründe des Netzes –, auf ein Online-Wörterbuch, das bestätigt, was Gary im *Versprechen* geschrieben hat: «piekielny», polnisch, bedeutet tatsächlich «höllisch». Doch über einen gewissen Monsieur Piekielny aus Wilna – kein Wort.

19

Verfeinert man die Suche anhand von Schlüsselwörtern, findet man schließlich doch zwei Namen:

Johann Piekielny, geboren am 20. April 1907 in Łódź, Polen, nach Dachau deportiert am 6. Mai 1940. Laut einer anderen Seite soll er an einem unbekannten Datum in Mauthausen gestorben sein. Kann es sein, dass dieser Johann Piekielny genau der war, den Gary erwähnt? Daten und Ort passen nicht: Łódź liegt sechshundert Kilometer von Vilnius entfernt, wo Gary von September 1921 bis August 1925 gelebt hat. Johann Piekielny war zu der Zeit zwischen vierzehn und achtzehn Jahre alt. Da stellt man ihn sich nur schwerlich als ein *Männchen* mit *tabakverfärbtem Spitzbärtchen* vor.

Joseph Piekieliński, genannt *Vater Piekielny*, geboren 1897 in Szadek in Polen, nicht weit von Łódź, aber genauso weit von Vilnius gelegen. Zwischen 1932 und 1941 war er Priester der Gemeinde Jaworzno in Schlesien. Von den Deutschen verhaftet, wurde er nach Dachau deportiert, wo er im März 1942 umkam. Auch er ist nicht der Piekielny aus dem *Versprechen*, nicht der aus der Großen Pohulanka Nr. 16.

20

Wer war er also, dieser Monsieur Piekielny, und was wusste man über ihn? Google sagte nichts und Gary nicht sehr viel – und das wenige, das er über ihn sagte, war womöglich nicht einmal wahr: Jeder Absatz des *Versprechens* ist fragwürdig. Wenn aber doch der Paläontologe, der alles in allem nichts außer einem Vorderbeinknochen und zwei Wirbeln hatte, daraus den ganzen Dinosaurier rekonstruieren konnte, konnte ich es dann nicht ebenso mit einer Maus tun?

21

Gary sagt uns, er gleiche einer traurigen Maus, sei immer piekfein und ängstlich. Er sagt uns auch, er wirke so diskret, so unscheinbar, um nicht zu sagen, entrückt. So viel zu seinem Äußeren – so viel man von seinem Äußeren weiß. Aus dem man folgern darf, dass er elegant gekleidet war, zumindest gemessen am Durchschnitt seiner Zeit und des Orts: stets saubere Schuhe, stets dasselbe Paar, aber stets glänzend, am Schabbes mit Spucke poliert; eine schwarze oder vielmehr anthrazitfarbene Hose, ein wenig zu weit, aber ohne dass es sonderlich auffiel; auf seinem etwas zu großen Hemd eine etwas zu kurze Krawatte, doch niemals verdreht, sie saß stets korrekt, und gebunden, wie sie stets zu binden war; Hosenträger, die er sich holen ließ, wenn er vergessen hatte, sie anzulegen (im Hof des Gebäudes gab es Kinder); eine Weste, darunter eine Kettenuhr für die vergehende Zeit und darüber gegen die Witterung ein Gehrock mit Biberfellkragen, ein schöner schwarzer Gehrock, gefüttert mit Persianer, dessen Schöße er ausbreitete, wenn er sich hinsetzte, und den er auch außerhalb der Saison trug, weil er ihm ausgezeichnet stand und er etwas eitel war – und weil er, so sagte er, ihm die alten Knochen wärme.

22

Er war jedoch gar nicht so alt, dieser Piekielny. Gary macht keinerlei Angaben, doch man stellt ihn sich als tatterigen Greis vor, der im Juni unter den Linden verstohlen auf die Knöchel der jungen Mädchen schielt, wenn die Uschankas hinten im Schrank liegen, oder im Winter auf ihre von der Kälte geröteten Wangen, wenn die blattlosen Äste der Linden sich unter dem Weiß biegen und wieder die Zeit gekommen ist, die Uschankas aufzusetzen, um dann mithilfe eines Stocks wieder nach Hause zu humpeln.

Man täuscht sich. Er ist im Krieg umgekommen, sagt uns sein Biograph (wenn denn drei Seiten für eine Biographie herhalten können) etwa fünfzehn bis zwanzig Jahre nach ihrem Zusammentreffen in der Großen Pohulanka Nr. 16 zu Anfang der Zwanzigerjahre. Somit war er kein Greis, zumindest nicht zu der Zeit, als Gary, der damals Kacew hieß, ihn in Vilnius, das damals Wilna hieß, kennenlernte, ihn, der Piekielny hieß. Wie alt mochte er gewesen sein? Das weiß niemand, und vielleicht hat es niemand je wirklich gewusst: Er war einer von denen, auf die die

Zeit keinen Einfluss nimmt, die alterslos erscheinen, die sich das Recht herausnehmen, darüber Stillschweigen zu bewahren, und fragt man sie danach, sich elegant herauswinden – wozu über etwas reden, das sich ohnehin jedes Jahr ändert?

Er musste zwischen vierzig und fünfzig gewesen sein. Ich möchte annehmen, dass er immer etwas älter wirkte, als er war: Als junger Mann ließ ihn sein Dreitagebart um dreißig Jahre älter erscheinen; als älterer Mann fürchtete er, ließe er ihn wachsen, sähe er gleich drei Jahrhunderte älter aus; er entschied sich darum für den Spitzbart: In Paris trug man ihn so, das gab ihm den Anschein von Erlesenheit. Er sei vom Tabak verfärbt, sagt uns Gary – er rauchte also. Und tatsächlich sieht man ihn an einem Winterabend, er ist lange ohne Grund und ohne Ziel durch die Nacht spaziert, nur um, während er die Sterne betrachtete, den Schnee unter seinen Sohlen knirschen zu hören, kaum wieder zu Hause hat er die Schuhe ausgezogen, um sich die Füße am Ofen zu wärmen, und nun also entnimmt er einer silbernen Dose drei Prisen Tabak – ganz eindeutig, an diesem Abend versagt er sich nichts –, er stopft die Pfeife, zündet sie an und macht einige Züge, die den Salon mit Rauch füllen (so sehr und so gut, dass man ihn schon nicht mehr sieht).

23

Am nächsten Tag entdeckt man ihn an seinem Fenster: Piekielny trinkt im goldenen frühmorgendlichen Licht einen dampfenden Kaffee, er betrachtet den Hinterhof und das

Holzlager, das über Nacht weiß geworden ist, dann den großen Haufen Ziegel, der – auf Eleganz bedacht oder aus Herdentrieb oder aus Angst vor der Kälte – sich ebenfalls weiß gekleidet hat, na gut, all das ist sehr schön, aber jetzt an die Arbeit.

24

Selbstverständlich arbeitete er. Er war keiner dieser untätigen *Luftmenschen*, die den materiellen Banalitäten des Lebens fern stehen. Er erfreute sich keiner Einkünfte aus Vermögen, ebenso wenig lebte er auf Kosten einer Frau. Er schuftete, dieser Piekielny. Was genau tat er? Auch darüber sagt uns Gary nichts. Nehmen wir nur an, dass er früh am Morgen das Haus verließ und erst spät nach Einbruch der Dunkelheit zurückkehrte. War er Mechaniker, Zimmermann, Lebensmittelhändler, Schmied, Sattler, Wagenbauer, Tischler, Kürschner, Klempner, Steinmetz, Barbier, Bauer, Gerber, Stoffhändler, Wollkämmler, Korbmacher, Strickwarenhändler? Ich habe keine Ahnung. Wusste es denn irgendjemand? Und weiß es heute noch einer?

25

Wenn ich es überdenke, glaube ich nicht, dass er mit Lebensmitteln oder mit irgendetwas anderem gehandelt hat. Können Sie ihn sich hinter einer Theke vorstellen, wo er seinen Kaffee, seine Rahat Lokums, Stoffe oder

Bleisoldaten auspackt? Ebenso unwahrscheinlich ist es, dass er einem Beruf nachging, der besondere körperliche Kräfte erforderte: Piekielny, so scheint es, war von zarter Konstitution. Robust war er sicher nicht. Also weder Hammer noch Sichel. Was zwangsläufig den Mechaniker, den Zimmermann, den Bauern, den Schmied, den Wagenbauer, den Tischler, den Klempner und Gerber von der Liste ausschließt. Letztlich hoffe ich von ganzem Herzen, dass er nicht Sattler, Steinmetz und Wollkämmler war (ich habe keine Vorstellung, um was es sich dabei handelt). Also was? Kürschner? Barbier? Aber der Vater des kleinen Roman war Kürschner, und wir sind nicht allzu romantisch. Piekielny musste also Barbier gewesen sein.

26

Es war ein winziger Laden in einem Gässchen nahe der Großen Pohulanka, eine schmiedeeiserne Moustache als Schild, und darüber in goldenen Lettern: ***Piekielny. Meisterbarbier***. Dort half er Ihnen sogleich behutsam beim Ablegen, hängte den Gehrock und den Hut an die Kleiderhaken an der Wand und bat Sie, auf einem alten wurmstichigen Stuhl mit Kopf- und Fußstütze Platz zu nehmen. Er trat zwei Schritte zurück und betrachtete Sie, einen Rasierpinsel in der Hand, mit feierlichem Schweigen, lang und ernst, wie Michelangelo mit seinem Meißel diesen groben Marmorblock, aus dem der *David* entstehen sollte. Er löste Seifenflocken in einer Schale auf, pinselte Ihnen damit das Gesicht ein, und majestätisch, ohne dass er mit der Wimper zuckte oder seine Hand bebte, griff er nach einem kurzen Rasiermesser, dessen Klinge, einmal aus dem Griff geklappt, wie das Fallbeil der Guillotine glänzte. Man musste ihn sehen in diesem flüchtigen Augenblick, der der Ausübung seiner Kunst vorausging: Grauen und Wonne mischten sich in seinem Blick, so wie sie sich Tausende Male in Sansons Blick haben mischen müssen, dessen wohlbekannte Klinge breit rasierte. Wie Sanson warnte er Sie, bat er Sie, keine abrupten Bewegungen zu machen – zumindest wenn Ihnen das Leben lieb sei (was *Monsieur de Paris* für seinen Hieb gleichgültig war) –, dann verfiel er wieder in Schweigen und sorgfältig, theatralisch rasierte er Sie, ohne ein einziges Wort – man kann rasieren, dachte er, ohne jemandem um den Bart zu gehen. Ein erstes Mal in Wuchsrichtung, ein zweites Mal gegen den Strich, woraufhin er, nachdem er die brennende Haut mit Alaunstein beruhigt hatte, einen von ihm gemischten Feuchtigkeitsbalsam auftrug und Ihnen ein in kochend heißem Wasser getränktes Tuch, klein und weiß, auf die Wangen legte, was Sie in leichte Euphorie versetzte. Dann riss er, sofern Sie ein treuer Kunde waren und eine kräftige Behaarung aufwiesen, ein Streichholz an, mit dessen Flamme er mit rascher, präziser Geste Ihnen die Haare an den Ohren versengte (seine Spezialität). Wieder trat er zwei Schritte zurück, dieses Mal um das vollendete Meisterwerk zu betrachten. Dann schwenkte der alte Stuhl herum, kam gegenüber dem schwarz gerahmten Standspiegel zu stehen, und der Barbier wartete fiebrig auf Ihr Urteil. Fiebrig, weil er ein Künstler war und seinen Preis nach der Zufriedenheit des Kunden festsetzte: Ein breites Lächeln kostete Sie drei Zloty, zwei

Zloty für ein verhaltenes Lächeln, und nichts, wenn Sie keine Regung zeigten (so mancher, der Missfallen vorgab, zog seinen Vorteil daraus, damit ihm die Zahlung erlassen wurde). Dann reichte er Ihnen den Gehrock und den Hut, und während er Ihnen die Tür aufhielt, dankte er für Ihr Kommen und wünschte einen schönen Tag. Und als Sie mit ihrem französischen, ungarischen oder auch borstigen Schnurrbart davongingen und vor dem ersten Schaufenster stehen blieben, um sich darin zu spiegeln (das taten alle), stopfte Piekielny in seinem Lädchen die Pfeife und gönnte sich eine verdiente Pause. Oder aber er machte sich unverzüglich wieder ans Werk. Vielleicht aber täusche ich mich auch, und er war kein Barbier, ist es nie gewesen, so wie ich kein Sattler, Steinmetz oder Wollkämmler bin.

27

Hingegen gibt es eine Sache, bei der ich mich sicherlich nicht täusche: Er war nicht verheiratet und hatte keine Kinder – diesen Eindruck hinterlassen wenigstens die wenigen Seiten, die Gary uns hinterlassen hat. Hatte Piekielny geliebt? Und wenn er geliebt hatte, wurde er wiedergeliebt? Es hätte ihm nicht missfallen, am Abend nach einem Arbeitstag einen gedeckten Tisch vorzufinden, mit einem bestickten Tischtuch, mit Silberbesteck, vielleicht auch mit Blumen und Kerzen; er hätte sich wie ein König, umgeben von seinem Hofstaat, an das Kopfende gesetzt; der Hofstaat wäre eine junge, hübsche Frau gewesen, die mit der Aufmerksamkeit, die man seinem König schuldet, Stillschweigen bewahrte, oder besser noch, im berauschenden Kauderwelsch des Schtetls sanft zu ihm spräche, ihn in einer Mischung aus Jiddisch und Polnisch gefragt hätte, wie sein Tag gewesen sei, woraufhin er mit den Schultern gezuckt, *ach*, *weißt du*, und weiter essend, die Früchte seines Tagwerks auf den Tisch gelegt hätte – beim Schreiben sehe ich die Zloty unter den Kerzen hell funkeln, so wie auch der verliebte Blick seiner Frau funkelt, doch alles legt die Vermutung nahe, dass er nichts dergleichen sah: Der großzügige König speiste jeden Abend allein; er hatte keinen anderen Hof als den, den er je nach Jahreszeit verschneit oder von Sonnenlicht durchflutet aus seinem Fenster unter sich sah.

Wie ein jeder hatte er seine Liebesgeschichte gehabt; er war noch jung, und es war an einem Dienstag. Eine Handschuhe, Schminke und Hut tragende Frau war mitten im August in seinen kleinen Laden gekommen; was wollte sie wohl von ihm? Mein Herr, hatte sie gesagt, mein Gemahl ist krank und sein Bartwuchs kräftig. Kommen Sie zu uns, rasieren Sie ihn, ich bezahle das Doppelte. Piekielny hatte an jenem Tag keinen Kunden; er war ihr mit dem Dachspinsel in der einen Tasche, dem Rasiermesser in der anderen und der Pfeife im Mund gefolgt. Als sie an einem riesigen Haus angelangt und bis zum Schlafzimmer gegangen waren, fand Piekielny sich in Gesellschaft der Dame des Hauses wieder – und in Abwesenheit des Herrn. Er wird nicht lange auf sich warten lassen, hatte sie gesagt. In der Zwischenzeit würde ich Ihnen gerne weiter das Haus zeigen, doch ich bin ein wenig müde. Erlauben Sie, dass ich mich einen Augenblick hinlege? Piekielny hatte es erlaubt, und die Frau, die

Handschuhe, Schminke und Hut trug, hatte ihre Handschuhe und den Hut abgelegt und auch das Übrige (es ist sehr heiß hier, Sie erlauben, dass ich es mir bequem mache? Piekielny hatte es erlaubt), danach hatte sie ihn eingeladen, sich zu ihr zu legen. Piekielny hatte sie genommen, von vorne, von hinten, wiederum von vorne, aber nun oben, auf der Höhe des Gesichts, eher aus einem Gerechtigkeitssinn heraus als aus einfachem Vergnügen, damit keine Öffnung sich benachteiligt fühlte. Sie waren geschickt ineinander verschlungen gewesen, als der Gemahl im Zimmer aufgetaucht war, erst überrascht, dann wütend, mit kräftigem Bart, keineswegs krank. Viele Jahre später sollten einige Leute schwören, an jenem Tag ein Männchen gesehen zu haben, das mit einem Spitzbart, der noch nicht völlig vom Tabak verfärbt gewesen sei, nackt durch die Straßen von Wilna lief, mit einer Pfeife im Mund und mit seinen Kleidern in der Hand. Seither – nichts. Von der Liebe kannte Piekielny nicht mehr als das Wort; es hatte niemanden in seinem Leben gegeben. Keine gute Fee des Hauses, an die er sich unter frischen Laken hätte schmiegen können; nicht einmal eine schreckliche, für zärtliche Aufwallungen wenig begabte Piekielnya, eine alte barsche Frau, die ihm eine Szene gemacht hätte, wenn er nach ausgiebigem Alkoholgenuss, aufgeschnürten Korsagen, endlosem Palaver und dem Abwischen der unvermeidlichen Rauchfahne mit dem Handrücken – der starken von den Pfeifen, die sich mit der leichteren von berauschten Mündern vermischte – aus einem dieser zweideutigen, im Dämmerlicht eines Hinterhofs verborgenen Cafés heimgekehrt wäre, um mit seinem ganzen Leichtgewicht ins Ehebett zu fallen. Selbst dieses, was doch so wenig ist, war ihm nicht vergönnt, und eines Tages würde er sterben.

An dem einen oder anderen Tag – und selbst wenn er jahrelang insgeheim gehofft hatte, er könnte von dieser Notwendigkeit, die er verachtenswert fand, befreit werden – würde er sterben. Wer würde sich dann an ihn erinnern? Dass allein ein Grabstein – eine armselige *matzewah* aus grauem Stein, schief stehend, von Unkraut überwuchert und ohne Kieselsteine darauf –, dass allein dieser seinen Aufenthalt auf Erden bezeugen sollte, war ihm unerträglich. Und auch wenn er bereit war, sich den Diktaten des Himmels zu unterwerfen, konnte er das Los seiner Erinnerung nicht in Gottes Hand belassen; er beugte sich dem Tod; aber nicht dem Jahrhunderte währenden Schweigen: Er wehrte sich dagegen, dass sein Name mit ihm sterben sollte. Ungeachtet der Gesetze der Zeit brauchte es jemanden irgendwo, der ihn, diesen Namen Piekielny, ab und zu aussprechen würde. In Vilnius oder anderswo. In Paris zum Beispiel, wo ich beschloss, meine litauischen Nachforschungen fortzusetzen: Es war an der Zeit, einen Brief zu schreiben.

28

Es war am 9. Oktober 2014, an einem Mittwoch oder Donnerstag. Ich erinnere mich bestens, weil ich an jenem Tag recht früh aufgestanden war, so gegen zehn Uhr. Ich war gerade nach Paris gezogen, überall standen Kartons herum, ich musste sie auspacken, aber gut, keine Lust. Ich schrieb also einen Brief, in dem ich darum bat, das

Melderegister der Großen Pohulanka Nr. 16 von 1921 bis 1925 einsehen zu dürfen. Dann steckte ich den Brief in einen Umschlag und wollte gerade aus dem Haus gehen, um ihn einzuwerfen, als ich einen Anruf von Clément erhielt.

29

Einige Jahre zuvor hatte ich im Straßencafé Le Réfuge, in der Rue Lamarck in Paris, an einem Tisch vor einem hellen Fruchtbier einen jungen Mann gesehen, kaum zwanzig Jahre alt und mit dunklen Locken. Er wartete auf jemanden, und währenddessen schrieb er aus dem Gedächtnis auf das Papiertischtuch die fünfundzwanzig Vierzeiler von *Das trunkene Schiff*. Merkwürdige Art, die Zeit totzuschlagen, sagte ich zu ihm. Man beschäftigt sich, wie man kann, entgegnete er. Er heiße Clément, fügte er hinzu. Rasch waren wir im Gespräch; wir teilten ein Laster, das man, auch wenn es das Gesetz nicht verfolgte, kaum eingestehen konnte: Wir schrieben. Wir sahen uns wieder, wir wurden enge Freunde.

30

«Hast du gesehen?», fragte Clément.

«Was gesehen?», fragte ich.

«Modiano!»

«Er hat den Weltrekord im Stabhochsprung gebrochen?»

«Er bekommt den Nobelpreis!»

Ich hob die Arme zum Himmel, als hätte ich selbst den Preis gewonnen – in der Literatur und beim Sport hat man das Recht, chauvinistisch zu sein. Dann dachte ich an Philip Roth, der, womöglich in seinem Haus in Connecticut, nicht die Arme, sondern den Blick gen Himmel hob, den Kopf schüttelte, die Hände vors Gesicht schlug und schließlich ungläubig ausstieß: Patrick *fucking who*?

Darum also erinnere ich mich bestens an jenen Tag, an dem ich den Brief an das litauische Zentralarchiv einwarf, dessen Adresse ich Ihnen hier gebe, man weiß ja nie: Lietuvos centrinis valstybės archyvas, O. Milašiaus g. 21, LT – 10102 Vilnius, Litauen.

31

Das litauische Archiv liegt am Stadtrand. Bei meiner ersten Reise nach Vilnius sah ich es nicht. Als ich, in Kapitel 9, den Hinterhof des Mietshauses verließ, machte ich mich in die Altstadt auf, ging an der Bronzefigur des kleinen Jungen vorbei, zu dessen Füßen eine Rose lag, und spazierte auf gut Glück durch die Straßen – mit dieser diffusen Melancholie, die, wenn sie mich befällt, mich die Welt durch einen *Sepiafilter* sehen lässt.

Es ist ein verkanntes chronisches Leiden, von dem womöglich einzig ich betroffen bin. Wen es ergreift, dem stellt sich die Umgebung nicht so dar, wie sie ist, sondern so, wie sie zu einem bestimmten Zeitpunkt in der Geschichte war.

Bin ich in Paris, steht mein Filter auf *revolutionär*. So ist es mir geschehen, nachdem ich mit dem Motorroller über die Rue de Rivoli gefahren und mich unter Gefahren und Missachtung der Straßenverkehrsordnung zwischen verschiedenen Fahrzeugen, gesteuert von verschiedenen höflichen Fahrern, hindurchgeschlängelt hatte, sodass ich zu der Place de la Concorde gelangte, in deren Mitte ich nicht die Hieroglyphen und die goldene Pyramide des Obelisken sah, sondern die Liberté mit der Jakobinermütze und ihr gegenüber ihre kleine Schwester, die Guillotine, hochmütig und majestätisch, mit ihrem Halbrund, der Wippe und natürlich ihrer scharlachroten, blitzenden, abgeschrägten Schneide, an der das Blut der Unglücklichen klebte, die unter Vivat-Rufen der Menschenmenge gerade enthauptet worden waren. Wer sich niemals auf einer glänzenden Vespa vor dem Henker befunden hat, der einen gerade vom Rumpf abgetrennten, noch röteren, bluttriefenden Kopf an den Haaren in die Höhe hebt, der kennt nicht das Schaudern, das ein Sepiafilter auslöst.

Wenn mein Filter auch großteils keinen Anlass zu Konsequenzen gibt, so ist es doch nicht immer der Fall, weit gefehlt, dann hält man mich für einen *Sonderling* – wenn nicht gar für einen Irren. Nie vergesse ich jenen Tag, als ich mit einer Freundin im Procope an der Rue de l'Ancienne-Comédie zu Mittag aß; ich glaubte an einem Tisch in der Ecke, Danton, Marat und Robespierre verschwörerisch die Köpfe zusammenstecken zu sehen, rasch sprang ich auf, hob mein Glas vor den verdutzten Kellnern und rief: *Vive la Révolution!*

An jenem Tag in Vilnius überfiel mich eine schlimme Sepia-Krise, Zeit um 1920. In jener Straße, wo Taxis in Zweierreihe standen, vergegenwärtigte ich mir Kutscher von Pferdedroschken mit Zylinder und weitem Überwurf; auf jenem Platz, wo Touristen Selfies schossen, sah ich Straßenhändler, Fuhrmänner, Lastenträger und Scherenschleifer; auch mein Gehör war von Sepia befallen: Kaum in einer Bar, wo der unerreichbare Flow von Eminem erklang, hörte ich in mir die volkstümliche, abgehackte, aufdringliche und ermüdende Ritournelle einer Drehorgel aufsteigen. Als ich hinausging, trafen mich Windböen, mit denen ein Regenguss niederprasselte – und ich spürte Windböen, die mir ins Gesicht peitschten und mit denen ein Regenguss niederprasselte: Zumindest dies hatte sich nicht verändert. Ein Stück weiter betrat ich eine Buchhandlung, eher um vor dem Regen Schutz zu suchen als Bücher anzusehen, die alle auf Litauisch sein mussten. Doch auf einem hinteren Regal entdeckte ich ein paar amerikanische Romane auf Spanisch, Deutsch, Italienisch, Französisch und einen Stadtführer für Vilnius, in dem ich unbekümmert blätterte.

Einer der ersten Sätze, den ich las – und ich erinnere mich daran, als läse ich ihn in diesem Augenblick –, informierte den Leser, dass «vor dem Krieg fast sechzigtausend Juden in Vilnius lebten», dass am Ende «weniger als zweitausend übrig blieben» und es «heute nur noch eintausendzweihundert» gebe. Und etwas weiter unten dieser andere Satz: «Von den hundertsechs Synagogen, die die Stadt im Jahr 1940 hatte, verbleibt heute nur noch eine einzige.»

Mein Filter verschwand auf der Stelle: Zurück in der *rauen Realität* kaufte ich den Reiseführer und las einige Seiten, das Kapitel «Kunst, Küche und Geschichte», dann den Teil «Keinesfalls verpassen!», Unterkapitel von «Ausflüge/Sehenswürdigkeiten», laut dem der Panoramablick vom Gediminas-Turm «wirklich den Besuch wert» sei. Ich hatte noch ein paar Stunden totzuschlagen, bis mein Zug nach Minsk abfuhr; ich beschloss, dem Rat des Führers zu folgen und den berühmten Gediminas-Turm zu besichtigen, achtundvierzig Meter aus rotem Ziegelstein, mit einem Mast obendrauf, auf dem die drei Farben der litauischen Fahne wehten und wo zur Zeit Piekielnys nacheinander die beiden waagerechten Streifen Polens, dann Hammer und Sichel der Sowjets, dann das Hakenkreuz der Nazis, dann wieder Hammer und Sichel der Sowjets flatterten – doch Piekielny war damals nicht mehr da, um sie zu sehen, so wie er nicht mehr da war, um zu sehen, dass diese Stadt, in der ich mich fast ein Jahrhundert später befand, *seine* Stadt, sein Vilnius, das er Wilna nannte und das, wie mich der Reiseführer aufklärte, «das Jerusalem von Litauen» genannt wurde, dass dieses Vilnius quasi verschwunden war, es war ein Atlantis, das die roten und braunen Wellen verschlungen hatten, dieses Vilnius existierte nicht mehr, zu dem der Reiseführer in dem Teil «Kunst, Küche und Geschichte» erklärte, es sei quasi *judenrein* gewesen, wie die Nazis es ausgedrückt hätten.

32

Ich habe einige Monate in Venedig gelebt. Ich stand bei Tagesanbruch auf, gegen Mittag, (andernorts, fünf, sechs Zeitzonen von Venedig entfernt, war das sehr wohl bei Tagesanbruch), ich nahm mein Frühstück auf dem Campo Santa Maria Formosa, immer das Gleiche, *una brioche alla crema e una cioccolata calda*, anschließend las ich eine Stunde lang, mal ausgestreckt auf dem Bronzedeckel des Brunnens mitten auf dem Platz, mal an seinen kärglich verzierten Rand gelehnt, dann kehrte ich heim, ich schrieb, und wenn es dämmerig wurde, schlüpfte ich in eine kurze Hose, ein T-Shirt, zog Sportschuhe an und ging ordnungsgemäß ausgerüstet laufen. Fünfundvierzig Minuten später beendete ich meinen Lauf, egal, wo ich war, ich blieb stehen, um wieder zu Atem zu kommen, und betrachtete, was vor mir lag – meistens Wasser und darauf Boote, alle möglichen Boote, Vaporetti, Dreimaster, Passagierschiffe, Jollen, Trawler, Seelenverkäufer, Jachten, Kajaks, Pirogen, Kähne aller Art, die unvermeidlichen Gondeln, die sich einen Weg durch die Kanäle bahnten oder vertäut an im Schlick steckenden Pfählen lagen, unbewegte, mit blauen Planen zugedeckte Gondeln, wogend wie Tasten eines Klaviers, dem immer nur ein und derselbe Ton entkam, das Plätschern der Wellen an ihrem Bug mit den sechs Zähnen. Manchmal blieb ich auch im Schatten einer winzigen *calle* stehen (eine von denen, wo sich die jungen Venezianer des Nachts, unter den Sternen, hinflüchten, um zwischen zwei Mauern dem elterlichen Gebot des nicht-unter-meinem-Dach zu entkommen), vor einer Haustür, die ich eingehend und genauestens anschaute, damit mir auch nicht das geringste Detail entging, Türsturz, Zarge, Beschläge, Pfosten, Glasleisten, Rahmen, Sockel, goldener Knauf in Form eines Maurenkopfs, Türklopfer, eingepasst in das Maul eines Löwen etc., oder ich stand auch an den Zattere – dem schönsten Ort der Welt – oder auf der Riva degli Schiavoni – die auch nicht schlecht ist.

Canaletto, Der Markusplatz, um 1740,
Öl auf Leinwand, Musée Jacquemart-André.

Als mein Lauf eines Abends dort auf der Höhe des Hotels Danieli endete, kam ich auf dem Markusplatz zu Atem, unter den doppelt stehenden, durchbrochenen Säulen des Dogenpalasts; als ich mich dann vor dieser über das «absinkende und bombastische Pflaster» verstimmten Moschee dehnte, die man die Basilika nennt, bemerkte ich, dass genau vor mir drei hohe rote Masten mit fein ziselierten Bronzepostamenten aufragten, sie waren mir noch nie aufgefallen. Man hat sie wohl erst kürzlich aufgestellt, dachte ich, dann dachte ich nicht weiter darüber nach.

Monate später, unterdessen wieder in Paris, besuchte ich eines Nachmittags das Musée Jacquemart-André (das ist so selten, dass ich es betonen muss: im Allgemeinen, wissen Sie, langweilen mich Museumsbesuche ganz gewaltig). Da stieß ich auf das Gemälde eines venezianischen Vedutenmalers, dessen Muse Venedig war: *Der Markusplatz* (Canaletto, um 1740).

Lange Minuten verharrte ich verblüfft vor diesem Gemälde: Der Platz war absolut *genauso* wie ich ihn Monate zuvor gesehen hatte, von der Basilika mit dem Campanile über den Uhrenturm bis hin zu den drei hohen roten Masten, deren Präsenz *leicht* vor meinem abendlichen Jogging lag, denn – ich hatte den Beweis vor Augen – sie standen bereits zu Canalettos Zeiten dort. Und sollte der Maler, sagte ich mir, heute, über zweihundertfünfzig Jahre nach seinem Tod, in die Stadt der Dogen zurückkehren, wäre er nicht *vollkommen* verloren.

Selbstverständlich hätte er Anlass, verblüfft zu sein: Er wäre sicherlich erstaunt über diese Barken ohne Ruder, die sich scheinbar nur durch die Kraft des Geistes fortbewegen; er würde sich vielleicht vor diesen Insekten fürchten, die stur geradeaus fliegen und flüchtige Wolken hinterlassen, dieses Weiß, das ihren Flügeln entströmt und sich im Blau des Himmels auflöst; er würde sich Gedanken machen über den Verbleib der Dalmatiner, Albaner, Flamen, Griechen, Mailänder, Tartaren, der Mongolen und würde sich fragen, von welchen fernen Landstrichen diese barbarischen Horden stammen, die Gürteltaschen um die Taille, Socken in den Sandalen, ihre Unkultur in Umhängebeuteln und am Ende einer Stange dieses sonderbare Amulett tragen, das sie so oft vor sich in die Höhe recken.

Ich behaupte ebenso wenig, dass gewisse Umgestaltungen der Stadt, gewisse Veränderungen in ihrer Physiognomie, ihn nicht verwundern würden: Was hat man, so würde sich Canaletto fragen, mit der Kirche San Geminiano gemacht? Und seit wann befinden sich an der östlichen Spitze des Castello Gärten? Und diese drei zusätzlichen Brücken, die den Canal Grande überspannen? Und was ist das da für eine Scheußlichkeit auf dem Campo Manin? Hat man den Architekten zwischen den Säulen von Sankt Markus gehängt?

Doch er würde es wiedererkennen, sein Venedig: Er fände es zweifellos ramponiert, verschandelt durch den Massentourismus, aber er hätte nicht das Gefühl, *all* seine Orientierungspunkte verloren zu haben, er hätte nicht den misslichen Eindruck, auf ein unbekanntes Fleckchen Erde geraten zu sein; würde aber Piekielny, dachte ich, als ich durch Vilnius spazierte, *hic et nunc* in seine Stadt zurückkehren, fände er, sicherlich fassungslos, bestimmt bekümmert, nichts, quasi nichts wieder, das ihm vertraut gewesen war, nichts, das ihn an das Wilna von damals erinnern würde, aus der Zeit, als er es kannte, und das mit ihm im bodenlosen Brunnen der Vergangenheit versunken war.

33

Ich dachte also an Venedig, als ich durch Vilnius spazierte. Vilnius war das Anti-Venedig. Die Zeit hatte hier nach anderen Modalitäten ihre Wirkung getan, mit entgegengesetzten Konsequenzen: auf der einen Seite – Venedig – die Kristallisation der Vergangenheit und auf der anderen Seite – Vilnius – ihre völlige Vernichtung.

34

Ich hatte unrecht.

Später sollte ich erfahren, dass die Topografie der Stadt nicht *gänzlich* verändert war. Außer dem Gediminas-Turm waren, auf ganz Vilnius verstreut, Straßen, Gärten, Plätze, Monumente und Gebäude erhalten geblieben, die aus der Zeit vor Piekielny stammten, die seine Augen sicherlich gesehen hatten und nun meine sehen konnten: die riesige Hochzeitstorte, die alles von einer Kathedrale hat, den Garten der Bernhardiner, das Tor der Morgenröte, etliche Kirchen, die der Berg der Drei Kreuze überragt, das katholische Vilnius existierte noch, aber Piekielnys Vilnius, das jüdische Vilnius mit seinen *yeshivot*, seinen Synagogen und Gebetshäusern, das *Jerusalem von Litauen*, war ganz und gar verschwunden.

35

«Die freundliche Maus aus Wilna hat schon längst zusammen mit Millionen anderer Juden ihre winzige Existenz in den Krematoriumsöfen der Nazis beendet.»

Als ich meine Nachforschungen begann, wusste ich nahezu nichts über Piekielny, weder seinen Vornamen noch sein Alter, nicht einmal seinen Beruf, aber ich wusste, dass er im Krieg von den Nazis ermordet wurde. Man müsste seinen Namen irgendwo im Register eines Lagers finden – sein Leben reduziert auf einen Eintrag von der Hand eines Todesfunktionärs.

Ich wusste – ich glaubte zu wissen, dass er gereist war.

Er hatte das Zusammengepferchtsein in den Waggons erlebt, das Aufwachen in der Nacht, in der kein Licht aufschimmert, den Taumel der weiten trostlosen Ebenen Polens, das Pfeifen des Zugs, der am Ende der Gleise in einem namenlosen Bahnhof hält.

Er war nicht zurückgekehrt.

Piekielny war Jude. Nicht einer dieser *Juden der Sonne und der schönen Sprache*, die geradewegs von Kephalonia angekommen waren, nein, er war ein Jude des Schnees und des Schweigens, wortkarg und unscheinbar, er achtete den Schabbat, fürchtete Gott und liebte ihn, sah seine Gegenwart in allem – eine Wolke am Himmel? Jahves Bart! – und unterstellte sich bereitwillig seinem Schutz (auch wenn er seine Tür immer zweimal abschloss – man kann ja nicht vorsichtig genug sein). Und in seinen Morgengebeten bat er ihn nur um eines, um eine winzige lächerliche und großartige Kleinigkeit, die mich unendlich bewegt: dass die Verdammten dieser Erde, und sei es auch nur für einen Augenblick, von jenen anerkannt werden mögen, die ihre Herren waren.

Doch die Gebete, nicht wahr, ermahnen nur jene, die sie sprechen. Und zudem hat der allmächtige Bärtige nicht die Zeit, alle zu erhören, und noch weniger, alles zu hören, man rügt Ihn nicht, man versteht Ihn, doch man versteht auch Piekielny: Er konnte sich nicht allein auf Ihn verlassen, er brauchte Garantien, *für den Fall*, dass Er da oben zu sehr beschäftigt war. Nun lebte in dem Haus ein kleiner Junge, dem seine Mutter goldene Berge versprach: Eines Tages, sagte sie ihm, wird dein Name in goldenen

Lettern an den Wänden des Gymnasiums eingraviert sein. Du wirst D'Annunzio werden!, sagte sie ihm. Victor Hugo! Nobelpreisträger!, sagte sie ihm, da sagte sich er, Piekielny, warum eigentlich nicht – was hatte er schon zu verlieren, außer ein bisschen Rahat Lokum und ein paar Bleisoldaten? Er würde mit ihm reden.

36

Von Piekielny wusste ich die zwei, drei Dinge, die im *Versprechen* stehen, nicht mehr und nicht weniger als die wenigen Zeilen von Garys Hand. Nun, Gary war tot, er hüllte die Geheimnisse des kleinen Mannes ins Dunkel, die er für die Dauer eines Kapitels ins Licht gerückt hatte, er trug sie mit sich in das Blau des letzten Kapitels in Menton, und ich bezweifelte, dass es noch Lebende gab, die in der Lage wären, mir ein Licht aufzustecken.

Natürlich gab es vielleicht irgendwo irgendjemanden, der ihm zufällig begegnet sein könnte, einen sehr alten Herrn, der vor dem Krieg in Wilna geboren war und dessen Pupillen sich an einem Winterabend beim Anblick eines Männchens im Gehrock geweitet hatten: Das Männchen kehrte vom Markt zurück, es hatte eine Schachtel Rahat Lokum in der Tasche, es hatte ihm davon angeboten, und es war nicht unmöglich, dass der alte Herr, als er sich diese Szene in Erinnerung rief, sich des gummiartigen Geschmacks zwischen Zunge und Gaumen erinnerte, an die kleine Hand, die er dem kleinen Mann gereicht hatte, um ihm feierlich zu danken, auf Kinderart, und daran, wie das Männchen ihm über den Kopf gestrichen hatte, dem sehr alten Herrn, der sich die weißen Haare raufte, die blond gewesen waren.

Doch ich durfte mich keinen Illusionen hingeben: Wenn es ihn gab und diese Szene sich zugetragen haben sollte, hatte dieser sehr alte Herr sicherlich nie den Namen des kleinen Mannes im Gehrock gewusst, und sollte er ihn gewusst haben, erinnerte er sich nicht mehr an ihn, und sollte er sich erinnern, waren seine Erinnerungen sehr vage, und sollten sie es nicht sein, dann waren sie anekdotisch, und gesetzt den Fall, er wäre noch am Leben, wie sollte man ihn finden? Gleich zu Anfang musste ich mich der Erkenntnis beugen: Ich würde niemals *wirklich* erfahren, wer Piekielny war. Wenn es Zeugen seines Lebens gegeben hatte, hatte die Zeit sie abberufen.

37

Warum hörte ich, wenn ich an Piekielny dachte, eine Geige?

Vielleicht weil er eine spielte. Die Winterabende in Wilna waren lang: Mit irgendetwas musste man sich ja beschäftigen. Auf tausend verschiedene Arten, und eine davon, nicht viel unwahrscheinlicher als eine andere, bestand darin, auf Saiten-, Blas- oder, seltener, auf Schlaginstrumenten diese universelle Sprache hervorzubringen, diese unbegreifliche und dennoch erhabene Alchemie, ohne die das Leben weniger schön wäre. Und spitze ich bei dem Gedanken an Piekielny die Ohren, höre ich die Geige. Seine Geige, er hatte sie bestimmt zu Anfang des Jahrhunderts gebraucht gekauft, für eine Handvoll Rubel oder Zloty – sie war kaum mehr wert, Holzwürmer hatten sich durch die Seitenteile genagt, und ihr fehlte ein Wirbel, ebenso dieses merkwürdige getrocknete Seepferdchen, das man Schnecke nennt, und dann muss man sagen, dass sie abgewetzt und in so schlechtem Zustand war, dass selbst ein Geigenvirtuose, ein Paganini von Wilna, ihr nur einen rauen, krächzenden Ton hätte entlocken können, so etwas wie die versoffene Stimme eines alten polnischen Trinkers im Dezember, wenn er nach dem Suff des täglichen Lots nach Hause geht und sich, so gut er kann, unsicheren Schrittes durch den schwarzen und weißen Schnee vorwärtskämpft, während er die Gaffer, den Himmel und die Nacht beschimpft.

Piekielny war kein Geigenbauer, aber ein Bastler mit geschickten Händen, der sich nicht dümmer anstellte als andere, monatelang hatte er sie geduldig restauriert, hatte sogar eine herrliche Schnecke geschnitzt, die nichts mit dem normalen Seepferdchen gemein hatte: Er hatte ihr die Form eines Schnurrbarts gegeben, groß, dicht und mit leicht nach oben gezwirbelten Spitzen – à la Proust, hätte er gesagt, hätte er Proust gekannt, doch Proust war damals noch ohne Ruhm, war nur einigen Comtessen und Salonlöwen mit Chapeau Claque und Adelsprädikat bekannt, die die Säulen seiner Kathedrale der Zeit werden sollten. In seiner Jugend hatte er, Piekielny, wie besessen Geige gespielt, doch er hatte damit aufhören müssen, um sich seinen Lebensunterhalt zu verdienen, sodass ihm, als er in die Große Pohulanka eingezogen war, nur die Nacht blieb, um sich seinem liebsten Zeitvertreib zu widmen, wobei freilich jeder weiß, dass nachts die Leute schlafen.

Also nahm er seine Geige aus dem Kasten – einer ockerfarbenen Kiste, deren Inneres mit violettem Samt ausgeschlagen war, er hatte sie eines Tages verlassen im Hof des Hauses gefunden –, spannte das Rosshaar des Bogens und stellte sich an den Notenständer vor dem zum Sternenhimmel geöffneten Fenster; wenn er das Instrument an den Hals, zwischen Schlüsselbein und Kiefer, gelegt hatte, spielte er viele nächtliche Stunden, doch niemals erklang ein einziger Ton: Niemals berührten die Bogenhaare die Saiten der Geige, die er absichtlich umgedreht hatte. Seine Nachbarn schliefen sicherlich, und sollten sie es nicht tun, fürchtete er, seine Musik könnte ihnen lästig oder eine Qual sein, oder sie könnte so wenig ihrem Geschmack entsprechen, dass sie ihn bäten, mit seinem *Gekratze* aufzuhören; doch er wollte sich möglichst unauffällig verhalten, er wollte sich keinen Ärger einhandeln und hatte die Absicht, sein Leben so zu führen, dass man ihm nicht den geringsten Vorwurf machen konnte: Es war ihm peinlich zu existieren. Daher gab er sich der sinnlichen Melodie der Stille hin, strich mit dem Bogen über das lackierte Holz der Geige, spielte nicht wirklich, aber schaute wirklich zu den Sternen hinauf.

38

Die Sterne in Wilna funkeln wie in Nizza – doch in Nizza funkeln sie über dem Meer. Hier sind Mutter und Sohn Kacew, *via* Warschau, im Sommer 1928 eingetroffen. Die Mutter wird Verwalterin der Hôtel-Pension Mermonts, einer bescheidenen Familienpension mit etwa zwanzig Zimmern, von denen eines, größer und schöner als die anderen, dem Sohn zufällt, der zu schreiben beginnt.

Will man sich in der Literatur einen Namen machen, muss man erst einmal einen haben. Manche Namen prophezeien einem ein Schicksal, dem entgehen zu wollen, illusorisch wäre: Was soll man zum Beispiel anderes werden als ein großer Schriftsteller, wenn man Chateaubriand heißt? «Beinahe tot», als er das Licht der Welt erblickte, war er bereits unsterblich, und es würde mich nicht überraschen, wenn ich erführe, dass sein Werk leuchtend, unbestreitbar, unsichtbar bereits auf der Rückseite seiner Windeln stand: Er musste nur noch seinen Namen darunter setzen.

Als ich mit achtzehn begann, ungelenke Sätze zu Papier zu bringen, ohne Rhythmus und Poesie (wenn ich sie heute wieder lese, möchte ich mich bei den Bäumen, die ich womöglich beleidigt habe, zutiefst entschuldigen), ich hatte keinerlei Talent, aber ich hatte einen Schriftstellernamen. Dieser Désérable mit seiner Betonung auf der letzten Silbe und seinem Quebec'schen Anklang erschien mir *recht zufriedenstellend*. Ich wollte, ich könnte Ähnliches über diesen François-Henri sagen: Meine Mutter hatte Wert darauf gelegt, mir einen zusammengesetzten Vornamen zu geben, denn das war, so meinte sie, höchst schick. Ich fand ihn vor allem altmodisch, er klang angestaubt und nach Ancien Régime; und als ich mein erstes Buch veröffentlichte, bekam ich die Bestätigung: Ihr Band über die Revolution, sagte mir der Buchhändler, nun ja, stellen Sie sich vor, als ich Ihren Vornamen auf dem Umschlag las, habe ich zuerst an die Neuauflage eines lang erschienenen Werks gedacht, an so etwas wie die Memoiren eines Akademiemitglieds des 19. Jahrhunderts, also die Vornamen …

Ich weiß nicht, ob ich meinen Vornamen mag, aber es ist meiner, ich finde mich mit ihm ab, und wenn er mir zu lang erscheint, verkürze ich ihn ganz souverän auf die beiden Initialen. Der junge Kacew hingegen hatte nichts gegen Roman, und als er nach Nizza kam, begnügte er sich damit, ihn zu Romain zu französisieren. Doch was seinen Nachnamen anging, *niet*: «Ein großer französischer Schriftsteller kann doch keinen russischen Namen tragen!», sagte ihm seine Mutter. «Wärst du ein Geigenvirtuose, würde ein russischer Name sehr gut passen, aber für einen Titanen der französischen Literatur geht das unmöglich …» Der *Titan*, der noch keine einzige Zeile geschrieben hatte, verbrachte Stunden damit, «Pseudonyme zu ‹testen›», und erst 1943 fand er im verwüsteten London diesen heute so französischen *Gary*, der auf Russisch so viel bedeutet wie: «Brenne!»

39

Dass sie in Nizza waren, lag daran, dass sie Wilna verlassen mussten.

Nachdem sich die mütterlichen Hüte zunächst schlecht verkauft hatten, verkauften sie sich eher gut, dann wiederum eher schlecht, dann wurde Roman krank, und er musste behandelt werden, was den Ruin seiner Mutter beschleunigte und sie erneut aufbrechen ließ, nach Warschau, wo Mina Verwandte hatte, dann nach Nizza, wo sie keine hatte, aber es war Frankreich, und dort, dachte sie, werde ihr Romuschka das Schicksal erfüllen, das sie ihm vorausgesagt hatte. Sie mussten also die Große Pohulanka Nr. 16 für immer verlassen. «Unser Hausrat wurde verpfändet, und ich erinnere mich an einen dicken, kahlköpfigen Polen mit einem Frömmlerschnurrbart, der mit einer Mappe unter dem Arm durch unsere Räume ging, zwei Komplizen im Schlepptau, die geradewegs aus Gogol zu stammen schienen und die lange die Kleider, die Sessel, die Nähmaschinen, die Stoffe betasteten und die aus Weide geflochtenen Schneiderpuppen.» Dies schreibt er im *Versprechen* über ihre bitteren Enttäuschungen in Wilna. Was lernt man daraus? Dass Gary Gogol gelesen hat.

40

Ehe er ihn las, musste er von ihm gehört haben, wenn nicht in der Schule, so doch zumindest durch seine Mutter, die ihn vielleicht gespielt hat, wenn nicht in den zaristischen Theatern von Sankt Petersburg oder Moskau, so doch zumindest auf rasch gezimmerten Bühnen mitten in einem Dorf, am Ufer der Wolga, vor müden Muschiks, deren runde Gesichter wegen des Alkohols als auch der Kälte tiefrot waren.

Und falls Mina Kacew nicht Gogol gespielt hat, konnte sie nicht umhin, ihrem Sohn sein Leben zu erzählen, und ich höre sie eines Abends im funkelnden Kerzenschein von der großen Geschwisterschar sprechen, vom Exil und der Mystik, dem heiligen Vermächtnis Puschkins und der Melancholie, dem Verbrennen im Ofen, dem großen Verbrennen im Februar 1852, den Eisbädern und schließlich von der *Leiter*, die er im Morgengrauen herbeiflehte, um zum Himmel aufzusteigen. Am selben Abend – oder einem anderen, es ist nicht von Belang – hat sie ihm mit ihrer ein wenig rauen Stimme einige Seiten von Gogol vorgelesen, darüber ist er eingeschlafen, und sie konnte ihm beim Einschlafen nicht zusehen, diesem kleinen Jungen, der ihrem Schoß entschlüpft war, ohne dafür zu beten, dass er auch und insbesondere *dem* Mantel *von Gogol entschlüpfe*, wie Onkel Fjodor, wie viele andere nach ihm, und während er, der kleine Junge, von feinen Herren träumte, von Muschiks in Schafspelzen, von Dienern in Livree, von Whistpartien bis tief in die Nacht, von Britschkas, die durch die Petersburger Straßen rumpelten, von Dörfern, wo die Isbas aufgeschichteten Holzhaufen ähnelten und die Kosaken in den Sternenhimmel ritten, konnte sie nicht umhin, ihm ein Schicksal zu erträumen, das mit dem desjenigen übereinstimmen sollte, auf dessen Feder sie geritten waren.

41

In *Wie ein Roman* stellt Daniel Pennac eine Liste der unantastbaren Rechte des Lesers auf, darunter *das Recht, überall zu lesen*. Der Schriftsteller Pennac schildert darin, wie der einfache Soldat Pennacchioni sich während seines Militärdiensts jeden Morgen freiwillig zu der ehrenrührigen *Fronarbeit in den Latrinen* meldete. Nicht dass er ein fanatischer Anhänger von Lappen und Besen gewesen wäre, aber die fünfzehn Minuten, die er für das Scheuern der Latrinen benötigte, reichten aus, dass man ihn vergaß und den ganzen Vormittag in Ruhe ließ, auf einem Fayence-Thron, mit den gesammelten Werken Gogols in der Hand, eintausendneunhundert Seiten, versteckt in der rechten Tasche seines militärischen Drillichanzugs. Von dieser kriegerischen Heldentat, schreibt Pennac, «sind nur zwei Verse übrig, die sehr hoch oben in eine gusseiserne Wasserspülung eingeritzt sind und zu den prächtigsten der französischen Poesie gehören:

> Ja, ich beteure, Pädagoge, mit ernster Miene:
> Den ganzen Gogol hab ich gelesen auf der Latrine.»

42

Von Gogol hatte ich, ehe ich diese Nachforschungen aufnahm, nur ein einziges Buch gelesen, am Schreibtisch, das heißt, in meinem Bett. (Man braucht nur zwei Dinge im Leben: gute Schuhe und ein gutes Bett, in ersteren verbringt man zwei Drittel seiner Zeit und das dritte Drittel in letzterem.)

Dieses Buch hatte den Titel *Die toten Seelen*, Gogols Meisterwerk, das Gary übrigens in *Der weiße Hund von Beverly Hills* erwähnt – ein auf zweihundert Seiten ausgeweiteter Leitartikel, pointiert geschrieben, nicht uninteressant, aber auch nicht unvergesslich, deswegen mag ich es ein bisschen weniger gern. In *Der weiße Hund* schreibt Gary: «Erinnert euch, dass das Wort ‹Seele› bis 1860, bis zu ihrer Befreiung, die Leibeigenen in Russland bezeichnete. Die ‹Seele› war eine Kauf- und Verkaufseinheit, der

Preis einer Seele zu Zeiten von Gogols *Toten Seelen* betrug in etwa zweihundertfünfzigtausend Rubel, was ungefähr fünfundzwanzigtausend alten Francs entspricht.» Heute macht dies etwas mehr als zweihundertfünfzig Euro aus, doch das ist nicht das Thema: Thema ist, dass Gary Gogol gelesen hat und mit diesen Zeilen – und denen im *Versprechen* – der buchstäbliche, unwiderlegbare und einwandfreie Beweis dafür vorliegt.

Ich beschloss also, Gogol, den ganzen Gogol, zu lesen und mit dem Wiederlesen der *Toten Seelen* zu beginnen, oder zumindest mit dem ersten Teil der *Toten Seelen* (den zweiten hat Gogol verbrannt), der mit dem Eintreffen von Tschitschikow beginnt, «dem Kollegienrat, Gutsbesitzer», der «in eigenen Angelegenheiten» reist (in Wahrheit ein Betrüger) und in dem gewöhnlichen Gasthaus einer Gouverneurstadt absteigt, begleitet von Selifan, seinem betrunkenen Kutscher, und seinem Diener Petruschka, von dem der Autor uns sagt, er sei versehen mit einem «Geruch *sui generis*». Dort setzt Tschitschikow sein Gepäck ab, bestellt ein Abendessen, erkundigt sich «mit großer Genauigkeit, wer in der Stadt der Gouverneur sei, wer der Gerichtspräsident, wer der Staatsanwalt, kurz, er ließ keinen einzigen bedeutenden Beamten aus», und «mit noch größerer Genauigkeit fragte er nach allen bedeutenden Gutsbesitzern: wie viel Seelen ein jeder habe, wie weit er von der Stadt entfernt wohne und wie oft er in die Stadt komme» etc. Dann sieht er sich die Stadt an, entbietet all ihren Würdenträgern seinen Respekt, begibt sich zu einer Abendgesellschaft beim Gouverneur, spielt dort eine Partie Whist, zeigt sich umgänglich und lächelnd, lässt sich zu weiteren Soireen einladen, wo er sich «als erfahrener Weltmann» erweist, der, «um was sich auch das Gespräch drehen mochte», sich immer daran zu beteiligen weiß, und dies in einem Maße, dass man sich schon bald geehrt fühlt, ihn am Tisch sitzen zu haben.

Hier erfindet Gogol den *cliffhanger*, diesen Vorgang, der darin besteht, mit dem Ende eines Kapitels Erwartungen beim Leser zu wecken (sehr gängig in Fernsehserien, wenn der Held in den letzten Sekunden einer Episode in einem Sarg liegt, wo man ihn tot glaubt, doch siehe da, plötzlich zwinkert er, oder leichter, aber darum nicht weniger fesselnd, er wird mit seiner Geliebten von seiner Frau, die er auf Reisen glaubte, im Ehebett überrascht, und was wird jetzt geschehen? Fortsetzung in der nächsten Folge).

Das erste Kapitel der *Toten Seelen* endet folglich mit einem *cliffhanger*, der wirkungsvoll, wenn auch ohne Finesse ist: «Eine derartige, sehr schmeichelhafte Meinung hatte sich über den Fremden in der Stadt gebildet, und sie hatte Bestand, bis eine ganz eigentümliche, seltsame Handlung desselben, von der der Leser alsbald erfahren soll, fast die ganze Stadt in die größte Verwunderung versetzte.» Und ich könnte ebenso verfahren, könnte den *cliffhanger* wie der Autor der *Toten Seelen* einsetzen, genauer erklären, dass, wenn ich von ihm spreche, dies nicht unbedeutend ist, dass sich darunter vielleicht sehr viel mehr als eine x-te Abschweifung verbirgt, dass Piekielnys Schicksal sich sowohl auf den Seiten Garys als auch auf denen Gogols abspielt (aber vielleicht auch nicht, letztlich hat Gogol vielleicht gar nichts mit dieser ganzen Geschichte zu tun, sodass man sich an deren Ende fragt, was zum Teufel er da zu suchen hatte. Wir werden sehen).

43

In Nizza wächst Romain heran, besteht sein Abitur, schreibt weiter, zuerst in Aix und anschließend in Paris, wo er sich für Jura einschreibt – was man meistens tut, wenn man mit achtzehn Jahren nicht weiß, was man im Leben will.

Ich habe immer gewusst, welcher Sache ich mein Leben widmen wollte. Im Alter von fünf Jahren habe ich meine ersten Schlittschuhschritte getan, in Amiens, auf dem Eis des Coliséums, auf dem schönen Eis, das überraschend bläulich schimmerte und von roten Zuschauerrängen umgeben war, dort habe ich meine Kindheit verbracht, jeden Abend trainierte ich, Wochenende eingeschlossen. Das Eis hatte mich gelehrt, was ich seit jeher wusste: Außerhalb einer Eisbahn fand nichts Gnade vor meinen Augen.

Mit dem Abitur in der Tasche beschloss ich natürlich, Eishockeyprofi zu werden – das und nichts anderes. Mein Vater freute sich (er selbst war erst Spieler, dann Trainer gewesen); meine Mutter wäre beinahe in Ohnmacht gefallen. Das komme *nicht infrage*: Sie habe ihren Sohn nicht großgezogen, damit er mit dem Ende eines Stocks, und sei er auch mit einer noch so ausgeklügelt gekrümmten Keule ausgestattet, eine Gummischeibe übers Eis schiebe. Professioneller Eishockeyspieler? Und sie fragte, warum nicht Feuerschlucker auf dem Platz vor der Kathedrale? Ich wolle Eishockey spielen? Gut, einverstanden, unter der Bedingung, dass ich gleichzeitig ein Studium mache.

Ich war in dem Alter, in dem man sich fügt, noch voller Respekt vor der elterlichen Autorität ist und vor allem keine finanzielle Lebensgrundlage hat: Ich willigte ein.

Aber welches Studium und für wie lange? Was du willst, erklärte sie, vorausgesetzt, dass du es bis zur Doktorarbeit bringst (sie ließ nicht locker). Ich beschloss, mich der Form halber an der Uni einzuschreiben, und schwor mir, nie einen Fuß hineinzusetzen.

Die meisten Gebäude der Université de Picardie Jules Verne, die im Jahr 1969 gegründet wurde, befinden sich im Umland: Nach den *Ereignissen* hielt man es für klüger, die potenziellen *Unruhestifter* aus der Innenstadt zu verbannen – was nützt das schon, die etablierte Ordnung mitten auf den Rübenfeldern umzustürzen? Nur die Fakultäten für Naturwissenschaften, Wirtschaft, Medizin und Jura – Studenten, von denen man zu Recht oder zu Unrecht glaubte, sie neigten weniger zur Revolte – wurden im Stadtzentrum angesiedelt. Sie befinden sich bis heute mitten im Quartier Saint-Leu, zwei Schritte von der Kathedrale und drei von der Eisbahn entfernt.

Vor den Naturwissenschaften graute mir, ebenso, wenn nicht gar noch mehr, vor der Länge des Medizinstudiums. Übrig blieben also nur noch die Wirtschaft und das Recht. Ich spielte mit einem Puck um Kopf oder Schrift: Es wurde Jura. Zur großen Freude meiner Mutter, die mich bereits die scharlachrote Epitoge tragen und großen Eindruck machen und sich selbst an meinem Arm über die Rue des Trois-Cailloux – die Champs-Élysées von Amiens – paradieren sah, wo man mir die Doktorwürde oder die eines Notars verleihen würde (ich würde mich nicht mit einer Doktorarbeit zufriedengeben, ich wäre auch Advokat). Somit fand ich mich auf den Bänken eines Auditoriums wieder, hörte Vorlesungen, in denen ich lernte, dass ein Paragraf *besagt*, dass man Berufung *einlegt* und Einrede *erhebt*: Es ist nicht ausgeschlossen, dass man mich mit durchdringendem Blick und dem Gesetzbuch unter dem Arm durch das Gewölbe der Fakultät schreiten sah: Ich gehörte zu denen, die Wörter wie *synallagmatisch* oder *chirografisch* hochgelehrt aussprachen, für die Morsang-sur-Orge am Samstagabend *the place to be* war und die selbstverständlich wussten, dass *fraus omnia corrumpit*. Ich hatte das Alter eines jungen Mannes und die Ernsthaftigkeit eines alten Gelehrten: ein Geck und zugleich ein alter Knacker, genau das war ich geworden. Es kamen Examen, Ergebnisse, Lobreden: Ich errötete wie eine Gesetzessammlung und berauschte mich an meiner Selbstgefälligkeit. Das erste Semester ging zu Ende. Es gab kein zweites.

Die Jugendarbeitslosigkeit war damals sehr hoch – nicht mehr und nicht weniger als heute. Ein Gesetz für die angebliche *Chancengleichheit* sollte auf der Stelle Abhilfe schaffen, gelingen sollte sie auch durch den CPE, eine wundersame Maßnahme, deren Abkürzung verschiedene Realitäten abdeckte: Contrat Première Embauche (Vertrag zur Ersteinstellung) für die Regierung, Chômage Précarité Exploitation (Arbeitslosigkeit Prekariat Ausbeutung) für die Opposition und Contre-Pouvoir Étudiant (studentische Gegenmacht) für die Jugend, die zunächst auf den Straßen protestierte und wenig später auch in den Hörsälen: Fast überall fand man sich zu Generalversammlungen zusammen, Misstrauensanträge wurden gestellt, Stühle und Tische vor die Eingangstüren geschoben («Barrikaden bauen», hieß das hochtrabend). Die meisten Fakultäten waren besetzt. Die Université de Picardie – in der Stadtmitte wie andernorts – machte keine Ausnahme: Sie wurde zu einer der Bastionen der studentischen Protestbewegung.

Abgesehen von meinem Abendgebet (die vier Stunden täglich, die ich den Göttern des Eises weihte) verfiel ich in Untätigkeit. Ich nutzte die Zeit, um nichts zu tun, zu träumen, zu schlendern, dem Regen zuzuschauen (ein Zeitvertreib, der einen in dieser Gegend lange in Atem halten kann: Es regnet ohne Unterlass, und Nicht-Regen ist der Vorbote von Regen, regnet es nicht, dann weil es *regnen wird*), die Langeweile wurde mir rasch langweilig.

Ich weiß nicht, wie, doch eines Nachmittags im März geriet ich flanierend in die Rue de la République und stand vor der Bibliothèque Louis-Aragon, deren Name mir unbekannt war, ihr Gebäude jedoch nicht, ein riesiger klassizistischer Bau mit einem dorischen Säulengang – als ich ihn zum ersten Mal sah, fand ich ihn, ehrlich gesagt, hässlich. Zögerlich, als wagte man sich an einen unerforschten und diffus bedrohlichen Ort, begab ich mich hinein: Dort befanden sich zu Tausenden diese unerforschten und diffus bedrohlichen Objekte, die man Bücher nennt.

Aufs Geratewohl griff ich eines heraus und plötzlich, als ich vom Pferd abgestiegen war, ging ich vorbei an Haselnusssträuchern und Heckenrosen, gefolgt von den beiden Pferden, die der Stallbursche an den Zügeln führte, ging in der raschelnden Stille, mit nacktem Oberkörper unter der Mittagssonne, ging und lächelte, seltsam und königlich, siegesbewusst. In fünf Tagen reinster Ekstase las ich *Die Schöne des Herrn*, und seither lebte ich mit Büchern. In diesem Frühjahr, als die französische Jugend auf die Straße ging, saß ich im Arbeitssaal, als der Direktor hereintrat, gefolgt von einem *Neuen* in bürgerlichem Aufzug und einem Schuldiener, der ein großes Pult schleppte; oder ich war in Gesellschaft von Josef K., den jemand verleumdet haben musste, denn ohne dass er etwas Böses getan hätte, wurde er eines Morgens verhaftet; oder ich befand mich in Megara, einer der Vorstädte von Karthago, in den Gärten Hamilkars; es sei denn, ich befand mich viele Jahre später dort – vor einem Exekutionskommando.

Das Schicksal des CPE, das bald exekutiert werden sollte, war mir gleichgültig: Man hätte die Institutionen der Republik umstoßen und den Präsidenten unter meinem Fenster guillotinieren können, ich hätte die Vorhänge zugezogen. All das war mir nunmehr schnurzegal. Ich war Kafka, der im Sommer 1914 in sein *Tagebuch* schrieb: «Deutschland hat Russland den Krieg erklärt. – Nachmittag Schwimmschule.»

Schließlich wurde das Gesetz verabschiedet, dann ausgesetzt; eines frühen Morgens läutete die Totenglocke des *Großen Abends*; die Tische wurden zurückgestellt, die Stühle abgestaubt: Es gab keine *Barrikaden* mehr. Die Vorlesungen wurden wieder aufgenommen; ich kehrte nicht zurück. Man glaubte, ich säße in der Uni: Ich war in der Bibliothek, wo ich las und wo ich schrieb. Da wusste ich noch nicht, dass mein ganzes Leben in diesen beiden Verben in einem solchen Ausmaß Platz finden sollte, dass es mit ihnen verschmolz.

44

Doch kehren wir zurück zu Gary. Spreche ich denn nicht über ihn, wenn ich über mich spreche? Ich meine, die Forderungen einer Mutter zu kennen; ich, auch ich, hatte eine Mina Kacew, nur dass sie in ihrer Vorstellung als Sprungbrett für Ruhm und Ehre nicht Romane auftürmte – eine Doktorarbeit, dachte sie, würde sie mir mit größerer Gewissheit einbringen –, doch die eine wie die andere wollte, dass wir ihnen hundertfach zurückgaben, was das Leben ihnen ungerechterweise genommen hatte.

Mina waren die Geisteswissenschaften nicht genug: dass ihr Romuschka einer der größten Schriftsteller seiner Zeit würde, klar, aber er müsste obendrein Botschafter werden, und nichts Geringeres. Also Jura. Einige Jahre wird er seine Vorlesungen vernachlässigen, um zu schreiben, um einen Roman zu beginnen und fertigzustellen, der abgelehnt wird, um einer jungen Metzgersfrau Proust zu lesen zu geben, Gläser mit Salzgurken zu verschlingen, sich mit Croissants vollzustopfen bei Capoulade, Ecke Boulevard Saint-Michel und Rue Soufflot, wo man heute schlechte Burger und tiefgefrorene Fritten isst, um mit einer entzückenden Schwedin zu schlafen, die auch anderweitig schlafen wird, um verschiedenste kleine Jobs zu übernehmen, darunter Kellner in einem Restaurant, Austräger auf einem Dreirad, Rezeptionist in einem Grandhotel am Étoile, Komparse, Tellerwäscher im Larue, im Ritz, und Nachrichtenredakteur für Zeitungen, die ihre Schlagzeilen immer öfter dem exaltierten Schnauzbärtigen aus Berlin widmen, einem deutschen Diktator, der groß in Mode ist. Doch zu jener Zeit pfiff Romain auf Diktaturen, er pfiff auf Deutschland und mehr noch pfiff er auf die Mode. Er träumte von Sand- und Kieselstränden, von jungen Frauen, ein wenig frivol, spärlich bekleidet und von ebenso spärlicher Tugend, und so findet man ihn im November 1938 in Salon-de-Provence wieder, eingerückt unter der sengenden Sonne des Südens, ehe er unter die zaghaftere zur Ausbildung an den Luftwaffenstützpunkt Avord geschickt wird, wo er «in Leder gepanzert, den Helm auf dem Kopf, die Hände in dicken Handschuhen, die Brille auf die Stirn geschoben» aufgefordert ist, im siebten Himmel zu schweben – vielleicht nicht ganz auf die Art, wie er es sich vorgestellt hatte. Dann kamen Bordeaux-Mérignac und die Stunden als Navigator, Bord- und Bombenschütze, dann der Krieg und hopp! – Ende der Ausbildung, auf nach England, wo über die Ehre Frankreichs entschieden werden sollte.

45

Ungefähr zu dieser Zeit, kurz bevor er nach London fliegt, sagt er in einem Interview, er habe die *Abende auf dem Gutshof* gelesen. Die Geschichte «Schreckliche Rache», eine der Erzählungen aus Gogols Sammlung, spielt in Kiew zur Zeit der Kosaken, als der Kosakenhauptmann Gorobetz die Hochzeit seines Sohnes feiert: «In alten Zeiten liebte man, gut zu essen; noch mehr liebte man, gut zu trinken; und vor allem liebte man, lustig zu sein», folglich isst man, trinkt man und ist lustig, die Musiker spielen auf, die jungen Mädchen tanzen, und als die Ikonen gehoben werden, verwandelt sich ein Kosak in einen Greis. Man hält ihn für einen Zauberer, und, so schreibt Gogol, «der seltsame Greis zischte, knirschte wie ein Wolf mit den Zähnen und verschwand».

Normalerweise schlage ich nach so einem Satz das Buch zu. *Heroic fantasy*, nichts für mich. Doch wer war ich, dass ich Gogol mitten in der Lektüre aufgab? Ich habe weitergelesen, und ich muss gestehen, es war ein Glück.

Etwas weiter, in Kapitel III, findet sich diese Passage, die mich an Piekielny aus dem *Versprechen* denken lässt – oder zumindest an die Vorstellung, die ich mir von Piekielny aus dem *Versprechen* mache: «Der Kosak ... liebt es, wenn er nachts erwacht, den hohen gestirnten Himmel zu sehen und vor der nächtlichen Kühle, die seine Kosakenknochen erfrischt, zu erschauern; er dehnt und reckt sich, murmelt etwas im Schlaf, steckt sich seine Pfeife an und wickelt sich fester in seinen warmen Pelz.»

Ganz wie Piekielny.

46

Mehr als anderthalb Monate waren vergangen, und ich hatte noch immer keine Antwort auf meinen Brief. Der Verwaltungsapparat war vergrippt. Gab es denn dort in den litauischen Archiven nicht «eine jener Schildwachen des Vergessens, die den Auftrag haben, ein schändliches Geheimnis zu wahren und sich allen entgegenzustellen, die auch nur die kleinste Spur vom Leben einer bestimmten Person wiederzufinden hofften»?

Es gab sehr wohl Archive – nur wenig hätte gefehlt und es gäbe keine mehr. Die Deutschen hatten ihren ganzen Eifer darangesetzt, sie verschwinden zu lassen, Anstrengungen, die durch den Eifer der «Papierbrigade» im Viertel erschwert wurden – diesen Namen hatten sich einige Juden des Wilnaer Ghettos gegeben, die zwangsrekrutiert waren, um Stapel Tausender Dokumente und Schriften zu sortieren, und zwar nach einem einzigen Kriterium, Beweis der Effektivität der Nazis: auf die eine Seite die Bücher, die wegen ihres schönen Einbands nach Frankfurt oder Berlin geschickt werden sollten, und auf die andere Seite all die Übrigen, die für den Reißwolf bestimmt waren.

Tausende Dokumente wurden den Plünderern unterschlagen, in Kellern und Dachstühlen versteckt und nach dem Krieg geborgen und wieder versteckt: Da der Schnauzbärtige aus Moskau entschlossen war, die Arbeit seines Berliner Kollegen zu vollenden, mussten sie erneut verschwinden. Dafür sorgte Antanas Ulpis, ein Bibliothekar, dem ein halbes Jahrhundert später zu danken war, dass man sie endlich bergen, klassifizieren, ordnen und in den Regalen vergessen konnte, bis zu jenem Tag, als man auf Drängen von Romas Ramanauskas, dem Vorsitzenden des «Club Romain Gary von Vilnius», mehrere kartonierte Sammelmappen aufspürte, eine enthielt die Ausweispapiere eines gewissen Roman Kacew, vier weitere die seiner Mutter Mina Kacew, sechs weitere die seines Vaters Leiba Kacew und zwei weitere das Melderegister der Bewohner der Wielka Pohulanka (polnisch für Große Pohulanka).

47

Ich schickte also eine Mail an Elžbeta Šimelevičienė, Archivarin in Vilnius. Ob sie diese Register für den Zeitraum von 1921 bis 1925 einsehen und mir mitteilen könne, ob darin ein gewisser Herr Piekielny erwähnt sei? Sie gab meinem Ersuchen statt, das sie sofort, so schrieb sie mir, an Dalius Žižys, den Direktor des Nationalarchivs, weiterleiten wolle. Acht Tage später erhielt ich im Anhang einer E-Mail folgenden Brief:

LIETUVOS CENTRINIS VALSTYBĖS ARCHYVAS
LITHUANIAN CENTRAL STATE ARCHIVES

Budgetary agency. O.Milašiaus g. 21, LT-10102 Vilnius. LITHUANIA Tel.: +370 5 247 7830. Fax +370 5 276 5318.
E-mail.: lcva@archyvai.lt Data have been accumulated and stored in the Register of Legal Entities, code 190764187

Francois-Henri Désérable
fhdeserable@hotmail.com

2014-12-08 Nr. R4-1898
to 2014-11-30 request

ABOUT MR. PIEKIELNY

We would like to inform you that there is no data in the archives for Mr. Piekielny's dwelling place in Wielka Pohulanka 16, Vilnius (Wilno), where Romain Gary (Roman Kacew) and his mother Mina Kacew also lived, during the period 1921–1925.

Director Dalius Žižys

[Betreff Herr Piekielny: Wir möchten Ihnen mitteilen, dass in den Archiven keinerlei Spur von einem Herrn Piekielny gefunden wurde, der in der Wielka Pohulanka Nr. 16 in Vilnius (Wilna) gelebt haben soll, wo Romain Gary (Roman Kacew) und seine Mutter Mina Kacew zwischen 1921 und 1925 gewohnt haben.]

48

Im Saal des Großen Rates des *Palazzo Ducale* in Venedig kann man die Porträts der sechsundsiebzig ersten Dogen betrachten, ausgenommen jenes von Marin Falier, dessen Gesicht – langer weißer Bart und hervorstechende Nase – mit schwarzem Tuch verhängt wurde, nachdem man ihn des Hochverrats für schuldig erklärt, im Hof des Palasts enthauptet und mit der *damnatio memoriae* belegt hatte, mit dieser posthumen Strafe, dem Vergessen übergeben zu werden, die aus dem antiken Rom stammt und darin bestand, mit verschiedensten und vielfältigen Mitteln rückwirkend jede Spur des Lebens einer Person auszulöschen.

Ich begann mich allmählich zu fragen, ob nicht auch Piekielny, obwohl er bis zum Beweis des Gegenteils weder Doge noch römischer Kaiser gewesen war, mit der *damnatio memoriae* belegt war. Die Archive existierten – Menschen hatten ihr Leben aufs Spiel gesetzt, damit sie existieren –, doch sein Name schien nur in Garys Buch eine Existenz zu haben, als wäre außerhalb dieses Buchs jedem Bleistiftstrich ein Radiergummi gefolgt.

Der Winter in Vilnius ist zweifarbig. Um neun Uhr wird es hell, um vier Uhr nachmittags dunkel, und die Stadt hüllt sich in Finsternis. Die übrige Zeit ist alles weiß: die Dächer der Häuser, die Kuppeln der Kirchen, die Hauben der Autos und die Furchen, die sie auf den Straßen hinterlassen – auch sie weiß.

Als ich mich zum ersten Mal in Vilnius aufhielt, war es Frühling, zufällig bei Regen. Beim zweiten Mal war es Winter, und ich befand mich aus freien Stücken im Schnee:

Ich hatte beschlossen, das Archiv aufzusuchen, wo ich Einsicht in das Melderegister der Bewohner der Großen Pohulanka Nr. 16 nehmen wollte. Schließlich sei man vielleicht, so dachte ich, nachlässig gewesen, man habe sich irren können, und ich wollte Gewissheit haben: Ich musste mit eigenen Augen, *de visu*, feststellen, dass es in diesen Registern keine Spur eines gewissen Monsieur Piekielny gab.

Ohne mich angekündigt zu haben, tauchte ich dort eines Morgens im Dezember auf, wie die Jäger im Schnee auf einem Gemälde von Brueghel dem Älteren. Als ich aus dem Taxi stieg, die Ohrenklappen meiner Uschanka heruntergeklappt, meinen Mantel bis hoch zum Kragen zugeknöpft und meine Hände in den Handschuhen in die doppelt mit Molton gefütterten Manteltaschen gesteckt, war ich bereit, dem kalten Wind zu trotzen – der beinahe ebenso kalt war wie das große, recht hässliche Gebäude im Stil von Le Corbusier, rein funktional und postsowjetisch, errichtet im Niemandsland, wo einst ein Wald stand, den man mit Bulldozern plattgemacht hatte, Eichen, Lärchen und Eschen, zu Hunderten abgeschlagen, um Papiervorräte zu horten.

49

Kommen Sie am Montag wieder, sagte man mir (in barschem, schneidendem, beinahe ungehaltenem Ton, und hätte man mich aufgefordert, ich solle mich verpissen, hätte es sich nicht anders angehört). Es war Freitag, ich musste zwingend vor Sonntag wieder zurück in Frankreich sein, also gut, sagte ich etwas missmutig, ich werde Montag in einigen Monaten wiederkommen. Doch obwohl ich bei dieser Gelegenheit die Unterlagen nicht einsehen konnte, war mein Besuch in Vilnius nicht sinnlos: Am nächsten Tag besichtigte ich mit Dalija Epstein die Altstadt; ich hatte Kontakt zu ihr aufgenommen, weil sie dort lebte und Garys Geschichte sehr gut kannte. Sie war Jüdin – aber nicht gläubig, erklärte sie –, geboren in Vilnius vor dem Krieg, in die UdSSR emigriert, wo sie sich der Macht widersetzte, indem sie Französisch lernte, das sie perfekt beherrschte, ebenso wie Russisch, Englisch, Litauisch, Jiddisch und Polnisch (ich kann auch ein bisschen Spanisch, sagte sie mir, und da ich mir etwas blöd vorkam, entgegnete ich, dass ich ein bisschen Picardisch spräche).

Wir hatten vereinbart, uns vor der Bronzefigur des verliebten Jungen zu treffen, unten an der Jono-Basanavičiaus-Straße. Es lag keine Rose mehr zu seinen Füßen, aber ein Bewunderer – eine Bewunderin? – hatte Blumen, halb verwelkte Kamillenblüten, in den Schuh gesteckt, den er noch immer mit zum Himmel gehobenem Blick an sein Herz drückte. Ich machte ein Foto, das ich Clément per MMS schickte (Hast du bemerkt, dass der Schnee, schreibt er per SMS, der wohl in der Nacht reichlich gefallen ist, ihm so etwas wie einen Zylinder aufgesetzt hat? Warte ein, zwei Stunden, er wird tauen, und dann hat er eine Melone auf).

Ich könnte damit beginnen, Ihnen das Haus zu zeigen, sagte Dalija, wo Roman Kacew und seine Mutter gewohnt haben. Ich kenne das Haus, sagte ich, ich habe Stunden im Hof zugebracht; aber ich weiß nicht, in welcher Wohnung … Ich hatte meinen Satz noch nicht ganz ausgesprochen, als wir bereits die Jono Basanavičiaus entlanggingen, sie und ich, Seite an Seite, und wenn ich auch meinen Schritt ihrem anpasste, geschah es doch, dass ich mich von meinen (knapp über) zwanzigjährigen Beinen hinreißen ließ, sodass ich ein Stückchen vor ihr ging und auf der Höhe der Nummer 18, als ich ihr einen Viertelmeter voraus war, durch den Torbogen drängen wollte, da hörte ich hinter mir eine leise Stimme murmeln, aber nein, das ist nicht hier. Was?, sagte ich. Das ist nicht dieses Haus, erklärte sie.

Die Gedenktafel, die an der Jono Basanavičiaus 18 (der ehemaligen Nummer 16 der Großen Pohulanka) angebracht ist, hängt dort so – am äußeren linken Rand des Gebäudes, genau neben der Nummer 16 –, dass ich darauf wette, jeder, der davor steht, begeht diesen Fehler. Somit war dieser Hof, den ich beim ersten Mal wie *einen kultischen Ort* betreten hatte, wo ich Stunden geträumt hatte und meine Gedanken frei den imaginierten Erinnerungen nachhingen, dieser Hof, für den ich seit Monaten im Geiste Skizzen entworfen hatte, in denen der kleine Roman mit Piekielny zusammentraf, dieser Hof, dem ich auf gewisse Weise eine nahezu heilige Aura verliehen hatte, dieser Hof also war nicht der aus dem *Versprechen*, nein, es war der Hof der Jono Basanavičiaus 16, der früheren Nummer 14 der Großen Pohulanka, das heißt, es war der Nachbarhof.

In den weder Piekielny noch Gary je einen Fuß gesetzt haben dürften. Der Hof – *ihr* Hof – war nebenan, in allem identisch, jedoch zehn Meter weiter: das gleiche Ödland, das zum Parkplatz geworden war, die gleichen Bäume, deren Namen ich nicht wusste, die gleichen Gebäude mit gelben Stuckfassaden. Hier ist es, sagte Dalija und deutete auf ein Fenster im ersten Stock, hier lebten Roman Kacew und seine Mutter.

Und ich betrachtete es, dieses Fenster, aber kalt, klinisch, ohne Emotion, fern von dieser inneren Erschütterung, die ich beim ersten Mal empfunden hatte, als ich den Hof nebenan betrat und der nunmehr in meinem Kopf verankert war als der, von dem Gary im *Frühen Versprechen* erzählt hatte. Ich stand da, im Hof, im *richtigen*, vor der Wohnung, unter dem Fenster, und es war mir egal (ich machte mir Vorwürfe, dass es mir egal war). Gehen wir, sagte ich zu Dalija, die meine Gleichgültigkeit für zunehmende Verwirrung hielt. Wir traten durch den Torbogen und liefen wieder an der Nummer 16 vorbei (wo mich wie jedes Mal ein leiser Schauer ergriff), um hinunter in die Altstadt zu gehen, die im Krieg zum Teil das Ghetto gewesen war.

Und die vermutlich vor dem Krieg, sagte ich zu Dalija, das jüdische Viertel war. Nein, verbesserte sie mich, das ist ein weit verbreiteter Irrtum. Und sie erklärte mir, bereits im 14. Jahrhundert hätten Juden sich in Vilnius angesiedelt, anfangs seien ihnen nur einige, genau zugeteilte Straßen der Stadt erlaubt gewesen, doch ab dem Ende des 19. Jahrhunderts hätten sie sich niederlassen können, wo sie wollten. Sehen Sie, sagte sie, nehmen wir zum Beispiel die Jono Basanavičiaus, wo wir gerade sind: In den Zwanzigerjahren wohnten hier einige Russen, aber vor allem Polen und Juden. Ein Stück weiter, in der Nummer 23, befand sich eine Jungenschule, wo auf Jiddisch unterrichtet wurde, in der Nummer 18 lebten die Kacews und vielleicht Ihr Piekielny, genau gegenüber, in der Nummer 17, tagte der Jiddische P. E. N.-Club, hier, in der Nummer 16 lebte der bedeutende Philologe Max Weinreich, einer der Gründer des YIVO, des größten Zentrums für die Erforschung der jüdischen und jiddischen Kultur, und dahinten, in der Nummer 5, im heutigen Kulturministerium, residierte der berühmte Bankier Israël Bunimovich, und in der Nummer 2 befand sich das Domizil des großen Rabbiners Chaïm Ozer Grodzinski. Natürlich, erläuterte sie mir, lebten in dieser oder jener Straße mehr oder weniger Juden, doch streng genommen gab es kein *jüdisches Viertel.*

Aber es gab sehr wohl ein Ghetto. Es gab sogar zwei, sagte Dalija: Die Vokiečiu-Straße, die damals Niemiecka hieß, trennte das, was man das Große Ghetto nannte, in dem fast dreißigtausend Menschen auf einem handtuchgroßen Fleck zusammengepfercht waren – um ganz genau zu sein, in den Straßen Ligoninės, Rūdninkų, Žemaitijos, Lydos, Šiaulių, Ašmenos, Dysnos und Mėsinių –, vom Kleinen Ghetto, wo sich etwas mehr als Zehntausend drängten und das nur die Straßen Stiklių, Gaono, Antokolskio sowie diese Žydų-Straße umfasste, wo wir uns gerade befinden. *Žydų* bedeute Juden auf Litauisch, erklärte Dalija. Damals habe sie *Żydowska* geheißen, das polnische Wort für Juden. Doch die Juden nannten sie *Jiddische gas*, da ist man mit seinem Latein am Ende. Nichts an dieser Straße, so wie Sie sie heute sehen, erinnert mehr daran, wie sie damals war. Sie ist quasi völlig zerstört gewesen: durch die Bombenangriffe im Krieg und in den Fünfzigerjahren durch die Sowjets. Sehen Sie das hässliche Gebäude hier vor Ihnen? Das ist eine Schule. Früher war es die Große Synagoge: Dreihundert Jahre hatte sie hier gestanden, und dreitausend Gläubige konnten sich unter ihren riesigen Bronzelüstern versammeln. Hinter Ihnen befanden sich statt des Kinderspielplatzes mehrere Gebetshäuser. Und direkt daneben, zu Ihrer Rechten, das des Gaon von Wilna, einer der größten Talmudisten der Geschichte. Er starb 1797 und war in Šnipiškės begraben, auf dem alten jüdischen Friedhof, der mit Hammer- und Meißelschlägen vernichtet wurde. Aber seien wir unbesorgt: Mit den Grabsteinen haben sie Straßen gepflastert.

Sie scherzen, sagte ich, nicht wahr, Sie scherzen doch? Kommen Sie, sagte Dalija, Sie werden schon sehen, ob ich scherze, und als wir dreihundert Meter weiter einige Stufen hinaufgingen, sagte sie, Achtung, Sie treten gerade auf ein Grab. Wie, fragte ich, welches Grab? Sehen Sie, sie deutete auf den Stein unter meinen Füßen. Ich trat beiseite, ging in die Hocke, kratzte den Schnee weg und sah, halb ausgelöscht, poliert von Tausenden Sohlen, einen Namen, in hebräischer Schrift eingraviert in das, was ein Grabstein gewesen war, den man seines Ursprungs beraubt hatte, einen Namen, den ich nicht entziffern konnte, den eines Mannes oder einer Frau, den Hunderte Menschen jeden Tag unwissentlich profanierten.

Mein Gott, sagte ich.

Mein was? Die Nazis haben das jüdische Volk vernichtet und die Sowjets das jüdische Erbe. Ergebnis, sagte Dalija, es ist nichts mehr übrig.

Für den letzten Satz gab sie mir immer wieder konkrete Beispiele: In dieser Straße (Gaono) war aus einer Synagoge die Österreichische Botschaft geworden, in jener (Vivulskio) befand sich einst das YIVO, in einer dritten (Subačiaus) hatte man die Juden zusammengetrieben, um sie in den Wald von Ponar zu transportieren, wo man sie am Rande einer Grube antreten ließ.

Und weil eine Stadt nicht nur aus dem besteht, was sich dem Blick offenbart, sondern ebenso aus dem, was sich ihm entzieht, blieben wir nicht auf den Gehwegen, um Fassaden zu betrachten: Wir gingen durch Torbögen, drückten Türen auf, betraten Hinterhöfe, durchdrangen das Unbewusste von Vilnius, auf der Suche nach alldem, was die Zeit vielleicht verdrängt, verscharrt hatte und das vielleicht, so hoffte ich, letztendlich erneut aufblühen könnte.

Rechnen Sie nicht damit, sagte Dalija. Es gibt nichts mehr. Doch, fügte sie an, doch eines gibt es noch. Sie schaute auf ihre Uhr, schüttelte den Kopf: Leider muss ich mich verabschieden, doch es gibt einen Ort, den ich vergessen habe, Ihnen zu zeigen. Wollen Sie sehen, was von der jüdischen Welt aus der Vorkriegszeit übrig geblieben ist? Dann gehen Sie in die Žemaitijos-Straße, sagte sie geheimnisvoll ohne weitere Angaben, und heben Sie den Blick. Gut, entgegnete ich, gab ihr die Hand, und wir trennten uns genau dort, wo wir uns zwei Stunden zuvor getroffen hatten, vor der Bronzestatue des verliebten Kindes (ein Rundgang).

50

Allmählich verstand ich, dass nicht allein die Zeit, sondern auch der Ort mein Gegenspieler war. Das *Jerusalem von Litauen* war auf seine ganz eigene Art unter der Asche begraben worden, der Krieg war sein Vesuv gewesen und seine Glutlawinen erst Nazideutschland und dann die Sowjetunion. Und wollte man wissen, wie es vor dem Ausbruch im Sommer 1941 ausgesehen hatte – oder wollte man sich zumindest eine Vorstellung davon machen –, blieb einem nichts anderes übrig, als es im Kopf zu rekonstruieren, so wie diese römischen Tempel in Pompeji, deren Pracht man sich nur ausmalen kann, wenn man, ausgehend von den Überresten zu zwei Drittel zerstörter Säulen, im Geiste Tragbalken, Friese und Kranzgesimse zusammensetzt.

Keinerlei Säule in Vilnius, doch hier und da rare Spuren der jüdischen Vergangenheit der Stadt. Dalija hatte mir empfohlen, in die Žemaitijos-Straße zu gehen und nach oben zu schauen, was ich unmittelbar tat. Es war eine kleine Straße, die während des Krieges Teil des Großen Ghettos war – damals hieß sie Straszuna – und die sich im Gegensatz zu vielen anderen Straßen nicht sehr verändert hatte: Die meisten Häuser standen noch, manche bewohnt, andere dem Verfall überlassen, und das Pflaster war nie asphaltiert worden. In dieser Straße hatte am 1. September 1943 eine Partisanengruppe rebelliert, sie hatte eine Barrikade gebaut und auf die Nazis geschossen, die mit einer Sprengladung reagierten, das Haus zerstörten und die meisten Aufständischen töteten.

Dalija hatte mir geraten, den Kopf zu heben, um – so ihre Worte – zu sehen, was von der *jüdischen Welt aus der Vorkriegszeit* übrig geblieben war. Am Anfang der Straße befand sich ein Hof, der als Parkplatz genutzt wurde, dort, wo einst ein von den Sowjets zerstörtes Gebäude stand. Von diesem Gebäude verblieb nur noch eine Mauer, und auf dieser Mauer, in der Höhe des zweiten Stocks, in der Höhe dessen, was ein Gebetshaus gewesen sein musste, war ein Davidstern in den Stein gemeißelt. Während also die Nazis im Ghetto dem alten Nietzsche-Gedanken, *Gott ist tot*, recht gaben und Juden verfolgten, ihnen das Recht

Die Nr. 9 der Žemaitijos-Straße in Vilnius.

nahmen, ein würdiges Leben zu führen, und ihnen dann jegliches Recht auf Leben absprachen, hatten sich Männer, Frauen und Kinder, unter ihnen vielleicht ein gewisser Monsieur Piekielny, vor dieser Wand zusammengefunden und gebetet.

Stumm, zu Tränen gerührt, blieb ich dort stehen, bis ich endlich weitergehen konnte. Nicht weit davon entdeckte ich an den Fassaden der Nummern 7 und 9 Aufschriften in hebräischen Schriftzeichen. Sie müssen vor dem Krieg jüdische Geschäfte angezeigt haben; nach dem Krieg hatte man sie überpinselt, als wären die Mauern Palimpseste, auf denen man eine Geschichte auslöschen könnte, um sie ganz nach Belieben zu überschreiben – doch im Laufe der Zeit und durch die Witterung war die Farbe abgeblättert, sodass sich Vilnius' Vergangenheit offenbarte und daran erinnerte, dass es vor gar nicht langer Zeit das *Jerusalem von Litauen* gewesen war.

51

Vor dem Torbogen der Žemaitijos-Straße 9 dachte ich wieder an eine Geschichte, die mir mein Großvater väterlicherseits erzählt hatte und die mir die negative Entsprechung dieser Aufschriften an den jüdischen Geschäften zu sein schien, die dank des Regens wieder sichtbar waren.

Mein Großvater war 1914 geboren – im selben Jahr wie Gary –, was bedeutet, dass er wie Gary im Jahr 1940 alt genug war, sich töten zu lassen. Er wurde nicht getötet, sondern verletzt, gefangen genommen und in ein Oflag, ein Kriegsgefangenenlager für Offiziere, in Westfalen gebracht, nicht weit entfernt vom Schloss Thunder-ten-tronckh, doch nicht alles war zum Besten bestellt. Nach dem Waffenstillstand zog er seine Uniform aus, wurde im Militärkrankenhaus Val-de-Grâce aufgenommen und blieb dort fast ein Jahr, bis er nach Amiens zurückkehrte, wo er die väterliche Eisenwarenhandlung übernahm (sie existierte seit seinem Geburtsjahr und sie existiert noch heute unter der Leitung meines Onkels), er lernte meine Großmutter kennen, heiratete sie, zeugte mit ihr sechs Kinder – und schwieg. Er sprach *nie* vom Krieg: Er hatte ihn das rechte Auge gekostet (ihm blieb das linke), das linke Knie (ihm blieb das rechte) und vor allem seine Jugend (und siehst du, sagte er, von ihr blieb mir nach drei Jahren unter der Fahne und fünf weiteren hinter Gittern nichts).

Ich habe nur einige wenige Erinnerungen an ihn, die eigentlich nicht wirklich unvergesslich sind, aber offenbar waren sie es für den Kopf eines Kindes (der Druck, zum Beispiel, mit dem er meine Hand hielt, wenn wir einen Zebrastreifen überquerten), seine Briefmarkensammlung, die, andererseits, auch eine Spuckesammlung ist, sein Ausweis eines Jurastudenten und ein Buch, ein einziges, eine Ausgabe von *Die Schnepfe und andere Novellen*, herausgegeben in Wien, vergilbt, fleckig und mit Eselsohren, auf deren erster Seite er statt eines Exlibris diese Bemerkung hinterlassen hat: «Gelesen in der Gefangenschaft.» An unsere Gespräche erinnere ich mich überhaupt nicht, oder doch ein bisschen. Ich weiß ja, dass es sie gab; ich weiß nicht, worum es dabei ging; ich weiß, es ging dabei nicht um den Krieg. Doch eines Tages, als ich von Deutschland sprach, erzählte er mir, er sei ein einziges Mal der «Geschäfte» wegen dorthin zurückgekehrt, in ein Städtchen, dessen Namen er mir nun nicht mehr ins Gedächtnis rufen kann.

Er hatte in einem Gasthof um ein Zimmer mit Blick auf den Fluss gebeten (*ein Zimmer*, *bitte*). In den Tagen zuvor habe es ohne Unterlass geregnet, hatte ihm der Gastwirt erklärt, ein anständiger Typ, der sich ihm gegenüber als freundlich und hilfsbereit erwies. Der Fluss sei über die Ufer getreten, ein halber Meter Wasser, hatte der Gastwirt gegrummelt (*Scheiße*), bis in den Keller, den er habe leer schöpfen müssen, und seitdem warte man, dass der Wasserstand falle. Am ersten Tag war das Wasser langsam gefallen; am zweiten Tag war es wieder auf Normalstand; am dritten Tag fiel es von Stunde zu Stunde, mit zunehmender Tendenz, auf einen unnormal niedrigen Pegel, sodass eine bronzene Schirmmütze (*was ist denn das*?) sichtbar wurde. Als der Fluss in den nächsten Tagen gar kein Wasser mehr führte, offenbarte sich ihnen die Antwort: Es war eine Statue, die man bei Kriegsende dringend loswerden musste, sodass man sie kurzerhand im Fluss versenkt hatte. Der Kopf war ramponiert und von Schlamm überzogen – obwohl nicht wiederzuerkennen, doch jedem bekannt –, und der rechte Arm erhoben, als wollte er die Gaffer grüßen, die sich an der Böschung drängten. Es wurde dunkel, die Gaffer gingen heim, die Statue blieb. Ich war in meinem Zimmer, erzählte mir mein Großvater, und stand am Fenster, als der Gastwirt vor die Tür trat. Er schaute sich um, nach rechts, nach links, niemand da, und ich sah meinen Gastwirt, sah, wie er verstohlen den Arm reckte und, als wäre nichts, seinen Führer grüßte.

Du kannst die Vergangenheit vergraben, sagte mir mein Großvater, du wirst sie aber nicht daran hindern können, wieder an die Oberfläche zu kommen.

52

Würde auch Piekielny eines Tages wieder an die Oberfläche kommen?

Es hing nur von mir ab, ob ich die Lethe ausbaggern würde.

Einige Monate später reiste ich wieder nach Vilnius, dieses Mal mit der Genehmigung in der Tasche, das Archiv einsehen zu dürfen. Auf einem Tisch der Bibliothek erwarteten mich weiße Handschuhe und zwei Sammelmappen. In der ersten fand ich den «*Ksiega Meldunkowa mieszkańców domu n° 16 W. Pohulanka*» (den Auszug des Melderegisters der Bewohner der Großen Pohulanka Nr. 16) aus dem Jahr 1921 und in der zweiten den von 1925.

Insgesamt etwa sechzig polnisch beschriebene Seiten: Dieses Gebäude hatte knapp dreihundert Bewohner, zwei Drittel von ihnen waren Juden, wie es der Eintrag «*Zyd*» (die Abkürzung für «*Zydowski*») belegt, die Übrigen waren zumeist Polen («*Pol*» für «*Polski*»). Außer der Abstammung waren für jeden Bewohner der Name und der Vorname verzeichnet, der Name der Eltern, die Nummer der Wohnung, Geburtsdatum und -ort, Familienstand, Konfession, Einnahmequellen, vorhergehender Wohnort etc., das meiste mit schwarzer Tinte geschrieben, nur weniges mit violetter, eine Caprice, die die Nüchternheit des Ganzen sprengte. Auf dem siebzehnten Blatt entdeckte ich den Namen von Mina Kacew und den ihres Sohns Roman, was letztendlich nicht überraschend war – sie hatten schließlich in der Großen Pohulanka Nr. 16 gewohnt, das war unstrittig, glaubwürdige Zeugnisse belegten dies, und folglich gab es keinerlei Grund, dass ihre Namen nicht in diesem Register stehen sollten –, und doch verblüffte es mich, ihre Namen zu entdecken, es bewegte mich, sie mit allen Buchstaben geschrieben zu sehen; lange betrachtete ich dieses *K*, dessen beide gleich langen Schrägstriche in selber Höhe auf dem Stamm zusammentrafen, wo sie eine kleine rundliche Schleife bildeten, dieses leicht nach links geneigte *a* in einer Art entgegengesetzter Kursivschrift, dieses *c*, das einem *e* ähnelte, dieses *e*, das vollkommen dem traditionellen Kanon entsprach, und dieses *w*, das ihm so wenig entsprach, die einfache Ligatur von zwei *v*, von denen das eine das andere flüchten wollende festzuhalten schien; ja, ich muss zugeben, sie bewegten mich, diese aufeinanderfolgenden, sich umschlingenden, sich miteinander verbindenden Buchstaben, die den Namen Kacew ergaben, und denke ich heute an die Aufregung, die mich an jenem Tag ergriff, glaube ich sagen zu können, sie entsprang dem unwiderstehlichen, unwiderlegbaren und unwiderrufbaren Beweis, den ich zum ersten Mal vor Augen hatte, dass einige Jahre lang in der Großen Pohulanka Nr. 16 in Wilna ein kleiner Junge lebte, der ein berühmter Schriftsteller werden sollte.

Ich suchte noch nach einem anderen Namen, einem, der mit den Buchstaben *P-i-e* begann, und einen Augenblick glaubte ich, ihn gefunden zu haben, ich glaubte, auch ihn, Piekielny, entdeckt zu haben, aber nein, er war es nicht, ein *t* folgte auf die ersten drei Buchstaben, wie in Pietkiewicz, Helena («*Zyd*»), geboren 1898 in Wilna, was bedeutete, sie kannte den kleinen Roman, sie ein junges Mädchen und er noch ein Kind; was weiterhin bedeutete, sie hatte

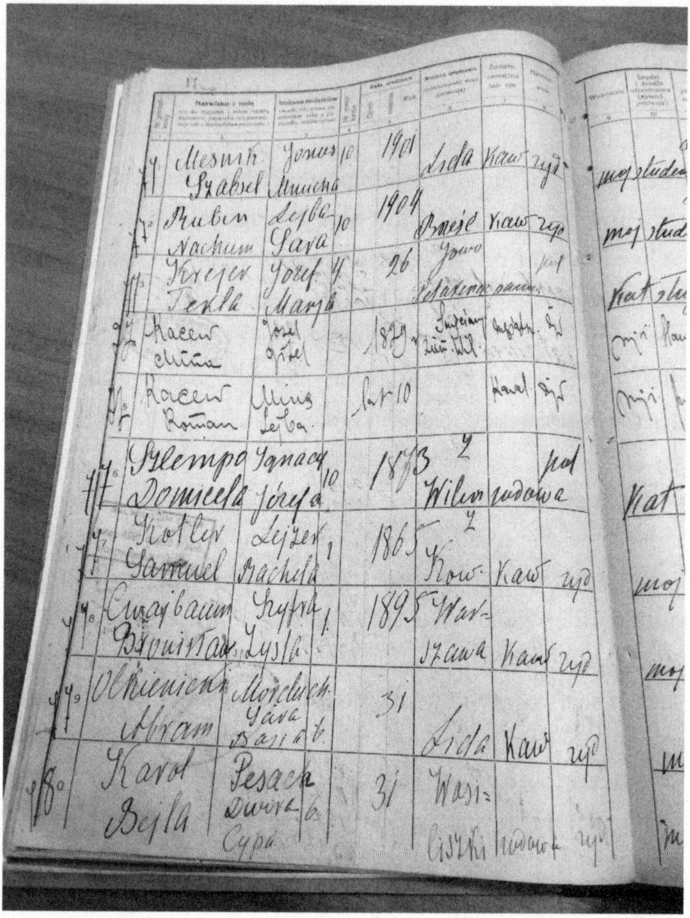

Melderegister der Bewohner der Großen Pohulanka 16 (im vierten Kästchen von oben der Name von Mina Kacew, direkt darunter der ihres Sohnes Roman).

ihn sicherlich im Hof getroffen, im herbstlich winddurchbrausten, wenn die Schatten länger werden und sich in einen Laubteppich einrollen, im winterlich verschneiten oder vielleicht später, zur Jahreszeit der ersten Hitze, wenn der Schnee längst Flocke für Flocke auf den fiebrigen Lippen getaut ist, wenn es denn nicht in einer trägen Sommernacht war, unter unzähligen Sternen, wenn die begierigen, bebenden Lippen von unendlicher Neugier sind; was letztlich bedeutete, auch sie musste am Rand einer Grube den Schuss ins Genick erfahren haben oder die Wolkenfabriken in den polnischen Ebenen mit Steckrüben und Stacheldraht oder die Scheiterhaufen von Klooga, Helena Pietkiewicz, von der vielleicht nur ein Name in einem vergilbten Register bleibt, ein armer Name, der geschrien, geflüstert, gemurmelt, Tausende Male auf tausend verschiedene Weisen ausgesprochen wurde und niemandem mehr etwas sagt – den ich niederschreibe, wie man eine Flaschenpost ins Meer wirft.

53

Es gab also in den Melderegistern der Großen Pohulanka Nr. 16 zwischen 1921 und 1925 keinen Piekielny. Musste man daraus schlussfolgern, dass er dort nie gewohnt oder vielleicht sogar überhaupt nicht gelebt hatte? Nicht von vornherein jedenfalls. Die Register hatten gesprochen; sie hatten nicht alles gesagt. Können sie es überhaupt? Menschen beziehen eine Wohnung, siedeln um, zeugen Kinder, heiraten, lassen sich scheiden, heiraten erneut, ergreifen einen anderen Beruf, wechseln manchmal sogar die Identität, nehmen Fotos auf, die sie zusammen mit den Briefen, den Papieren verlieren oder verbrennen. Sie schreiben ihr Leben auf, doch das Leben selbst übernimmt es, alles auszulöschen.

Ich schreibe diese Zeilen in Paris, in der Rue de la Fontaine-au-Roi 56, in einer winzigen Wohnung, die ich vom Freund eines Freundes als Untermieter übernommen habe, der sie vor mir einem anderen Freund untervermietet hatte. Nur ein Handschlag hat unseren Handel besiegelt. Kein Papier bezeugt heute meine Gegenwart in diesen vier Wänden. Der Mietvertrag, die Rechnungen, der Briefkasten lauten nicht auf meinen Namen. Sollte es in hundert Jahren – angenommen, diese Wohnung gibt es dann noch – jemanden drängen, nach der Identität desjenigen zu forschen, der hier ein Jahrhundert zuvor gewohnt hatte, fände man keine Spur irgendeines Désérable. Müsste man daraus schlussfolgern, dass ich nie existiert habe?

54

Und wenn man den Namen Piekielny nirgends fände, nirgends außer in den Seiten des *Versprechens*? Wenn es als Archiv einzig dieses Kapitel 7 gäbe, diese drei Seiten – die drei einzigen –, wo der Name der Maus erscheint? Und wenn dieser Name, ehe er schwarz auf weiß in ein Buch geschrieben wurde, keine anderen Spuren, kaum wahrnehmbare, vergängliche, flüchtige Spuren hinterlassen hätte als jene in den Köpfen der Berühmtheiten dieser Welt?

Denn dieser allen unbekannte Name, der nur den Lesern des *Versprechens* vertraut ist, war in Gesellschaft von illustreren Namen in illustren Köpfen. Zum ersten Mal, bei einem der ersten Male, geschah es nach Ende des Krieges in England auf dem Flugfeld in Hartford Bridge.

Ihre Majestät Königin Elizabeth nahm die Parade des Geschwaders von Unteroffizier Gary de Kacew ab: «Die Königin», schreibt Gary im *Versprechen*, «blieb vor mir stehen und fragte mich mit dem gütigen Lächeln, das ihr zu Recht bei der Bevölkerung so große Beliebtheit eingebracht hatte, aus welcher Gegend Frankreichs ich käme. Um für Ihre Majestät die Dinge nicht zu komplizieren, antwortete ich höflich: ‹Aus Nizza.› Und dann ... Es war stärker als ich. Ich glaubte fast, das Männchen aufgeregt vor mir gestikulieren, sich die Haare seines Spitzbärtchens ausrupfen und mit dem Fuß stampfen zu sehen, um meine Aufmerksamkeit auf sich zu lenken. Ich versuchte, mich zu beherrschen, doch die Worte kamen mir spontan über die Lippen, und fest entschlossen, den aberwitzigen Traum einer Maus zu verwirklichen, verkündete ich der Königin laut und vernehmlich: ‹In der Großen Pohulanka Nr. 16 in Wilna wohnte ein gewisser Mister Piekielny ...›»

Auf diese Weise erklang Piekielnys wenig klingender Name im Kopf einer Königin, in dem sich andere Namen tummelten, Churchill, Shakespeare, Cromwell, Disraeli, Victoria, die ebenso klingend waren wie der Glockenschlag von Big Ben in der Nacht, und man weiß nicht, ob dieser Name sie so ärgerte, wie sie manches Mal Churchills ärgerte, oder sie so bezauberte, wie sie mit Sicherheit Shakespeares bezauberte, oder sie erschauern ließ, wie es zweifellos Cromwells tat, es ist unbekannt, ob der Name sie stutzig machte, sie in Unruhe versetzte oder ungerührt ließ, doch man darf vermuten, dass er, und sei es auch nur für einen Augenblick, in illustrer Gesellschaft im Kopf einer Königin war, so wie er auch ein wenig später, ein wenig früher, man weiß es nicht, in dem eines Mannes war, der für Gary Frankreich verkörperte und den Gary demnach wie einen König liebte.

55

Wann und bei welcher Gelegenheit hatte de Gaulle zum ersten Mal den Namen Piekielny gehört? Wann hatte ihn Gary zum ersten Mal in seiner Gegenwart ausgesprochen?

Es geschah nicht beim ersten Mal, als sie sich in London trafen, kurz vor dem Blitzkrieg, und die *Fritz* die Stadt in die Nacht tauchten. Es war somit nicht im St. Stephen's House gegenüber der Themse, auch nicht einen Monat später am anderen Ufer, in Carlton Gardens, ganz in der Nähe des St. James's Park. Gary, der aus Gibraltar eingetroffen war, wollte sogleich über den Wolken kämpfen, wo die Messerschmitts und die Spitfires Walzer tanzten. Ausgeschlossen, dachte der General: Ein Franzose musste *für Frankreich* sterben, in Blau-Weiß-Rot gehüllt, in einem Geschwader mit den Farben der Republik, auch wenn sie vorübergehend in Vichy begraben war. Einstweilen langweilte Gary sich zu Tode, gemeinsam mit anderen jungen Männern, die von jenseits des Ärmelkanals gekommen waren, die wie er vom Himmel träumten und wie er am Boden festsaßen, entwaffnete Waffenbrüder auf Zeit. Manche waren nach dem Appell de Gaulles getürmt, andere waren ihm sogar zuvorgekommen, alle hatten ein Stück Frankreich in sich mitgebracht, und so erwiesen sie ihm die Ehre, und fortan baten sie nur um eines, um eine simple Winzigkeit, die ihnen dennoch verweigert wurde: um die Erlaubnis, sich töten zu lassen, hier und jetzt, am englischen Himmel – wenn möglich, nachdem sie Deutsche getötet hätten, und wenn möglich, sehr viele von ihnen. Gary wurde vorgeschickt, um de Gaulle ihr Anliegen in Habtachtstellung vorzutragen. Sie wollen aufbrechen und kämpfen?, hatte der General schneidend gefragt. Na gut, brechen Sie auf. Und vor allem, hatte er hinzugefügt, vergessen Sie nicht, sich töten zu lassen. Daraufhin hatte Gary vor dem General höflich salutiert und beschämt auf dem Absatz kehrtgemacht. Er schickte sich an, den Raum zu verlassen, hatte schon die Hand an der Türklinke, und im Übrigen, hatte der General ihm hinterhergerufen, der ablehnte, dass ein Franzose unter fremder Flagge flog, im Übrigen seien Sie unbesorgt, Ihnen wird nichts zustoßen: Nur die Besten kommen um.

Es war also nicht bei jenem Zusammentreffen, dass vor de Gaulle die Erinnerung an die freundliche Maus von Wilna wachgerufen wurde. Ebenso wenig, als sie sich 1941 in Bangui, in Oubangi-Chari, wiedersahen. Der Krieg war weit davon entfernt, gewonnen zu sein: In Pearl Harbor trank man in Blumenhemden und mit Strohhüten auf dem Kopf sorglos Cocktails. Gary war weit entfernt vom Pazifik, und obwohl er nur allzu gerne ein Blumenhemd angezogen und einen Strohhut aufgesetzt hätte, befand er sich mit seinem Geschwader mitten in Afrika, mit einem Tropenhelm und in Khaki. Als der General eintraf, weiß gekleidet und mit einem Képi, kam er nicht wirklich, um ihnen Cocktails zu servieren: Der Chef der France libre war auf einer Inspektionsreise. Man wollte ihn unterhalten; Gary verfasste eine Revue, «sehr spritzig, witzig, amüsant», und versuchte sich zudem als Schauspieler. Die Generalprobe in Abwesenheit des großen Charles war ein regelrechter Triumph, die Premiere in seiner Anwesenheit «eine einzige Katastrophe».

Vielleicht geschah es Ende '44, als der Krieg gewonnen war, im ausgeweideten, verheerten, aber standhaften London, anlässlich des Erscheinens von Garys erstem Roman auf Englisch. Es geschah ganz einfach erst sehr viel später, eines Abends im Jahr 1960 im Élysée mit Yvonne oder eines Sonntags in La Boisserie, als der General, der nicht mehr in Uniform war, das *Versprechen* las. Es war noch 1956, während der «Durchquerung der Wüste», als der eine, der Ehren überdrüssig, sich vom öffentlichen Leben zurückgezogen hatte und der andere, der nach ihm lechzte, sich ein aufsehenerregendes Entree verschaffte. Ich für meinen Teil hätte es überaus geschätzt, wenn es sehr viel früher stattgefunden hätte, unter dem Arc de Triomphe, am 14. Juli 1945. Ich weiß nicht, ob an jenem Tag die Képis den Gesichtern Schatten spendeten oder sie vor Regen schützten, ob die Mützenschirme in der Sonne glänzten oder Regentropfen darauf rollten; ich weiß nicht, wie viele sie waren, diese «letzten Kleiderständer, denen man noch Auszeichnungen anheften konnte», und ich, der ich mein ganzes Leben lang niemals unter Beschuss geraten bin, der außer beim Eishockeyspiel niemals kämpfen musste, ich frage mich vergeblich, was sie wohl empfanden, Stolz, dort zu stehen, oder vielleicht Schuldgefühle, nicht in den Wolken zu sein, zwar wie die anderen in den Wolken gewesen, jedoch nicht oben geblieben zu sein. Und dann betrachte ich Romain.

Denkt er an jene, die für immer ruhen, an seine Mutter unter Blumen, an seine Brüder unter der Fahne? Erinnert er sich in diesem Augenblick an sie, an diese ewig jungen

Männer, auf ewig niedergemäht mitten im Flug? Ruft er sich noch einmal ihre Namen ins Gedächtnis, sagt er sie unheilvoll vor sich hin, zusammen mit denen der Flugzeuge und der Orte, wo diese Flugzeuge abstürzten? Sieht er ihre jugendlichen Gesichter wieder vor sich, so wie er gerade das ernste, strenge des Generals sieht? De Gaulle in Galauniform, mit sternenbesetztem Képi, tritt mit grünen Bändern in der Hand langsam näher; hinter ihm rücken die Champs-Élysées zurück, die bereits dekoriert sind, nur dass ihre grünen Bänder Platanen heißen oder Kastanien und nicht *Croix de la Libération*; aus dem Bronzeschild auf der heiligen Steinplatte flackert die ewige Flamme für den Unbekannten Soldaten. Gary denkt an diesen anderen Unbekannten, der nicht Soldat war, der es zweifellos niemals war und der wie ein Soldat im Krieg zu Tode gekommen ist: Keine Flamme brennt heute zu seinem Gedenken. Er sieht ihn wieder vor sich, den kleinen zurückhaltenden, unscheinbaren Mann mit dem vom Tabak verfärbten Spitzbart, und als der große Mann mit der schmalen Moustache das Band der *Libération* an seine Brust heftet – Gary mit erhobenem Kopf und den Armen eng am Körper –, ist es eindeutig stärker als Gary, er kann sich nicht beherrschen zu sagen, in der Großen Pohulanka Nr. 16 in Wilna, *mon Général*, wohnte ein gewisser Monsieur Piekielny. De Gaulle, verdutzt, aber keineswegs außer Fassung, legt die Hand an den Schirm seines Képi, und ich möchte glauben, dass die Maus aus Wilna dort, von wo sie nicht zurückkehrt, die Habtachtstellung einnimmt und mit nur zwei Fingern, auf die polnische Art, durch Garys Vermittlung den General grüßt.

56

Dieses kleine Stückchen grüner Stoff war Gary nicht einfach zugeflogen. Gary war geflogen: auf einer Potez 540 in Bordeaux-Mérignac, wo ihn Schrapnellsplitter am Bein verletzten; auf einer Potez 63 nach Meknès mit leerem Tank; auf einer Blenheim in Kano, Nigeria, wo ein Baum seinem Flug ein Ende setzte; wieder auf einer Blenheim im Norden von Lagos, wo er ein Ende in der Steppe fand; auf einer Luciole in Belgisch-Kongo, wo ein Elefant dem Flug ein Ende bereitete; wieder auf einer Blenheim in Zentralafrika, das damals Oubangui-Chari hieß; ich weiß nicht auf welchem Flugzeug, einer Hurricane oder eine Morane, in Abessinien, wo der Händler Arthur Rimbaud nur ganz wenig geschrieben hat, einen Bericht, Briefe und Bildunterschriften unter Ganzkörperfotografien von sich selbst und wo er, Romain Gary, ganze Nächte damit zubrachte zu schreiben; auf einer Boston schließlich, wo er trotz verstärkter Anstrengungen zu sterben drohte.

Nicht in Massachusetts. Sondern am 25. Januar 1944 am französischen Himmel. An jenem Tag hebt Romain Gary von Hartford Bridge in Hampshire mit seiner Boston ab – einem leichten viersitzigen Jagdflugzeug – mit neunhundert Kilo Bomben an Bord sowie René Bauden, Bordschütze, Arnaud Langer, Pilot, und ihm selbst, Romain Gary, Navigator und Verantwortlicher für die Bombenabwürfe, um die feindlichen Abschussrampen jenseits des Ärmelkanals zu bombardieren. Sie fliegen über Wiesen und Täler, dann über Wellen, und schon zeichnet sich am nächtlichen Horizont etwas Weißes ab: Die Alabasterküste, die Felsen, denen man sich vorsichtig nähert, mit lauerndem Blick, mit der Angst im Bauch, und im Bauch die vorm Abflug in der Messe hinuntergestürzte Tasse Tee, dann Überquerung der Normandie im Tiefflug, um dem Radar zu entgehen – aber nicht den Segnungen der Flak. Die Flugabwehrkanonen spucken Acht-Achter-Granaten in einer Frequenz von zwanzig pro Minute aus, und eine davon endet mit ihrer Geschwindigkeit von tausend Metern pro Sekunde unvermeidlich in der Kabine der Boston, was unvermeidlich nicht ohne Schäden bleibt: Das Plexiglas des Cockpits ist zu Splittern zerborsten, nicht weiter schlimm, wenn sie nicht die Lider des Piloten an seine Augäpfel genagelt hätten, nicht alarmierend, wenn Gary, der selbst verletzt ist, an seiner Stelle die Steuerung übernehmen könnte, doch eine Panzerplatte trennt ihn von Langer am Steuer, nicht schwerwiegend im Vergleich zum Schiebedach, das sich nicht öffnen lässt, was heißt, dass sie nicht mit dem Fallschirm abspringen können – und dies ist ziemlich unangenehm, denn gleich werden sie abstürzen.

Wenn man ohnehin sterben muss, denken sie, kann man den Job auch zu Ende bringen. Bis zum Angriffsziel weiterfliegen und den Piloten mündlich dirigieren, die Mission erfüllen, dann würde man schon sehen. So machen sie es, sie öffnen die Klappe, werfen die Bomben ab, zerstören das Ziel, und jetzt sehen wir mal: Wir haben also ein von Kugeln durchsiebtes Flugzeug, dessen einer der zwei Motoren ausgesetzt hat, das blind gesteuert und von einem Typen dirigiert wird, der allmählich verblutet. Fügen wir noch hinzu, dass Bauden pinkeln muss.

57

«Weiß der Teufel, wie diese Arschlöcher es geschafft haben davonzukommen.»

So in etwa die Worte, die Doktor Bercault zu Colonel Henry de Rancourt sagt. Und er erklärt:

«Man hat sie wie leblos in den Überresten der Boston gefunden, mit ihren Helmen zwischen den Beinen, um zu schützen, was … nun ja, Sie wissen schon …»

«Voilà», sagt Rancourt, «das nennt man ‹Prioritäten setzen›.»

Daraufhin untersucht er die Verletzten, die auf Feldbetten liegen, überall Verbände, nicht besonders gesund, aber munter.

«Wie geht es ihnen?»

«Gary hat einen Bauchschuss, nichts Lebensbedrohliches. Langers Sehnerv ist intakt, er wird wieder sehen können. Man kann behaupten», folgert Bercault, «sie sind sehr glimpflich davongekommen.»

Alle sind erleichtert.

Auch Bauden.

58

Die Glanzleistung ist natürlich nicht unbemerkt geblieben. Zuerst hat der *Evening Standard* in seinen Spalten von drei Wunderknaben berichtet, dann hat die BBC sie eingeladen, ihre Heldentat zu erzählen, und dann bringt man eines Tages Gary, als er sich gerade in der Offiziersmesse aufhält, ein Telegramm, von Carlton Gardens, sagt der Posten ungewöhnlich ehrerbietig, gib her, sagt Gary mit einer Eilfertigkeit, die man sonst nicht an ihm kennt. Er greift nach dem Telegramm und überfliegt es mit einem Blick: «Die provisorische Regierung der Französischen Republik», blablabla, «gemäß Erlass», blablabla, «*Croix de la Libération*», und darunter steht sein Kampfname, Romain Gary, mit seinem Dienstgrad, Unteroffizier, und ganz unten die Unterschrift: Charles de Gaulle.

59

Für Gary ist der Krieg beendet – oder wenn nicht der Krieg, so doch die Kämpfe. Man gewährt ihm Urlaub, den er in London verbringt, wo man allmählich sagt, das war's, das ist der Anfang vom Ende *of this bloody war*. Vorbei die Vormittage, wo man dicht an Hausmauern entlangläuft, an denen die Bomben der Deutschen fallen; vorbei die rauchenden Trümmer und die Straßen voller Schutt; vorbei die heulenden Sirenen in der Nacht und die Nächte zehn Meter unter der Erde. Die Stadt droht einzustürzen, doch das Leben nimmt wieder seinen Lauf, uff, man ist wohlbehalten davongekommen. Nur dass es bald wieder losgeht, wie im Jahr 1940, als die deutsche Luftwaffe am Londoner Himmel ihr Unwesen trieb.

Dieses Mal rührt das Chaos nicht mehr von den Messerschmitts, sondern von den deutschen Raketen, der V1, der V2, den *dei ex machina* des exaltierten Schnauzbärtigen, die in Aprilschauern unter den Auspizien des Mars und dem Gelächter aus Berlin fallen – wer zuletzt lacht, lacht am besten, denken die Londoner, auch wenn London zu der Zeit wirklich nichts Amüsantes an sich hat.

60

«Das amüsiert Sie, Gary?»

«Ja, sehr. Sie nicht?»

Dieses im Englischen nicht wahrnehmbare *Sie* richtet sich an einen britischen Offizier des MI5, den es ganz offensichtlich nicht zu amüsieren scheint, nein, wirklich nicht.

«Die Sache ist ernst. Sehr ernst. Ist Ihnen das bewusst?»

Die Szene findet an einem geheimen Ort statt, in einem feuchten Raum, im Untergeschoss, nur mit einem Schreibtisch, zwei Stühlen, einem Einwegspiegel ausgestattet und mit einer Lampe als einziger Beleuchtung, die auf das Gesicht des im Moment gar nicht so freien Franzosen gerichtet ist.

«Nein, eigentlich nicht.»

«Also noch einmal. Wir haben einen Brief abgefangen, der an Sie adressiert ist, darin schreibt eine unbekannte Person: ‹Unnötig zu kommen: Die Amerikaner werden anlanden.› Sehen Sie den Namen auf dem Umschlag?»

«Ja.»

«Sie bestätigen, der Empfänger zu sein?»

«Ja, ich bestätige es.»

«Und Sie bestätigen, dass es sich hier um eine codierte Mitteilung handelt?»

«Ja, genau.»

«Wissen Sie, wie man so etwas in Kriegszeiten nennt? Das ist Hochverrat.»

«Hochverrat!»

«Absolut. Und Sie wissen, was die erwartet, die sich des Hochverrats schuldig gemacht haben?»

«Keine Ahnung.»

«Das Kriegsgericht.»

«Das Kriegsgericht!»

«Ja, und das Erschießungskommando.»

«Das Erschießungskommando! Für so wenig!»

«Wie? Für so wenig? Jemand informiert Sie über Truppenbewegungen – wir wissen beide, dass eine Invasion unmittelbar bevorsteht –, er gibt Ihnen Instruktionen – dieses geheimnisvolle ‹unnötig zu kommen› –, und Sie glauben, einfach so davonzukommen? Für wen arbeiten Sie, Gary? Für die Fritz, die Sowjets? Für Vichy?»

«Ich arbeite für mich oder zumindest für eine junge Frau, Sie müssten sie sehen, eine Brünette mit grünen Augen, die ich in drei Tagen heimlich treffen sollte. Wir verabreden uns immer wieder in einem kleinen Hotel zwei Schritte von hier. Doch nun ist sie, wie soll ich sagen, indisponiert. ‹Die Amerikaner werden anlanden›, das ist ein Code, ja, tatsächlich. Sie hätte schreiben müssen, ‹die rote Armee marschiert›, dann hätten Sie es vielleicht verstanden.»

«Sie verarschen mich, Gary?»

«Nein, absolut nicht. Hier, ihr Name und ihre Adresse. Sie können das überprüfen.»

Nach der Überprüfung wird Gary freigelassen.

61

Wie man sieht, führte Gary nicht nur Krieg. Was ist das übrigens, Krieg? Ein Massaker von Leuten, sagte Paul Valéry, die sich nicht kennen, zum Nutzen von Leuten, die sich kennen, aber nicht massakrieren. Ein Verstärker für Heldentum und Niedertracht. Für das Beste und das Übelste im Menschen. Für die Lebensgier, die sich durch die drohende Gefahr des Todes verzehnfacht. Und für die Franzosen in London auch ein mondäner Salon unter den Bomben.

Folgen wir ihm, diesem jungen Mann im *battle-dress*, der munter seiner morgendlichen Unterredung entkommen und alerten Schrittes zum Hauptquartier der Forces Françaises Libres gegangen ist, wo er, als er ankommt, gerufen hat, ich muss euch eine dolle Geschichte erzählen. Und er hat ihnen geschildert, wie die Männer der Gegenspionage ihn in den frühen Morgenstunden abholten, ihn zwei Stunden lang grillten (in Wahrheit zwanzig Minuten, aber man darf doch Phantasie walten lassen), ihn pausenlos (zwei Mal) befragten, ihm sogar Prügel androhten (von wegen), so sicher seien sie gewesen, einen Spion überführt zu haben, und welch eine Fresse sie gezogen haben, ihr hättet sie sehen müssen, als ihnen klar wurde, dass sie einem Irrtum aufgesessen sind. Die Kameraden haben herzhaft gelacht, haben ihm freundschaftlich auf den Rücken geklopft, sagenhafter Gary, und Gary!, ertönte eine Stimme in dem Lärm, der auf der Stelle verstummte. Der General. Kommen Sie her, hat der General durch die offene Tür gesagt. Dann: Leutnant, Sie verbringen wohl angenehme

Stunden in den Armen der Engländerinnen? Mein General, hat Gary geantwortet, ich habe es immer als meine Pflicht angesehen, die Ehre Frankreichs sowohl an der Front als auch im Hinterland zu verteidigen. Ein Lächeln ist über de Gaulles Gesicht gehuscht – es hat sich allerdings sofort verflüchtigt: Schonen Sie Ihre Kräfte, der Krieg ist gewonnen, aber noch nicht beendet. Wegtreten.

Als Gary aus dem Büro des Chefs trat, ist er zufällig auf Mendès France gestoßen, der ihn nach Aron gefragt hat, und dann auf Aron, der ihn nach seinem Roman gefragt hat. Anschließend ist er ins Dorchester geflitzt – wo er drei Gurken-Sandwichs verschlungen hat –, ehe er eine Freundin in einem Hotelzimmer traf –, wo er die Ehre Frankreichs verteidigt hat –, und schließlich ist er in der Nacht in dem französischen Petit Club von St. James's gelandet, in einer verrauchten, weiß gekalkten Kellerkneipe, die ich mir wie mein Lokal in Vilnius vorstelle – weniger die Kellnerin in der tief ausgeschnittenen weißen Bluse –, mit Trikolore-Fahnen, einem Porträt des Generals und Schwarz-Weiß-Fotos von Paris an den Wänden.

Als er hineinging, ist er auf den hemdsärmeligen Druon mit einer Engländerin im Arm getroffen. Unter dem Emblem der Lilie haben sie einige Worte gewechselt, ehe sie sich mit den Artigkeiten alter Kameraden verabschiedeten, und Gary hat die Wirtin begrüßt, eine frankophile ältere Frau mit Chignon und Zweischärfenbrille, anschließend hat er sich in die Nähe der Küche gesetzt und ein hartes Ei und Rindsgulasch bestellt, worauf er bereits seit zehn Minuten wartet. Um ihn herum wird allerlei gespielt: Komödie (mit den Frauen), Gleichgültigkeit (gegenüber den Raketen), Pech (beim Kartenspiel), alte zerkratzte Schallplatten (ein Grammophon), und zwischen zwei französischen Chansons und zwei Männern, die wir zu kennen glauben, entspinnt sich ein Gespräch auf Französisch, von dem wir nichts wissen, doch das womöglich diesem hier ähnelte:

«Deprimiert?»

«Nicht mehr als Frankreich.»

«Beunruhigt?»

«Immer.»

«Wodurch?»

«Durch den Krieg, die Frauen und die Literatur. Und du?»

«Durch die Literatur, die Frauen und den Krieg.»

Welcher der beiden Männer hat zuerst gesprochen? Der mit einer jüdischen Mutter und einem russischen Vater, aufgewachsen in Russland, aufgewachsen in Nizza, Flieger, Widerstandskämpfer und Schriftsteller, oder der andere, mit einer jüdischen Mutter und einem russischen Vater, aufgewachsen in Russland, aufgewachsen in Nizza, Flieger, Widerstandskämpfer und angehender Schriftsteller? Der Jüngere, der seinen Ruhm den Elefanten verdankt, oder der Ältere, der mit *Le Lion* sein Glück machen wird?

Im Übrigen ist der Ältere nicht so alt: Er ist sechsundvierzig und hat zwei, drei Dinge getan, die Beachtung verdienen. Er hat am Krieg teilgenommen, am Großen, in der Artillerie, dann bei der Luftwaffe, in der *Kavallerie des Azurs, des Sturms und der Wolken*; er hat ein Buch darüber geschrieben, das er *L'Équipage* genannt hat; im Alter von zwanzig ist er um die Welt gereist, und dann ist der Krieg zurückgekehrt, und er hat den *schwarzen Flug der Raben über unseren Ebenen* gesehen; er ist vor den Raben nach London geflohen, wo er in einer Kneipe an einer Tischecke, mit seinem hemdsärmeligen Neffen Druon im Handumdrehen das Viatikum für die Schattenarmee entwirft, für die wahren Franzosen, für die in den Kellern und im Maquis und nicht für jene, die am helllichten Tag mit Armbinde und Barett marschieren; und dann ist er wieder in den Himmel aufgestiegen, es geht nun einmal nicht anders, Krieg ist Krieg, wo er auf einer B-25 Mitchell die Luftangriffe über dem besetzten Frankreich erlebt hat. Und selbstverständlich all das, die Literatur, der Himmel, die Feuer der Abschussrampe und die Feuerprobe, all das zusammengenommen bringt Kessel Garys Bewunderung ein, der in ihm sein Ebenbild und ebenso einen großen Bruder erkennt, einen Mentor, einen Kameraden, einen Freund – kurzum, einen Typen, mit dem man seine Freude und sein Leid teilt, sein hartes Ei und das Rindsgulasch, der einem ein Glas Wein ausgibt, dann noch eines und schließlich, auch wenn die Nacht bereits weit fortgeschritten ist, sagt, sie ist noch jung, Alter, lass uns tanzen gehen.

62

Und wenn die Nachwelt, so Clément, dem ich soeben diese Passage vorgelesen habe, uns nicht bloß unsterblich machen würde, sondern obendrein so täte, als wären wir die Einzigen, die existiert haben? Gary tritt aus dem Büro des Generals, und wen trifft er zufällig? Pierre Mendès France und Raymond Aron. Er geht in eine Kneipe, und wer kommt im selben Augenblick heraus? Maurice Druon. Er setzt sich an einen Tisch, und wer setzt sich zu ihm? Joseph

Kessel. Gab es denn zu der Zeit überhaupt irgendwelche Normalsterblichen auf der Welt?

63

Normalerweise tanzt Gary nicht. Findet er sich zufällig auf einer Tanzfläche wieder, steht er stocksteif da, mit einem Glas Wasser in der Hand, und weiß nicht, was er tun und wirklich denken soll, und seine Anwesenheit ist ebenso vergebens, sinnlos und unpassend wie die des Papstes im Bordell. Nicht dass er das Tanzen so sehr hasst, nein, aber er sieht keinen Nutzen darin: Sollte es darum gehen, den Körper zu bewegen, um Vergnügen zu empfinden, danke, da gibt es andere Wege; und wenn manche sich in alle Richtungen schütteln, so wie andere röhren oder quaken, einverstanden, aber er hat andere Vorzüge.

Normalerweise also tanzt Gary nicht, aber an jenem Abend doch. Als Kessel ihn in einen Kellerklub mitnimmt, geschützt vor den dröhnenden V1 und den raffinierteren V2, die schneller als der Klang in der Stille heranfliegen, tobt Gary auf dem *dance-floor*: kleine Schritte zur einen Seite, dann zur anderen, Kreisbewegungen mit dem Kopf, kurzes Hüftkreisen, Händeklatschen im Takt bis zu dem unvermeidlichen Augenblick, als er sich die Frage stellt, die ich mir jedes Mal stelle: Was tue ich hier eigentlich?

Er schlängelt sich zum Tresen und bestellt etwas, dann lässt er sich in einer Ecke nieder, die Oliven griffbereit. Er isst eine nach der anderen und spuckt die Steine ungeniert um sich. Sie kullern zu den Füßen einer Frau, deren marineblauen Ballerinas den Blick auf ihre Knöchel freigeben.

Alabaster, den er lang betrachtet: Es sind die einer Engländerin, einer großen Brünetten mit langen Haaren, mit grünen Augen, wettet er mit sich. Er hebt den Kopf, falsch: Es ist eine kleine kurzhaarige Blonde mit blauen Augen, in eine Stola drapiert, in einer weißen Leinenbluse, die ein mit Taft gefütterter Rock ergänzt. Sie muss um die vierzig sein.

Sie tauschen Blicke, erst verstohlen, unauffällig, dann immer eindringlicher und häufiger. Geh schon, Alter, sagt Kessel, dem der Flirt nicht entgangen ist, aber nein, der Alte geht nicht: Er fürchtet eine Abfuhr. Lesley Blanch – so heißt sie – ist nicht so unentschlossen, und sie ist es schließlich, die ihn anspricht: *My dear*, sagt sie, *you look like Gogol*. Und es stimmt, er ähnelt ihm ein wenig, aus der Ferne, wenn man die Augen schließt: Gary hat kurzes Haar, Gogol nicht; Gogol hat eine gerade Nase, Gary seit seinen wiederholten Abstürzen nicht mehr. Gary hat dichte Augenbrauen, die Gogols sind so schmal, dass sie gezupft wirken. Doch beide haben die etwas müden, melancholischen Pupillen, und wenn man sich an die Pupillen hält, ohne das Übrige zu beachten – Haare, Nase, Lächeln etc. bis hin zum Schnurrbart, der keineswegs gleich ist, Gogols ist, ohne nietzscheanisch zu sein, viel imposanter als der von Gary –, und geht man von dem Postulat aus, dass die Porträts des einen ebenso naturgetreu sind wie die Fotos des anderen, dann kann man vermutlich sagen, ja, Gary ähnelt Gogol.

Was wissen Sie über Gogol?, fragt Gary. Alles, erwidert sie, ich weiß alles: Ich habe dreimal die *Toten Seelen* gelesen. Das glauben Sie, sagt Gary, Sie glauben, es gelesen zu haben, aber Sie haben es nicht im Original gelesen, Sie kennen nur die englische Übersetzung, die so ungenau ist und sich so wenig eignet, die Poesie, die Anmut, alle Feinheiten seiner Prosa wiederzugeben. *Pravda*, sagt Lesley, *no ya douraka, i vash yzik mnogo troudnie*. Was ungefähr heißt: Das stimmt, aber für einen Dummkopf wie mich ist Ihre Sprache sehr schwer. Was Gary übersetzt in: Du siehst, du Affe, wer anderen eine Grube gräbt, fällt selbst hinein, ich spreche genauso gut Russisch wie du.

Er lächelt, und nun fragt sie ihn, ob er Franzose sei, ja, erwidert er, eigentlich nicht so ganz. Und er erzählt ihr, was sie hören möchte, er sei der Sohn eines polnischen Fürsten, er habe zwischen Kursk und Moskau gelebt, doch seine wahre Heimat, die Stadt seines Herzens, sei Nizza. *How is it*?, fragt sie. *What*?, fragt er. Nice, stellt sie klar. *Nice*, sagt er, und beiden lachen frei heraus. Und nun will er von ihr wissen, woher sie komme, sie entgegnet, sie sei gebürtige Engländerin, eine Londonerin, verbessert sie sich gleich, doch ihre Seele sei russisch, lass uns tanzen, schlägt sie vor, doch er weigert sich strikt; und was sie im Leben mache? Journalistin, sagt sie, für die *Vogue*, aber ich möchte Schriftstellerin sein. Er sagt, auch er wolle Schriftsteller sein, alle wollten Schriftsteller sein, und im Übrigen erscheine bald ein Buch von ihm. Ach so, und wovon handelt es? Von Polen, antwortet er, vom polnischen Widerstand, von Partisanen in den Wäldern und einem Raben namens Akakij Akakijewitsch. Wie im *Mantel*, in der Erzählung von Gogol?, fragt sie. Ganz genau, bestätigt er und singt ihr ein polnisches Klagelied. Um ihm nicht nachzustehen, trägt sie auf Englisch Verse von Keats, Byron und Lovelace vor, und *shall we dance*? *Niet*, sagt er, und sie lacht, ein englisches Lachen, ganz zurückhaltend und schamhaft, das Lachen einer *lady*, das ihn bezaubert, und er fragt sie, was sie an ihm finde, denn schließlich, so urteilt er, bin ich ja nicht besonders schön, oder? Sie lächelt, sie sagt, doch, ja, und selbst wenn er wie ein wilder Bär aussehe, wisse sie sehr gut, wie man sie zähme, die wilden Bären, und zu Recht erhascht er in ihrem Satz einen verheißungsvollen doppelten Sinn, einen doppelten Sinn, der ihn erregt – er stellt sie sich in Stellungen vor, die mit ihrem damenhaften Auftreten kaum vereinbar sind – gut, einverstanden, denkt er, tanzen wir.

Und sie tanzen und tanzen, schauen sich tief in die Augen, drängen sich aneinander, entflammen, umschlingen sich, und auch wenn sie bereits stillschweigend entschlossen sind, weiterzugehen – die Sprache ihrer Körper verrät sie, vom unaufhörlichen Wimpernschlag der einen bis zum kaum merklichen Beben der Lippen des anderen –, zögert sie den Moment des ersten Kusses hinaus.

«*My dear, you really look like Gog…*»

Scheiße, denkt er. Sie nervt mit diesem Gogol, wie bringe ich sie nur zum Schweigen?

«*Would Gogol kiss you like this?*»

64

Und plötzlich splittern die Scheiben, die Lüster schwanken, die Mauern beben. Eine Bombe, eine deutsche, ist auf das Dach gefallen; eine andere, eine englische, in den Bann eines charmanten Franzosen. Ungerührt bittet Lesley um Feuer, zündet eine Rothmans an, die sie in das leicht ausgestellte Röhrchen einer elfenbeinernen Zigarettenspitze steckt, küsst wieder ihren *Frenchy*, zupft ihn am Ärmel, und schon gehen sie untergehakt zwei Meilen weit, liebestrunken, durch die Nacht bis in die St. Leonard's Terrace 32 in Chelsea, wo heute ein Häuschen steht, das ich mir eines Montagmittags im August angesehen habe, ein kleines Haus, das vielleicht noch dasselbe war, aus denselben roten Ziegelsteinen, mit demselben weißen Mäuerchen, mit derselben Fassade, die auf dieselbe Weise von einem riesigen Laubbaum beschattet wird, sicher eine Magnolie, von der ich nicht weiß, ob sie stolz den Bomben standgehalten hat, ob auch sie auf ihre Weise den Deutschen Widerstand geleistet hat oder ob sie damals nicht nur ein lächerlich winziges Samenkorn war, das erst nach dem Krieg dort hingepflanzt wurde, unter Churchill austrieb, unter Thatcher seine wahre Größe erreichte und sich seither still und erhaben entfaltet, in einem England, das aus Europa aussteigt (um es genau zu wissen, hätte ich den Baum fällen und sein Alter an den Jahresringen des Stumpfs ablesen müssen, nicht mehr und nicht weniger – doch an jenem Tag war ich ohne meine Axt unterwegs), ein Häuschen, in dem damals Lesley Blanch lebt und wo die beiden sicherlich das große, goldbesetzte Bett erwartet, «mit einem Baldachin überdacht und einem blinden Spiegel über dem Kopfende», das Gary in *Lady L.* erwähnt, ein großes goldbesetztes Bett, in dem, da die Nacktheit sich gerne mit Gemeinplätzen schmückt, der eine sich vielleicht bald im Adamskostüm befand, während die andere nackt wie ein Wurm war, und die Fortsetzung kennt man nicht, aber ich kenne Sie, wir sind aus demselben Holz geschnitzt, Sie und ich, Sie würden wohl gerne wissen, was sich in diesem Zimmer zugetragen hat, und wenn Sie dazu so Ihre *Vermutungen* haben, dann wissen Sie nicht besser als ich, ob sie es getan haben, denn Sie waren nicht dabei und ich bin nicht allwissend.

65

Kurzum, sie haben geheiratet.

66

Und dreizehn Jahre später verbringen sie Weihnachten in Mexiko. Also inmitten von Kakteen, wo in meiner gänzlich klischeehaften Vorstellung eines Gringos alle Männer entweder Carlos oder Pedro heißen, recht feine Cowboystiefel, einen dichten Schnurrbart und einen eher großen Sombrero tragen und an einer Mauer sitzen, wo sie sich warm gewordenen Tequila reinschütten, dösen und manchmal zwischen zwei Nickerchen auf ihrer Gitarre klimpern, ay caramba!

In Mexiko also, wohin ich, wie man sieht, noch nie einen Fuß gesetzt habe, haben sie im Jahr 1958 Weihnachten gefeiert. Ihr Hotel, so schildert es Lesley in einem schmalen Büchlein über Romain, lag gegenüber dem schneebedeckten aztekischen Vulkan, den man unter dem Namen Popocatépetl kennt. Ich weiß nicht, wie das Hotel hieß, nicht einmal, wo genau es stand. Lesley sagt dazu nichts, letztlich ist es auch unwichtig. Was mir hingegen wichtig ist, was ich zu gerne wüsste (aber auch das erzählt Lesley nicht), ist, ob Gary, als er die Tür zu seinem Zimmer öffnete – wie Newton, der sich an dem Nachmittag eines schönen Frühlingstags in den Schatten eines Apfelbaums setzt, oder wie Archimedes, der sich seiner Klamotten entledigt, um unschuldig ins dampfende Wasser zu tauchen –, nichts ahnte oder ob er im Gegensatz zu Newton und Archimedes bereits sehr wohl wusste, dass er in jenem Zimmer, in der Nummer 184, wie Lesley uns sagt, eine Blendung, eine Art weltlicher Epiphanie, die schöpferische Aufwallung erfahren würde, aus der die ersten Seiten des *Versprechens* hervorgehen sollten – kurzum, hatte er bereits die Eingebung zu diesem Buch, das ihm, wie er später an Gaston Gallimard schreiben sollte, das Gefühl gebe, «zwei Fingerbreit» davor zu sein, ein «unauslöschliches Zeichen» zu hinterlassen?

Denn in diesem Zimmer 184 eines Hotels, von dem man nichts weiß, nicht einmal, ob es ein Palast oder eine bescheidene *posada* war, ob man dort die Koffer livrierten Pagen überließ oder sie selbst hochtragen musste, von dem man nur weiß, dass es in Mexiko war und gegenüber dem Berg lag, doch mit Gewissheit weiß man, dort hat er begonnen, diese uns bekannte, sehr romanhafte Autobiographie zu schreiben, die seine Leser *Frühes Versprechen* nennen und die er im Übrigen, als sie in seinem Kopf Gestalt annahm und sich durch seine gewundenen Gedankengänge schlängelte, noch nicht *Versprechen* nannte, sondern *La Possession du monde* (Besitz der Welt) oder *La Confession de Big Sur* (Das Bekenntnis von Big Sur) oder *La Course contre la vie* (Der Wettlauf gegen das Leben), denn der definitive Titel sollte erst später feststehen, wenn die Erde ihren Orbit einmal durchlaufen haben sollte, würde er die Fahnen korrigieren, doch in diesem

Zimmer in Mexiko war es noch eine Rohfassung, nein, nicht einmal das: Die Blätter waren weiß; sie warteten auf ihn irgendwo im Vorratsraum des Hotels, man bringe mir Tinte, sagte er zum Hoteldiener, der gerade die Koffer abgestellt hatte (denn selbstverständlich goutierte er die Freuden des Luxus; wie alle Neureichen, die arme Leute mit Geld sind, wollte er etwas, das Erfolg augenfällig demonstrierte, das ihm angemessen war und sich an den livrierten Pagen zeigte, die ihm seine kleinsten Wünsche unverzüglich erfüllten), Tinte, wiederholte er, einen Federhalter und Papier.

Fünf Minuten später hatte man ihm die Schreibutensilien gebracht, und dann, so schildert es uns Lesley, hat er sich in einen «großen Sessel» gesetzt, den er mit der Rückseite vors Fenster geschoben hatte, schade um den Popocatépetl, und begann das *Versprechen*. Hat er angefangen mit dem Auftakt, dem «Das wär's», mit dem alles beginnt und von dem ausgehend sich alles Übrige entwickelt? Hat er gezögert, ehe er seine ersten Sätze niederschrieb und wie lange? Hat er sie ausgiebig durchdacht oder hat er sie im Gegensatz zu Flaubert ohne Furcht, sie voranzutreiben, in einem Wurf zu Papier gebracht? Auch das wird man nicht erfahren. Genauso wenig wird man erfahren, ob er in jenem Augenblick, als seine Feder sich mit blauer Tinte tränkte, aus der eine ganze untergegangene Welt wiedererstehen sollte, sich noch in Mexiko im Jahre 1958 befand oder ob er wieder als Acht-, Neunjähriger im Hof des Mietshauses der Großen Pohulanka Nr. 16 war.

67

Selbstverständlich hat er von Mexiko nichts gesehen, weder Kakteen noch Carlos oder Pedro: Trotz der flehentlichen Bitten seiner Frau ist er in seinem Zimmer geblieben (er hat es nur ein einziges Mal verlassen, um einen prächtigen Poncho zu kaufen), um nichts zu tun, um zu träumen, sich zu erinnern, Worte aneinanderzureihen, sie in einer großen Besessenheit zum Tanzen zu bringen, und genau das vielleicht und nichts weiter bedeutet, *Schriftsteller zu sein*: Die Augen schließen, um sie weit offen zu halten, sich keinem Gott, keinem Meister und keinem anderen Zwang unterwerfen, als die Seite zu schreiben, die zu schreiben ist, sich der Welt entziehen, um ihr die eigene Illusion aufzudrängen. Dem Popocatépetl den Rücken kehren.

68

Man kann sich auch damit begnügen, seinem Fenster den Rücken zu kehren – was ich monatelang aus Trotz getan habe. Die Hausmauer gegenüber ist dicht mit wildem Wein bewachsen. Eine Pracht, die berauschend sein kann und mich dennoch lange belastet hat: Ich erinnere mich an diese unfruchtbaren Tage, die zu Anfang des Herbsts immer kürzer wurden; es regnete; der wilde Wein schmückte sich mit Farben, seine Blätter gingen von Grün zu Orangefarben über, dann zu Rot; meine blieben gleichbleibend weiß.

Tag für Tag vertagte ich das Schreiben dieses Buchs. Meine Nachforschungen stockten, standen still, sie waren am toten Punkt angelangt, und Piekielny blieb unauffindbar. Doch weiß Gott, ich hatte nach ihm gesucht: in den Mäandern des Webs, wo er überall und nirgends war; in den Archiven von Vilnius, wo ihn offenbar nie jemand gesehen hatte; in den Erinnerungen von Menschen, die Gary damals gekannt hatten, die, als sie ihn in der Rue du Bac, am Boulevard Saint-Germain oder woanders trafen, gehört haben könnten, dass er den kleinen Mann mit einem Satz erwähnte, aber nein, tut mir leid, mein lieber F.-H., nie etwas über diesen Monsieur Bikini vernommen.

Der Herbst schlug in den Winter um. Schließlich fielen die Blätter von der Hauswand; die auf meinem Tisch gestapelten bewegten sich nicht, ein lächerlicher Papierturm, in dem meine Ohnmacht hauste. Von Gary las ich immer wieder die etwa zwanzig Romane, die Essays, die Theaterstücke und die Erzählungen, aber ich musste ziemlich rasch einsehen: Außer auf den drei Seiten im *Versprechen* fand sich darin nichts, das mir über die freundliche Maus von Wilna Auskunft geben konnte.

Auf meinem Schreibtisch häuften sich die Bücher, türmten sich in heikler Balance zur Decke; überall war ein bisschen *über* Gary, *mit* Gary, *apropos* Gary, auf Französisch, Englisch, Litauisch (letztere begnügte ich mich durchzublättern, ohne etwas zu verstehen). Wenigstens warf dieser Turm zu Babel seinen Schatten auf den anderen Turm, den kleinen unnützen, der brav in seiner Ecke darauf wartete, dass meine Hand ihn um einige Etagen verringerte. Vergebens: Piekielny entzog sich unermüdlich meinen Recherchen. Ich hatte Tausende Seiten gelesen, und wozu sollte es gut sein, ihnen meine noch hinzuzufügen?

Die Blätter an der Hauswand wuchsen wieder. Knapp ein Jahr war vergangen, und ich war bereit, die Waffen zu strecken: Es ist vorbei, sagte ich eines Nachts zur schlafenden Marion – wie so oft war sie mit einem abgewinkelten Arm über den Augen eingeschlafen, damit ich bei Lampenlicht lesen konnte, eine einfache Geste, die mich jedes Mal so berührt, dass ich sie mit Liebe rädern und mit Küssen durchbohren möchte –, es ist vorbei, ich will nichts mehr davon hören: adieu, Piekielny. Du suchst nach Ausreden, um nicht schreiben zu müssen, sagte sie mir im Dämmer und schlief sofort wieder ein. Vielleicht hatte sie recht: Ich wartete darauf, dass der von den Toten auferstandene Piekielny mit seinem diskreten, unscheinbaren Auftreten und dem vom Tabak verfärbten Spitzbärtchen vor mir erschien, dass er mich in das damalige Wilna einlud und seine Erinnerungen abspulte, dass er mir seine Geschichte von Anfang bis Ende erzählte – dass es also genügte, wenn ich wie ein Schreiber alles schriftlich festhielt.

Am nächsten Tag besorgte ich Kartons und verstaute – unter Garys missbilligendem Blick – meinen Turm zu Babel: Sein Foto hing neben einem handgeschriebenen Brief in einem schönen schwarzen Holzrahmen an der Wohnzimmerwand. Ich sah nur zu gut, dass er unzufrieden war, dass ich ihn enttäuscht hatte.

«Du hast seit Monaten nichts mehr geschrieben», sagte er vorwurfsvoll.

«Das ist ein bisschen deine Schuld: Ich habe nichts über Piekielny gefunden.»

«Das ist kein Grund. Man muss schreiben.»

Er seufzte.

«Ich habe immer gewollt, dass du dieses Projekt zu Ende bringst.»

Mir schnürte sich das Herz zusammen. Er betrachtete die Bücher um mich herum, die Namen auf diesen Büchern. Hugo, Dumas, Puschkin, Gogol und viele andere.

«Glaubst du, sie hätten einfach so aufgegeben?»

69

Auf diesem Foto schaut Gary mich oft an. Es ist ein Originalabzug auf Silberhalogenidpapier, den ich mit dem Handschreiben gekauft habe. Ein kleines Vermögen, aber nun ja, man muss sich ab und zu eine Freude gönnen, und es ist mein einziger Besitz – abgesehen von einigen Büchern zu billigsten Preisen und von unschätzbarem Wert. Er schaut mich oft an, und meistens vermeide ich es, mich seinem Blick auszusetzen: Er beeindruckt mich ein wenig.

Es gibt andere Fotografien von ihm, die ich mir lieber ansehe. Die Fotos sind stumm; sie sprechen zu mir. Mehrere finden sich in der Biographie von Myriam Anissimov: Auf dem einen von 1937 ist er in Badehose in Nizza; auf einem anderen läuft er zwei Jahre vor Ausbruch des Krieges mit einer Kappe auf dem Kopf neben seinem Vater auf einer Straße in Warschau – Beweis, dass der Vater sie, seine Mutter und ihn, nicht völlig allein gelassen hat; auf wiederum einem anderen sitzt er, zwischen seinem Amtsantritt im Februar 1946 und seinem Weggang im Dezember 1947, mit Lesley in Sofia in ihrer Wohnung ohne Heizung: in einen Fellmantel eingemummt, mit einer Decke über den Knien, mit einer Uschanka und Handschuhen, es ist Winter, ein Samowar dampft, Lesley ist in Träumereien vertieft und Gary, mit einer Zigarette zwischen den Lippen, in die Lektüre der *Temps Modernes*. Und wäre dieses Foto von besserer Qualität und könnten wir irgendeine Zahl auf dem Umschlag der Zeitschrift erkennen, oben rechts genau unter dem schwarzen *s* von *Modernes*, dann wüssten wir vielleicht – die Datierung anhand der *Temps Modernes* wäre nicht genauer oder ungenauer als die durch das Radiokarbonverfahren –, vielleicht wüssten wir dann, wann dieses Foto aufgenommen wurde: im Oktober 1946 (Nr. 13, mit Auszügen aus *Der Schaum der Tage*)? Im November (Nr. 14, mit Gedichten von Beckett)? Im Dezember (Nr. 15, Artikel von Beauvoir und Roger Grenier)? Im Februar des Folgejahres (Nr. 17, Sartre, «Was ist Literatur?», und Beauvoir, «Für eine Moral der Zweideutigkeit»)? Oder auch Ende 1947 (Nr. 27, mit Gedichten von Queneau)?

70

Und dann gibt es noch das Foto auf der letzten Folio-Ausgabe des *Versprechens*, wo er 1939 in Nizza mit seiner Mütze und seinem Lederblouson posiert; außerdem jenes, das gerahmt im obersten Stock des Verlagshauses Gallimard hängt – es findet sich auch auf dem Umschlag der Nummer des *Cahier de l'Herne*, die ihm gewidmet ist –, wo man ihn zusammen mit seinem Dackel Pancho mit hartem Blick und grau meliertem Haar in seinem Arbeitszimmer in der Rue du Bac sieht; zudem dieses, das mir so sehr gefällt, in einer Gondel mit Jean, auf dem Canal Grande in Venedig im Jahr 1961; und dann schließlich das mit René Agid in Roquebrune, in Bermudas und mit weit aufgeknöpftem Hemd – ebenso weit aufgeknöpft wie das Hemd (dasselbe?), das er auf einem anderen Foto trägt, Anfang der Siebziger auf Mallorca in seinem Haus in Puerto Andratx, wo er mit einer Zigarre im Mund auf dem Boden liegt, die Ellbogen auf einen Teppich aufgestützt, und schreibt.

71

Von dem Kind Roman Kacew kennt man nur wenige Fotos: Auf einem ist er zwölf Jahre alt, wirkt aber wie sechzehn, gerade ist er mit seiner Mutter nach Warschau übersiedelt und ist so schön wie Aschenbachs Tadzio; auf einem anderen ist er drei Jahre, mit Pottschnitt, Pausbacken und Patschhändchen, und zieht ein Gesicht wie Rimbaud in jedem Alter. Kann es sein, dass irgendwo eine Fotografie von ihm als Acht-, Neunjährigen in der Großen Pohulanka existiert? Und sollte es sie geben, besteht dann die Chance, so winzig sie auch sein mag, dass man darauf auch einen gewissen Monsieur Piekielny sieht? Das ist nicht unmöglich.

Tatsächlich ist es nicht unmöglich, dass an einem sonnigen Tag des Jahres 1922 oder 1923 ein Amateurfotograf zu jener Zeit, als man sie an diesen Orten noch an den Fingern einer Hand abzählen konnte, dass also ein Amateurfotograf, der von wer weiß wo zurückkehrte, vom Tor der Morgenröte, vom Stadtrand oder vom Gediminas-Turm, jedenfalls von irgendwo, wo er den kleinen Händen, die vor dem Motiv malten, einen unlauteren Wettbewerb geliefert hatte, im Hof der Großen Pohulanka haltmachte und, als er den kühlen Schatten des Ziegelsteinhaufens oder des Holzstapels entdeckte, sich dort anlehnte und einen Augenblick den Apparat und das Stativ, das er geschultert hatte, ablegte, und als er dann einen kleinen Mann mit einer Pfeife im Mund und mit tabakverfärbtem Spitzbart sah, erkannte er in diesem Mann einen Gleichgesinnten und fragte ihn, ob er Feuer habe und ob er nicht, ja, mit ihm rauchen wolle.

Und da er freigebig war, da er Zeit zu verlieren und vielleicht einen Freund zu gewinnen hatte, da dieser Mann ebenso wie dessen Maschine, die Vergängliches festhielt, seine Neugier weckte, da er vor allem nie in seinem Leben vor einer Kamera gestanden hatte, ist es nicht unmöglich, dass Piekielny nicht ohne Hintergedanken bereit war, ihm Feuer zu geben, nur dass, tut mir leid, lieber Mann, ich habe keines. Doch er war findig: Er drehte seine Pfeife um, sodass noch rot glühende Asche herausfiel, und stopfte sie sogleich in den Pfeifenkopf des Amateurfotografen. Als sie wie alte Atamane an ihren Stummelpfeifen zogen, sprachen sie über alles und nichts, dann über nichts, schließlich in Ermangelung eines Besseren über das Wetter, die drückende Hitze, sagte der Amateurfotograf, ein bisschen kühl, übertrieb Piekielny, und als sie bemerkten, dass die Unterhaltung erlahmte, als sich wieder Stille einstellte – was ihnen beiden unangenehm war, sie waren noch nicht vertraut genug, als dass es anders hätte sein können –, ist es möglich, dass Piekielny, auf den sonderbaren Apparat deutend, der einer Ziehharmonika ohne Faltenbalg ähnelte, sich interessiert danach erkundigte, auf welche Weise er die Zeit schwarz auf weiß banne. Das ist ganz einfach, sagte der Amateurfotograf und erklärte ihm, man müsse zunächst die Entfernung schätzen, sie dann per Hand einstellen, die Klappe öffnen, den Bildausschnitt bestimmen, die Feineinstellung anhand des Rädchens machen etc., all das erscheint mir dennoch höchst kompliziert, urteilte Piekielny, dem all das höchst kompliziert erschien, ja, tatsächlich, es ist nicht einfach, bekannte der Amateurfotograf in einem Sinneswandel von beachtlicher Geschwindigkeit, doch wer weiß, vielleicht kann man eines Tages die Größe des Apparats verringern und ihn am Ende einer Stange befestigen, sodass man sich mit einem einfachen Klick selbst aufnehmen kann, nun ja, fügte er hellsichtig an, lassen wir die Träumereien. Und welches Interesse, fragte Piekielny, welches Interesse sollte man daran haben, von sich selbst ein Foto zu machen? Ich zum Beispiel, der ich noch nie in meinem Leben vor einer Kamera gestanden habe, der sozusagen noch nie die Gelegenheit dazu hatte – und als er ihm gerade das in Polen weitverbreitete Sprichwort in Erinnerung rufen wollte, laut dem Gelegenheit Diebe mache, trat Mina Kacew auf dem Heimweg von einer Tanz- oder Geigenstunde ihres Sohnes, den sie an der Hand hielt, durch die Toreinfahrt und stieß laute Schreie aus.

Mina Kacew, wir kennen sie: Es ist nicht unmöglich, dass sie, als ihr die Anwesenheit des Amateurfotografen auffiel, zunächst erstaunt, ja, sehr erstaunt war (vielleicht sogar fast so erstaunt wie ich an dem Tag, als ich in Paris am Quai des Grands-Augustins eine Bar betrat und an einem Tisch hinter Biergläsern und vor einem Fernseher, wo ein Hockeyspiel lief, drei Männer sitzen sah, von denen zwei ihre Mannschaft anfeuerten, über den Schiedsrichter schimpften und jede Aktion frenetisch, überschwänglich und ein wenig frustriert kommentierten, und der dritte war Milan Kundera – zumindest hatte ich es anfangs geglaubt, und als ich ehrfurchtsvoll auf ihn zuging, Entschuldigung, dass ich Sie störe, um ihm die Hand zu drücken, ich habe all Ihre Bücher gelesen, betrachtete mich der Mann eingehend, der sich als ein Doppelgänger Milan Kunderas herausstellte – ein bisschen jünger, ein bisschen weniger tschechisch –, und er sagte mir konsterniert, Sie müssen sich irren, Monsieur, ich bin Tierpräparator), und dass sie dann die Gelegenheit beim Schopfe packte – ein Fotograf im Hof des Mietshauses! – und ihm auftrug, sofort, auf der Stelle, eine Aufnahme ihres kleinen Romuschka zu machen.

Der Amateurfotograf, ihn kennen wir weniger gut, wies vielleicht diese Zudringlichkeit weit von sich und grummelte, er habe keine Zeit zu verlieren oder noch anderes zu tun und auf alle Fälle müsse er die Pfeife rauchen. Die Pfeife rauchen!, wetterte gewiss die Mutter des Kindes, und dann ist es wahrscheinlich, dass sie dem Amateurfotografen Vorwürfe machte – Sie weigern sich, ein Porträt meines Sohnes aufzunehmen! –, denen Prophezeiungen folgten – mein Sohn, der ein Held, ein General, Gabriele D'Annunzio, französischer Botschafter werden wird! –, und Verfluchungen – sein Zorn wird auf Sie niedergehen!, – dann glatte Drohungen – Sie werden in einem Kerkerloch verrecken! –, das Ganze mit einer solchen Selbstsicherheit, einer solchen Dreistigkeit, dass der beeindruckte und auch etwas beunruhigte Amateurfotograf sie für bare Münze nahm – vielleicht hatte die arme Frau ja recht, und man musste mit der Empfindlichkeit bedeutender Männer, und seien sie auch in kurzen Hosen und acht, neun Jahre alt, rücksichtsvoll umgehen.

Es ist somit nicht unmöglich, dass er schließlich nachgab und, des Streitens müde, dem Kind sagte, es solle sich vor den Ziegelsteinhaufen stellen oder nein, besser hierhin, vor den Holzstapel, bis ihn die Mutter unterbrach, denn der Kleine habe «die Sonne im Rücken», und obwohl er nur ein Amateur war, entgegnete er, Madame, ich kenne mein Metier, während Piekielny unter dem Vorwand, er müsse nun dem seinen nachgehen, sich vom Fotografen, der Mutter und dem Kind verabschiedete, zum Gruß seinen Hut lupfte und sich dabei ertappte, dass er seitwärts wie eine Krabbe vor dem Objektiv vorbeiging, als hätte er ihm absichtlich genau in dem Augenblick gegenüberstehen wollen, als sein Rauchgefährte den Auslöser drückte.

Folglich ist es nicht unmöglich, dass ein kleiner Mann im Gehrock sich zufälligerweise und ohne sein Wissen (dies zumindest hätte er, Hand aufs Herz, geschworen, wäre man über seine Gestalt im Hintergrund und vielleicht im Gegenlicht überrascht gewesen) auf dem Bild eines kleinen Jungen in kurzen Hosen befand, ein Bild, das seine Mutter liebevoll aufbewahrt und überallhin mitgenommen hätte, von Wilna nach Warschau, von Warschau nach Nizza und dann von der Hotel-Pension Mermonts in die Klinik Saint-Antoine, wo sie es in den letzten Tagen des Februars 1941 zwischen zwei Tränen und zwei Schluckauf, noch eine Zigarette rauchend, betrachtete, und es ist nicht unmöglich, dass sie es im Moment des allerletzten Schluckaufs an ihr Herz drückte, ebenso wenig unmöglich ist, dass dieses Foto, denn es ist nicht verboten zu träumen, bis heute existiert, dass es durch das Spiel der

Zufälle und deren Verkettung in die zarten Hände einer Krankenschwester geriet, dann in die etwas weniger zarten eines GIs, dass es den Atlantik in einem Ozeandampfer durchquerte, dann Amerika in einem Lastwagen, anschließend ein paar Monate an eine Wand geheftet war, dann abgenommen und mit anderem Nippes in eine Keksdose gesteckt wurde, die man wiederum hinten in einer Garage in Saint Paul, Minnesota, verstaute, in Louisville, Kentucky, oder eher noch, weil wir zu Späßen aufgelegt sind und an das Augenzwinkern der Geschichte glauben, in Gary, Indiana, wo das Gesicht des Kindes und der Maus von Wilna in größter Gleichgültigkeit vergilben, nein, tatsächlich, all das ist nicht unmöglich.

72

Nicht unmöglich und dennoch unwahrscheinlich. Wahrscheinlich hingegen, ja sogar plausibel ist, dass es irgendwo ein Foto von Piekielny gibt oder gab. Vielleicht nicht ein Einzelbild von Kopf bis Fuß, aber doch ein Gruppenfoto, aufgenommen eines Samstags im Mai 1939 oder auch Anfang Juni im Hof der Großen Pohulanka bei der Bar Mitzwa eines Jungen aus dem Haus, wenn man den Tallit anlegt und eine Kippa aufsetzt.

Und wenn wir zu der Zeit gelebt hätten, wenn wir an jenem Tag in Wilna gewesen wären und wie sie den Tallit angelegt und die Kippa aufgesetzt hätten, hätten wir die Bewohner des Hauses von der Synagoge Tohorat Hakodesh heimkehren sehen – der einzigen und einzigartigen Synagoge im heutigen Vilnius –, die sich in einer Querstraße der Großen Pohulanka befindet, wir hätten sie bis zur Nummer 16 begleitet, wo uns im Hof ein leerer Kessel erwartet hätte, der mit Ketten am riesigen gusseisernen Dreifuß aufgehängt wäre, sowie eine lange Tischplatte auf Böcken mit einem Kugel darauf, mit Tscholent und Wein, dann hätten wir *Mazel tov*-Rufe und den Kiddusch vernommen, und guten Appetit.

Nicht an seinem Kopf hätten wir ihn erkannt, sondern an seinem Gehrock, an dem alten Gehrock, von dem man gesagt hätte, er entstamme «einer anderen Zeit» – der Zeit seiner Jugend –, derselbe Gehrock wie zwanzig Jahre zuvor, aber abgewetzt, fadenscheinig, mit Löchern hier und da und dem um die Hälfte geschrumpften Biberfellkragen, als hätte er dazu herhalten müssen, die anderen Teile zu flicken, und mit drei heraushängenden Fäden, wo sich einst Knöpfe befanden. Wir hätten ihn gesehen, den kleinen Mann, mit seinem Spitzbart, der durch die unermüdliche Abfolge von Tag und Nacht ergraut wäre, er säße allein vor seinem Glas Wein und tränke daraus, bräche das Brot und äße es, würfe hierhin und dorthin ängstliche Blicke, dächte vielleicht an das *bezaubernde Königreich der Kindheit*, als die unermüdliche Abfolge die geringste seiner Sorgen war, als er noch Haare unter der Kippa hatte und der Spitzbart noch nicht sein Gesicht zuwucherte, als er mit zwölf Jahren noch bartlos war oder mit fünfzehn, als er drei Flaumhärchen am Kinn hatte und das Leben noch vor ihm lag, auch dächte er an die unabänderliche Einsamkeit seines Lebens, das wie ein Traum vergangen und dem Vergessen geweiht war, außerdem dächte er an den kleinen Roman, der übrigens nicht mehr so klein war, der dort in Warschau, wo er ihn noch immer an den Rockzipfeln seiner Mutter wähnte, wie eine Esche gewachsen sein musste, an den kleinen Roman, den er nicht als Soldat in Salon-de-Provence erahnte und von dem er auch nicht wusste, ob er ein *bedeutender Mann* geworden war oder einer würde oder ob all das letztendlich nur die Grille einer jüdischen Mutter war, zu der sich seine eigene Grille gesellt hätte.

Was Piekielny an jenem Tag wohl gedacht haben könnte, würden wir nicht erfahren. Aber wir hätten aus einer Tasche das Rahat Lokum hervorspitzen und vor ihm auf dem Tisch eine Geige liegen sehen. Während er Ersteres anbot, hätte er Zweites in die Hand genommen, und zum ersten Mal seit Langem hätte er es gewagt: Er hätte das Instrument auf die *richtige Seite* gedreht, hätte ihm den Bauch gekitzelt, und endlich hätten die Saiten unter dem Junihimmel im Stimmengewirr, das alsgleich verstummte, vibriert. Den Schalllöchern wäre zunächst das ewige Schluchzen der Verdammten dieser Erde entwichen, ehe der Geiger abrupt das Register gewechselt und sich an Heiteres, Beschwingtes, Freudiges gewagt hätte, auf das alle getanzt hätten, in Reihen, im Kreis, in der Mitte des Kreises, die Daumen an den Achseln, eine Flasche auf dem Kopf balancierend, um die Zuschauer zu erfreuen, ein oder zwei Stunden lang, und jetzt das Foto.

Wir hätten gesehen, wie die einen die Ellbogen eingesetzt hätten, um im Bildausschnitt zu sein, während andere, die orthodoxeren oder älteren, aus Scham das Gesicht verdeckt hätten, nicht aber Piekielny: Wir hätten ihn vorne in der ersten Reihe wiedergefunden, erschöpft, aber entzückt, in schöner Pose erstarrt, feierlich unter der Sonne, in der Hand seine Geige, deren Saiten noch glühten; ein Fotograf, ob nun Amateur oder nicht, hätte mit dem Kopf unter dem schwarzen Tuch auf fünf Schritt Entfernung seine Anweisungen gegeben – näher zusammenrücken, die Kleinen vorne, die Großen hinten, nicht bewegen und lächeln, ein *Vögelchen* in einem Polnisch-Jiddisch-Mischmasch –, und dann hätte er den Auslöser gedrückt, nach einem Händeklatschen hätte er gesagt, es ist im Kasten, und Gott weiß wann und wie, wäre alles schwarz auf weiß aus dem Kasten gekommen, nicht die Gesichter hätten wir gesehen, nicht *nur* die Gesichter, sondern auch das Vergängliche eines sehr präzisen Orts, eines sehr präzisen Augenblicks im Sommer, etwas unsagbar Erhabenes, das für immer der flüchtenden Zeit abgerungen wäre.

Dann hätten wir uns umgedreht und hätten vielleicht hinter einem Fenster in der zweiten oder dritten Etage eine menschliche Hand gesehen, die einen Vorhang aus rauem Stoff beiseiteschiebt, zwischen den Stoffbahnen wäre ein bedrohliches polnisches, von einem bösen Lächeln verzerrtes Gesicht erschienen. Und wir hätten ihn gesehen, diesen Mann, der genauso gut eine Frau hätte sein können, der auf die schwarzen Käppchen im Hof ein finsteres Auge geworfen hätte, dessen Weißes von roten Äderchen der Verachtung durchzogen gewesen wäre. Und wäre gegebenenfalls sein Fenster geöffnet gewesen, hätten wir ihn in einem Atemzug sagen hören: Ach, diese Juden … mit den Auslassungspunkten, die wir nicht gehört hätten, den drei kleinen unhörbaren Pünktchen in der Stille, hinter denen das «sollen sie doch krepieren» der Saubande gelauert hätte, derselben, die in der Nacht im Jahre 1941, zur Zeit der Kugeln ins Genick am Rande einer Grube, den neuen Herren der Welt durch das Heben des rechten Arms ihre Ergebenheit erwies.

73

Die Saubande hat es gegeben. Das Foto vielleicht nicht. Sollte es eines geben, so habe ich es nicht gefunden. Und wenn es ganz einfach kein Foto gab, weil es keinen Monsieur Piekielny gab? Und wenn Gary ihn völlig frei erfunden hatte?

Diese Frage musste man Roger Grenier stellen. Roger Grenier, fünfundneunzig Jahre alt, Schriftsteller, Herausgeber bei Gallimard, wohin er seit 1949 jeden Tag, den Gott werden lässt, zu Fuß geht, ob es stürmt, regnet oder schneit. Lange Jahre vollzog sich das immer selbe, unveränderliche und heilige Ritual: Aufstehen um sechs Uhr, zwei Minuten später stand er unter der Dusche, um sechs Uhr zwölf rasierte er sich, um sechs Uhr zwanzig schlüpfte er in eine Hose und knöpfte sein Hemd zu, zwischen sechs Uhr fünfundzwanzig und sechs Uhr fünfzig trank er Kaffee und las dabei die Zeitungen, um fünf Minuten vor sieben legte er sich eine Krawatte um den Hals, die er eine Minute später fertig gebunden hatte, um eine Minute vor sieben setzte er sich die Brille auf, und um Punkt sieben Uhr, ob es stürmte, regnete oder schneite, trat er aus dem Haus in der Rue du Bac, die er mit kräftigen Schritten durchmaß und nach denen die Bewohner des VII. Arrondissements ihre alltäglichen Gewohnheiten ausrichteten: Wenn der Bäcker ihn an seinem Schaufenster vorbeigehen sah, wusste er, dass es an der Zeit war, das Brot aus dem Ofen zu holen, die Mutter, dass sie ihre Kinder wecken, der Briefträger, dass er sein Fahrrad besteigen und seine Tour beginnen musste, sodass am 3. Dezember 1980, am Tag nach dem Tod seines lieben

Romain, als Roger Grenier unter der Last der Trauer das Bett hüten musste, die Baguettes zu sehr durchgebacken waren, die Kinder zu spät in der Schule kamen und die Post nicht ausgetragen wurde. Reine Anarchie.

74

Als ich ihn kennengelernt habe, stand er nicht mehr ganz so früh auf. Doch er ging weiterhin jeden Tag zu Fuß von der Rue du Bac zu Gallimard, wo er mich Ende 2014 an einem sonnenlosen Nachmittag in seinem Arbeitszimmer empfing, dort, wo er in bunter Folge viele empfangen hatte: Bernard Wallet, großer Mann und großes Herz, Verleger und Athlet, Blondin mit «seiner fragilen, etwas unfertigen Silhouette», Gallimard, Gaston, den Patriarchen, in blaugrauem Anzug und mit Fliege, Prévert zu der Zeit, als er «selbst im Sitzen sich nicht mehr auf den Beinen halten konnte», Sartre mit seinem stechenden Blick hinter den Brillengläsern und der platten Nase, Camus, der beeindruckende vertraute Freund, den er beim *Combat* kennengelernt hatte, also illustre Leute und jetzt Désérable. Pardauz.

Wenn ich mich in diesem Arbeitszimmer befand, dann wegen Romain Gary, den niemand im Haus, mit Ausnahme vielleicht von Robert Gallimard, besser gekannt hatte als er, Roger Grenier: Gary wohnte mit seiner Frau Jean Seberg und dem Sohn Alexandre Diego in einer Acht-Zimmer-Wohnung in der Rue du Bac 108. Grenier wohnte – und wohnt noch immer – direkt daneben. Die beiden trafen sich oft am frühen Sonntagmorgen gegen sieben oder halb acht, wenn der eine, Grenier, seinen Hund Ulysse spazieren führte, eine Braque Saint-Germain, die bei dem Wort «Grasset» die Zähne fletschte, und wenn der andere, Gary, seine *Toska* unter seinem mexikanischen Poncho spazieren führte, zwei Schritte vom Hôtel Matignon entfernt, wo die Wache stehenden Polizisten ihn misstrauisch beäugten.

Wissen Sie, sagte mir Roger Grenier, Romain Gary hatte seine kleinen Arrangements mit der Wahrheit. Ich wusste: Er ist ein Schriftsteller. Die Wahrheit, *die bittere Wahrheit*, verschleierte, verkleidete er lieber – denn sie zeigte sich nicht immer von der schönsten Seite, diese Wahrheit, sie war nicht immer glänzend, sie funkelte nicht herrlich in tausend Flammen, die die Realität gelöscht hatte, die Literatur aber konnte sie festhalten, ja, sie war imstande, sie neu zu entfachen. Also *die* Wahrheit war ihm, ehrlich gesagt, egal, er machte sie zu *seiner* Wahrheit, er schminkte sie, puderte sie, richtete sie her, wie die Mädchen sich herrichten im Gebüsch, auf den Trottoirs, letztlich überall, wo die Sittsamkeit verhandelbar und käuflich ist.

75

Nun zu uns beiden, Romain.

Führen wir eine Enquete durch. Überprüfen wir den Stand der Dinge. Sehen wir mal, aus welchem Holz du geschnitzt bist.

Beginnen wir mit deiner Geburt, wenn du einverstanden bist. In Moskau, sagst du. Oder in einem Zug, je nachdem. Wirklich? Ja, wirklich. Und die Geburtsurkunde, was sagt sie? Dass du am 8. Mai 1914 in Wilno, das damals Wilna hieß, als Kind von Mina Iosselevna Kacew und Arieh-Leïb

Kacew, genannt Leiba, geboren bist. Erste Lüge, die sofort eine zweite entlarvt, mein kleiner Roman, mein großer Romain: Dein Vater ist nicht Ivan Mosjukin, der Stummfilmstar, wie du es dein Leben lang immer wieder hast behaupten können, wie du es noch eines Abends gegenüber Roger Grenier selbstbewusst behauptetest, der mit dir *Le Père Serge* ansah, einen der Filme dieses vermeintlichen, großartigen, erträumten Vaters: Findest du nicht, sag, findest du nicht, dass es eine Ähnlichkeit gibt? Ganz entfernt, vielleicht. Mit ein bisschen Phantasie. Ihr hattet beide das gleiche Gesicht eines Muschiks, die groben, kosakischen, östlichen Züge, und vor allem die gleichen Augen, diese Augen, mit denen du in Wilna den Blick zum Himmel hobst, das heißt, in die Augen deiner Mutter, die ebenso grün waren wie deine blau. Aus dieser vagen Ähnlichkeit, aus dieser entfernten Cousinage von Iris, Wangenknochen und Stirn hast du dir eine glänzende, glorreiche Herkunft erdichtet, glorreicher jedenfalls als die wahre, die eines kleinen jüdischen Kürschners, der nicht gut genug für die Legende war, nicht genügend *Glamour* besaß, darum also Mosjukin, der Filmstar.

Du bist, wie man weiß, ohne Vater aufgewachsen. Kein Vater, aber eine Mutter, Mina Kacew, und du, ihr *Romanschik-Romuschka*. Deine Mutter, ganz genau. Sprechen wir über sie. Während des ganzen Krieges habe sie dir, so erzählst du es im *Versprechen*, Dutzende von Briefen geschickt, lange Briefe, in denen sie schrieb, wie stolz sie auf ihren ruhmreichen, geliebten Sohn sei, der dort oben am Himmel für die Rettung Frankreichs kämpfe ... Als am Ende des Krieges Frankreich gerettet war, schreibst du noch in der lyrischsten, schönsten Passage dieses so schönen Buchs, dieser «von künstlerischer Wahrheit durchdrungenen Geschichte», als du also am Ende des Krieges nach Hause zurückkehrtest, mit dem gut sichtbaren grünschwarzen Band der Libération über dem der Ehrenlegion, mit dem Kriegskreuz und fünf weiteren Medaillen an der Brust, von denen du keine einzige vergessen hattest, mit dem Hauptmannwinkel auf den Schultern deines schwarzen Kampfanzugs, mit der in die Stirn geschobenen Mütze und hartgesottener denn je dank deiner Gesichtslähmung, mit deinem Roman auf Französisch und Englisch und einem ganzen Bündel Rezensionen im Brotbeutel und mit dem Brief in der Tasche, der dir die Ränge in der diplomatischen Laufbahn öffnete; und mit gerade genug Blei im Körper, um die Waagschale ins Gleichgewicht zu bringen, trunken vor Hoffnung, vor Jugend, vor Gewissheit und vom Mittelmeer, aufrecht, endlich aufrecht im hellen Licht, kehrtest du an ein gesegnetes Ufer zurück, wo kein Leiden, kein Opfer, keine Liebe jemals in den Wind geschlagen würde, wo alles entsprechend einer harmonischen Kunst eingehalten, alles gedacht und erfüllt wurde; du kehrtest nach Hause zurück, nachdem du die Ehrenhaftigkeit der Welt bewiesen und dem Schicksal eines geliebten Wesens Form und Sinn gegeben hattest (auch dir passierte es, lange Sätze zu machen), als du also am Ende des Krieges heimkehrtest, um deine Mutter in die Arme zu schließen, erfuhrst du, dass sie dreieinhalb Jahre zuvor gestorben war, ein paar Monate nachdem du dich nach England abgesetzt hattest. Du konntest nicht durchhalten, ohne dich durch ihre Ermutigungen gestützt zu fühlen, sagst du schließlich. Sie wusste es. Sie hatte Vorkehrungen getroffen: «In den letzten Tagen vor ihrem Tod hatte sie an die zweihundertfünfzig Briefe geschrieben und sie einer Freundin in der Schweiz geschickt. Ich durfte nichts erfahren. Die Briefe mussten regelmäßig an mich weitergeleitet werden.» Und du ziehst daraus den Schluss: «So übertrugen sich die Kraft und der Mut meiner Mutter weiterhin auf mich, obschon sie seit mehr als drei Jahren tot war. Die Nabelschnur hatte ihre Funktion weiterhin erfüllt.»

Ein Taschentuch, bitte. Denn wer hat schließlich nicht geweint, als er diese Zeilen las? Hätte man deine Autorenrechte an den Tränen deiner Leser bemessen, hättest du dir den Boulevard Saint-Germain leisten können. Aber diese Zeilen sind falsch, du weißt es. Auch hier hattest du deine «kleinen Arrangements mit der Wahrheit». Deine Mutter hat dir geschrieben, natürlich, sie hat nie aufgehört, dir zu schreiben, aus der Hôtel-Pension Mermonts und später aus dem Krankenhaus Saint-Antoine in Nizza, in Schulhefte schrieb sie – die du bei deiner Rückkehr gefunden hast, nachdem du im Februar 1941 durch ein Telegramm von ihrem Tod erfahren hattest. Auch hier hast du gelogen. Bis zum Ende hast du gelogen, bis zum letzten Brief, der mit dem Tag X datiert ist, in dem du darum bittest, *die Anhänger des gebrochenen Herzens mögen sich woandershin wenden*, ehe du dich im roten Morgenmantel und blauen Hemd auf dein Bett legst, mit deinen weit geöffneten blauen Augen, und dir den Lauf einer Smith & Wesson mit fünf Kugeln, Kaliber 38, in den Mund schiebst. *Auf Wiedersehen und danke.*

Du warst zeit deines Lebens ein Schwindler.

Muss man dir also glauben, wenn du von Monsieur Piekielny sprichst?

76

Jedenfalls hat er ihn mir gegenüber, so Roger Grenier, nie erwähnt. Er sprach nicht über den Krieg. Und noch weniger über seine Kindheit.

Worüber sprach er denn? Über Diego, den General, Jean Seberg? Über die Bücher, die er geschrieben hatte? Über jene, die er las? Über die Ehre, auf die er großen Wert legte? Über die Ehren, die er anhäufte, verachtete, begehrte – denn Begehren schließt Verachtung nicht aus? Über den Nobelpreis, den er gerne bekommen hätte, an den er nicht mehr glaubte? Über den Goncourt, den er bekommen hatte? Es war am 3. Dezember 1956. An einem Montag.

77

An jenem Tag war es acht Uhr morgens in La Paz und ein Uhr mittags in Paris. Im Drouant in der Rue Gaillon wird der Prix Goncourt «Monsieur Romain Gary für seinen Roman *Die Wurzeln des Himmels*» zuerkannt. Auf viertausend Meter Höhe in zehntausend Kilometer Entfernung geht Monsieur Romain Gary, eine Hand in der Tasche seiner Anzughose, die andere lässig heraußen – vielleicht einen Schal um den Hals –, leichten Schrittes und heiter durch La Paz, wo es im Dezember nicht sehr warm ist, zwar ein bisschen wärmer als im Juli, aber nicht wesentlich, vielleicht weht dieser Schal im Wind, im starken Wind, der in Böen vom Altiplano bläst, aber vielleicht auch nicht.

Seit der Krieg beendet ist, führt er ihn auf friedliche

Weise weiter: Er ist Diplomat, das heißt, er schreibt Berichte, die man nicht liest, ihm jedoch bescheidene Bezüge einbringen. Man hat ihn auf Posten in Sofia sehen können, «wo die Rote Armee überall war», in Paris, wo sie nirgends war, in London, seine Stimmung auf Halbmast, und in Bern, wo es ihm nicht besser erging («eine Lücke von achtzehn Monaten: Ich erinnere mich vage an eine Uhr mit kleinen Männchen, die die Stunde schlagen»). Auch in den riesigen Metropolen mit Wolkenkratzern aus Glas und Stahl hat man ihn sehen können, in New York, Los Angeles, und nun weiter im Süden, als Gesandter in La Paz, wo er für drei Monate den französischen Botschafter vertritt.

Doch er ist auch und vor allem Schriftsteller – er schreibt Romane, die sehr viel mehr gelesen werden als die Berichte, nur, sie bringen ihm bedeutend weniger ein. 1945 hat er *Europäische Erziehung* veröffentlicht: ein unmittelbarer Erfolg, Elogen der Kritiker, Rechteverkauf in etwa zwanzig Länder, Begeisterung bei Kessel und Malraux, Brief von Camus, eine Lobeshymne («das schönste Buch der 40er-Jahre, bislang das nachhaltigste, es lässt uns einen Schriftsteller entdecken») in *Le Monde*, einer Zeitung, die erst kürzlich gegründet wurde, keine wahre Institution, aber gut, besser als nichts. Und dann bekam er den Preis der Kritiker, was nicht nichts war, dotiert mit hunderttausend Francs, was nun wirklich nicht nichts war. Und Gary glücklich? Nun ja. Er wollte den Hauptgewinn, den strahlenden Hauptgewinn der Rue Gaillon, er bekam ihn nicht, er war eingeschnappt und ließ es Calmann, seinen Verleger, wissen: «All das, lieber Robert, *kotzt* mich an, herzlich, Ihr Romain Gary».

So wie er den Goncourt für seinen Erstling nicht bekam,

bekam er ihn auch nicht für die folgenden Bücher: *Tulipe*, *Kleider ohne Leute*, *Les Couleurs du jour* waren halbwegs erfolgreich (doch er gehörte zu denen, die das Glas stets halb leer sehen: Er hätte gesagt, es handele sich um schmerzliche Misserfolge). Man weiß, wie diese Dinge ablaufen: Zunächst sprach man weniger gut von ihm, dann sprach man weniger von ihm, und bald sprach man gar nicht mehr von ihm, es sei denn, um zu sagen: Und wenn dieser Gary nur Autor eines einzigen Buchs ist? Dieser Gary, mehr bedurfte es nicht, um ihn im Innersten zu treffen. Achtzehn Monate lang steht er vor dem Morgengrauen auf und läuft in der Gestalt von Morel, eines sanften Narren, eines *esperado*, mit einer ledernen Aktentasche voller Traktate unterm Arm durch den Busch, dann greift er zu den Waffen, schließt sich dem Widerstand an, um die Elefanten Afrikas zu retten. Wenn er das Papier für zwei, drei Seiten zum Schwitzen gebracht hat, wechselt er seine Verkleidung, zieht den Anzug eines Diplomaten an, und hopp! – widmet er sich einem *richtigen Beruf*.

78

Ich hatte *Die Wurzeln des Himmels* nicht gelesen, ehe ich diese Nachforschungen begann. Der Anfang ist ein bisschen langatmig, ein wenig schal, ein wenig unübersichtlich, mit vielen Wiederholungen – als hätte Gary dem Prinzip eines befreundeten Autors folgen wollen, der mir einmal im Ernst gesagt hat: Ich beginne alle meine Romane mit fünfzig langweiligen Seiten. Um die Idioten zu entmutigen.

Und allmählich reißt einen der Strom mit. In Kapitel 12

ist Morel bereits im Busch. Man sucht ihn. Man verfolgt ihn. Man findet ihn nicht. Man hält einen Rat ab, um ihn aufzuspüren. Amtsträger aller Art treffen zusammen, ein Generalsekretär, ein Oberst, ein Offizier, der Jagdinspektor und natürlich der Gouverneur: «Der Gouverneur, in großer Gala, aber unordentlich – er war sicher auf einem Empfang gewesen –, einen Zigarettenstummel mitten in seinem Bart, von dem man nie wusste, ob er von Natur aus so rot war oder ob diese Farbe vom Tabak herrühre (...).» Erinnert Sie dieser *tabakverfärbte* Bart an etwas? Ja, genau: an Piekielnys Spitzbärtchen. Vier Jahre vor der Veröffentlichung von *Frühes Versprechen*.

79

Im April 1956 ist das Manuskript von *Die Wurzeln des Himmels* fertig. Vierhundertdreiundvierzig Seiten, die Gary per Diplomatenpost in die Rue Sébastien-Bottin schickt und auf dem Schreibtisch von Michel Gallimard landen. Nicht Goncourtwürdig, denkt Gastons Neffe. Im Gegenteil, erwidert Camus, Romains Freund. Wir veröffentlichen es, entscheidet Gaston, komme, was da wolle.

Es kam der Goncourt. Nun ja, nicht sofort, nicht so bald. Zunächst hatte man ihn ihm vorausgesagt, doch er glaubte nicht daran, oder zumindest tat er so, als glaubte er nicht daran, das heißt, er glaubte felsenfest daran, behielt es aber für sich. Man weiß, dass Gaston ihm drei Tage zuvor per Telegramm mitteilte: Anwesenheit in Paris – STOP – Bei Verleihung der Literaturpreise – STOP – Wünschenswert – STOP. Ebenfalls weiß man, dass er zwei

Tage zuvor noch in La Paz war, was er dort tat, weiß man nicht. Es heißt schließlich, am Tag zuvor sei er in einem Einbaum über den Titicacasee geglitten, er sei beinahe an einem Flaschenhals erstickt, er sei gesund und munter davongekommen, er habe schlecht einschlafen können in der Nacht, der Mond habe am Himmel gestanden und dann wieder die Sonne, was uns letztendlich zum Tag X führt.

Als er an jenem Morgen die Botschaft betritt, betrachtet er sich im Spiegel des Vestibüls. Wie sieht er aus? Wie man es an einem Montag erwarten kann. Haare nach hinten gekämmt, die Ohren frei, frisch rasiert, der Schnurrbart so schmal, dass man glauben könnte, er wäre mit Tusche aufgemalt. Nicht schlecht, oder? Und dieser Look eines vollendeten Diplomaten, dieser schwarze Anzug mit grauen Paspeln, der Windsorknoten seiner Krawatte, wenn doch nur seine Mutter da wäre und ihn sehen könnte, immer elegant, piekfein, schön wie ein Gary. Doch Mina Kacew ist nicht da. Nicht in La Paz, nicht in Paris, wo die Druckmaschinen auf vollen Touren laufen, das weiße Papier unter Gastons zufriedenem Blick verschlingen, es kauen und gleich darauf, beladen mit dem Gewicht Morels und seiner Elefantenherde, wieder ausspucken. Als Krönung eine rote Banderole um den Umschlag, auf der in großen Lettern steht: Prix Goncourt 1956.

«Den Nobel, Herr Botschafter! Den Nobel! Sie haben den Nobelpreis!» Kaum betritt er sein Büro, empfängt man ihn mit Ausrufezeichen. Den Nobel? Natürlich denkt er an ihn, nicht nur wenn er sich rasiert. Sechs Jahre zuvor hat er es in einem Brief an Louis Jouvet geschrieben. Er sagt in diesem Brief, er sei froh, dass Faulkner den Nobelpreis bekomme. Und dass er ihn übrigens auch gern eines

Tages hätte. Das Dumme ist, lieber Louis, dass ich nach Genialität strebe. Dass mich das Talent anödet, dass Genialität aber nur posthum zugestanden wird – darum kann man ihr nicht unrecht geben (glaubt man denn, wenn Proust, Nerval, Rimbaud heute lebten, würden sie meilenweit über der Menschheit schweben? Glaubt man wirklich, sie würden einstimmig beweihräuchert? Sie hätten ihre Schmeichler, selbstverständlich, aber auch ihre Verächter: Proust würde in dieser Zeitung gerühmt und in jener niedergemacht. In den literarischen Salons würde man an dem guten Gérard und seinem Stapel unverkaufter Exemplare vorbeigehen, um sich den letzten Roman eines angesagten Sängers signieren zu lassen; eines Samstagabends im Fernsehen würde sich der Moderator einer Sendung herausnehmen, Rimbaud beibringen zu wollen, was Poesie ist, und Rimbaud würde, wie er es so gut vor Carjat machte, ein Gesicht ziehen und das Studio verlassen, dann Frankreich, er würde ein für alle Mal den poetischen Krempel aufgeben, würde dem Meistbietenden, einem Schnauzbärtigen in Damaskus oder einem Bärtigen in Mossul, Waffen verkaufen, man würde auf ihn schießen, er bekäme ein künstliches Bein, eine Prothese aus Titan, die auf dem Pflaster von Charleville unter dem Gespött der Einwohner klacken würde).

Der Nobelpreis also. Gary wollte ihn unbedingt eines Tages bekommen. Wenn Faulkner ihn bekommen hat, ist alles erlaubt. Denn Faulkner, wer ist das schon, dieser Sohn eines Eisenwarenhändlers, ein Hinterwäldler, ein kleiner Mann von einem Meter fünfundsechzig aus Oxford, Mississippi, der laut dem Castelmarchois Pierre Michon mit Axthieben in die Sprache eingetreten ist. Und Gary sagt sich, wenn Faulkner, der in dem konföderierten Kaff bei den spitzen Kapuzen geboren ist, dort, wo man des Nachts die *niggers* unter den hohen Eichen an den Füßen aufhängte, wenn also William Faulkner die Reise nach Stockholm angetreten hat, besteht kein Grund, dass er, «der Bastard der Steppe», «ein bisschen Kosak und Tatar mit jüdischer Beimischung», geboren als Roman Kacew im Land der Pogrome, sie nicht ebenfalls eines Tages antritt, nicht wahr?

Doch. Also den Nobel, warum nicht, wer weiß, aber nicht für so wenige Bücher, von denen sich so wenige gut verkauft haben, und vor allem nicht in so jungen Jahren, mit zweiundvierzig, was nicht alt genug ist, um an den Père Nobel zu glauben, also sagt er, nein, ausgeschlossen, das glaube ich nicht. Und dann die Telegramme. Er greift eines auf gut Glück heraus, liest es und versteht den Irrtum: Goncourt-Preisträger – STOP – Bravo – STOP – Sofort nach Paris kommen – STOP.

Ihm bleibt keine Zeit für einen Luftsprung, da sogleich ein bolivianischer Journalist hereinstürmt, den ich mir in beigefarbenem Regenmantel und mit einem Schlapphut vorstelle (es ist jedoch nicht ausgeschlossen, dass er auf *Lokalkolorit* machte und einen schlichten Poncho trug), eine Chesterfield im Mundwinkel, einen Stift in der rechten Hand und in der linken den kleinen Spiralblock, dank dem sich so viele junge Menschen zur Presse melden. Eine Reaktion, *seňor* Gary? Seňor Gary jubelt, er möchte in die Hocke gehen und die *kalinka* tanzen. Er ist so glücklich, wenn Sie wüssten! Es ist eine durchdringende, gewaltige Freude, wie er sie selten empfunden hat, eine maßlose Freude, der er gerne freien Lauf ließe. Und dann erinnert er sich, dass er Diplomat ist, ehemaliger Kämpfer der France libre und Träger des *Croix de la Libération*. Der General persönlich hat ihn damit ausgezeichnet. Unter dem Arc de Triomphe. Er reißt sich zusammen und sagt übertrieben würdevoll, ich bin glücklich.

Und er fügt hinzu, er nehme so rasch wie möglich ein Flugzeug. Er warte den nächsten Wetterbericht ab. Der Journalist fragt nach seinem Geburtsdatum, seinem Geburtsort, nach seiner Herkunft. Im Jahr 1914, sagt Gary, der wieder schwindelt: in Russland, der Vater Schauspieler, die Mutter Französin. Der Journalist notiert es. Gary lacht sich im Stillen schief. Seine ersten Leseerfahrungen? Mit elf Jahren habe er den *Don Quijote* gelesen, mit zwölf die *Chartreuse*, aber er habe nichts verstanden. Seine literarischen Einflüsse? Malraux, Gogol und Kessel. Nicht Balzac? Nein, er ruft in mir eine gewisse Abscheu hervor. Und heute, was er tue, abgesehen vom Schreiben? Generalkonsul. Schreibender Diplomat. Wie Giraudoux. Wie Saint-John Perse. Wie Paul Morand. Und dann besinnt er sich: nein, eigentlich nicht so ganz wie Saint-John Perse. Und noch weniger wie Paul Morand. Ob ihm Bolivien gefalle? Selbstverständlich: Hier gibt es Lamas, Indios, karge Hochebenen, ewigen Schnee, tote Städte, Adler, tropische Täler, Goldsucher, riesige Schmetterlinge und bolivianische Ponchos, wie sollte man dieses Land nicht lieben? Und dieser Roman, fragt der Journalist, wovon handelt er? Wie, fragt Gary amüsiert, Sie haben ihn nicht gelesen? Der Journalist antwortet etwas betreten, ich hatte noch keine Zeit. Na dann, sagt sich Gary, der hier die Gelegenheit sieht, ihm einen bösen Streich zu spielen: Er handelt von einem Elefantenjäger. Prima, *muchacho*, denkt der Journalist, ich muss mir also nicht deine vierhundertdreiundvierzig Seiten reinziehen, um meinen Artikel abzugeben. *Muchas gracias*, schließt er, schüttelt dem Schriftsteller die Hand, und gute Heimreise nach Paris. Daraufhin klappt er seinen Spiralblock um, steckt die Kappe auf seinen Stift, richtet seinen Hut und verabschiedet sich.

Und dann wird Gary wieder zu Kacew. Er wird wieder der kleine Roman und erinnert sich an den Hof des Mietshauses in Wilna. An das Rahat Lokum. An den Blick eines kleinen Mannes, der ihm stumm flehend fest in die Augen sieht. Da lässt er das Schwindeln (aber lässt er es wirklich?) und vor allem, sagt er dem Journalisten, den er am Ärmel seines Regenmantels (seines Ponchos?) zupft, vergessen Sie keinesfalls zu schreiben, dass in der Großen Pohulanka Nr. 16 in Wilna ein gewisser Monsieur Piekielny gewohnt hat.

80

Ich habe keine Ahnung, ob seine Bitte erfüllt wurde. Ich weiß nur, dass am nächsten Tag die bolivianischen Zeitungen auf der Titelseite – ohne anzugeben, dass es sich um einen französischen Schriftsteller handelte – aufmachten mit: *Premio Goncourt aquí* – «Der Prix Goncourt ist hier». Und dass sein Buch vom Leben eines Elefantenjägers erzähle.

81

Ich weiß nicht einmal, ob Gary tatsächlich den Journalisten am Ärmel gezupft hat. Doch mir gefällt der Gedanke, dass ein junges Mädchen in Potosí oder in La Paz, das eines Nachmittags unter kühler Sonne – wie sie dort das ganze Jahr über kühl sein kann – ihre Großmutter besucht und in einer Kiste mit Fotos und Briefen kramt, zufällig auf einen Stapel alter Zeitungen stößt, auf gut Glück eine hervorzieht, sie auf gut Glück aufschlägt und darin in Großbuchstaben den Namen ROMAIN GARY liest, der ihr vage etwas sagt, und darunter in kleiner Schrift diesen anderen Namen, der ihr mit Gewissheit gar nichts sagt, fremdartig und fürstlich, glänzend, großer Anfangsbuchstabe, den eines gewissen *seňor* Piekielny.

82

Schließlich weiß ich nicht, was Mina Kacew gesagt hätte, hätte sie vom Prix Goncourt ihres Sohnes erfahren. Als er zum ersten Mal etwas veröffentlichte, «eine auf der ganzen Seite abgedruckte Kurzgeschichte und meinen schön fett gedruckten Namen überall» im *Gringoire* – zu der Zeit, als das große Pariser politisch-literarische Zweiwochenblatt gerade begann, Klopapier zu ähneln, zu dem es in der Folgezeit vollends verkam –, steckte seine Mutter «die Ausgabe in ihre Handtasche und trennte sich nie mehr davon, sie nahm sie selbst mit zum Marché de la Buffa. Beim kleinsten Disput», schreibt Gary, «holte sie sie heraus, faltete sie auseinander, hielt dem Gegner die mit meinem Namen geschmückte Seite unter die Nase und sagte herablassend: ‹Bedenken Sie, mit wem Sie die Ehre haben zu sprechen!› Worauf sie, gefolgt von den verdutzten Blicken mit stolz erhobenem Kopf triumphierend weiterging.»

83

(Ich war kurz davor, dieses Buch abzuschließen, als ich an einem Sonntag im Oktober meine Eltern besuchte. An jenem Tag fand in Amiens die *Grande réderie* statt, ein riesiger Flohmarkt, wo man alles und nichts findet, vor allem nichts, aber man weiß ja nie: Ich beschloss, einen Rundgang zu machen. Tausende Händler verkauften für ein paar Sous Gegenstände aller Art – gebrauchte Kleidung, gesehene DVDs, angeschlagenes Porzellan, ausgestopfte Füchse und sogar, ich habe es gesehen, gebrauchte *Sex toys* –, und ich wollte schon gerade wieder gehen, als ich auf einer aufgebockten Tischplatte, die mit einer transparenten Plastikplane überzogen war – es war beinahe schönes Wetter: es nieselte –, zwischen zwei Nichtigkeiten und drei Nippesfiguren eine große Sammlung des *Gringoire* entdeckte. Ich wusste, dass im Jahr 1935 ein junger Mann von zwanzig Jahren darin zwei Kurzgeschichten veröffentlicht hatte und dass es sich dabei um seine ersten gedruckten Arbeiten handelte. Ich machte mich daran, den Zeitungsstapel zu sichten, ich blätterte Seite für Seite jeder einzelnen Ausgabe des Jahres 1935, zunächst ohne großartig daran zu glauben, dann mit immer festerem Glauben, unter den erst gleichgültigen, dann neugierigen und schließlich ratlosen Blicken des Händlers – was suchte ich denn nur mit solchem Eifer in diesem alten Kram? –, als ich nach einer halben Stunde unten rechts auf der Seite 13 der Nr. 342 von Freitag, den 24. Mai 1935, zum Preis von 0,75 Franc und erschienen in einer Auflage von 476 500 Exemplaren, auf diese Werbung stieß:

Nehmen Sie innerhalb von drei Wochen zu

Seit den drei Wochen, in denen ich die erste Schachtel Florentol genommen habe, habe ich eine Gewichtszunahme von drei Kilo zu verzeichnen, schreibt Mlle V..., Blois (L.-et Ch.). Florentol, rein pflanzlich und vollkommen ungefährlich, kräftigt Ihre Silhouette, füllt Ihre ausgemergelten Wangen, bringt Ihre Salzfässchen zum Verschwinden. Ihr Gewicht erhöht sich, und gleichzeitig steigern sich Ihre Kräfte. Die Schachtel mit 30 Kapseln: 16 Francs. Die komplette Kur (120 Kapseln): 55 Francs. Portofreier Versand durch die Laboratoires P. Florentol, 11 b, Avenue de Ségur, Paris. Broschüre gratis.

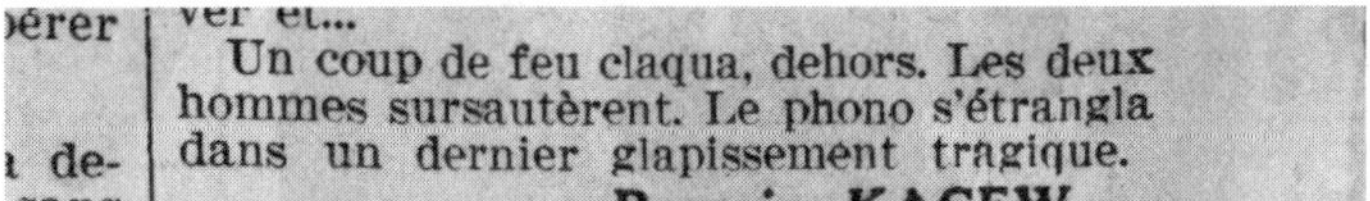

ver et...

Un coup de feu claqua, dehors. Les deux hommes sursautèrent. Le phono s'étrangla dans un dernier glapissement tragique.

Romain KACEW.

Gagnez du poids en trois semaines

Depuis trois semaines que j'ai pris la première boite de Florentol, j'ai noté une augmentation de trois kilos, écrit Mlle V..., Blois (L.-et-Ch.). Le Florentol, composé de plantes et absolument inoffensif, étoffera votre silhouette, remplira vos joues creuses, fera disparaître vos salières. En même temps que votre poids augmente, vos forces seront accrues. La boîte de 30 cachets : 16 francs. La cure complète (120 cachets) : 55 francs. Envoi franco par les Laboratoires P. Florentol, 11 *ter*, avenue de Ségur, Paris. Brochure gratis.

Als ich sie fast ein halbes Jahrhundert später las, in Zeiten der Diäten und des Triumphs der Hungerhaken-Silhouette, fand ich sie so ulkig, dass ich beinahe genau darüber «in schön fett gedruckten» Lettern den Namen KACEW übersehen hätte: Ich hielt *Das Gewitter*, seine «auf einer ganzen Seite abgedruckte Kurzgeschichte», in Händen. Ich jubelte, als hätte ich gerade den Schatz Rackhams des Roten entdeckt, fragte den Händler nach seinem Preis – ein so lächerlicher Betrag, dass ich ihm das Doppelte gab, und sah in seinen Augen Fassungslosigkeit aufschimmern, so etwas wie «ganz eindeutig, der Typ ist verrückt» – und ging glücklich und leichtfüßig mit meiner Ausgabe des *Gringoire* unter dem Arm davon, jubelnd, wie Mina Kacew im Frühjahr 1935 in den Gängen des Marché de la Buffa in Nizza gejubelt hatte.)

84

Nach der übersteigerten Reaktion seiner Mutter auf *eine simple Kurzgeschichte in einem Wochenblatt* zu urteilen, kann man sich fragen, wie weit sie gegangen wäre, hätte sie erfahren, man habe ihrem Sohn den ruhmreichsten aller Literaturpreise verliehen. Sie wäre in jenem Jahr siebenundsiebzig Jahre alt gewesen. In diesem Alter kennt man nicht mehr das laute Frohlocken der Jugend, doch man kann vor der Hôtel-Pension Mermonts noch immer triumphierend die Arme in die Luft recken, mit Tränen in den Augen und dem heiligen Feuer der Vergeltung, sich mit einer Hand auf den Stock stützen und mit der anderen das V, das *victory*-Zeichen, machen, dann über den ganzen Marché de la Buffa laufen und dabei mit rauer Stimme rufen, ich habe es euch doch gesagt, ehe man zum Strand geht, sich ausstreckt, die Füße im Wasser, und sich von der

Sonne betören, von der Brandung wiegen und von der Gischt streicheln lässt, von genau den richtigen Wellen, die ein zusätzliches Schaudern hervorrufen, man kann in die Ferne blicken, wo die Blautöne ineinander übergehen, wo die unermessliche Weite des Meeres auf die Unendlichkeit des Himmels trifft, dann die Augen schließen und einschlafen, für immer einschlafen in der Trunkenheit der vollendeten Pflicht, die Gesichtszüge ruhig, heiter, geadelt vom Lächeln derjenigen, die leichten Herzens gehen, mit der Genugtuung als Rechtfertigung eines Lebens.

85

Und was hätte meine Mutter gesagt, wenn ich diese Doktorarbeit verteidigt hätte, der ich mich entzogen habe? Hätte sie vor den aufgerissenen Augen der Professoren einen improvisierten Freudentanz aufgeführt? Nach der Blockade der Uni ging ich nicht mehr zu den Vorlesungen und Seminaren, aber ich legte jedes Jahr gewissenhaft die Prüfungen ab. Ein Monat intensives Pauken reichte mir, den Leuten etwas vorzumachen, und die übrige Zeit las und schrieb ich. Nach drei Jahren Arbeit schickte ich ein Manuskript an zwanzig Verlagshäuser, von denen ich mir zwanzigmal Ruhm und zwanzigmal Reichtum erwartete: Es wurden zwanzig Absagen. Siehst du, sagte meine Mutter, das Schreiben ist nichts für dich. Und sie forderte ausdrücklich, ich möge diese Hirngespinste aufgeben und mich wieder auf das besinnen, was sie den *rechten Weg des Rechts* nannte. Vielleicht hatte sie recht: Wenn ich heute dieses Manuskript noch einmal lese, erstaunt es mich, dass mir kein Verleger, per Einschreiben mit Rückschein, den Befehl erteilte, auf der Stelle mit dem Schreiben aufzuhören (vermutlich mit dem Argument: zu Ihrem Besten, junger Mann, und dem der Literatur).

Dann zog ich um nach Lyon, um dort Hockey zu spielen; ich las noch immer mit Begeisterung, doch über ein Jahr war ich unfähig, auch nur eine Zeile zu schreiben, und deshalb begann ich, da ich ein bisschen Zeit hatte, eine Doktorarbeit mit dem Thema *Die Vollstreckung von internationalen Gerichtsurteilen angesichts der Vollstreckungsimmunität von Staaten* (auch ich weiß nicht genau, worum es sich dabei handelt). Wen auch immer meine Mutter traf, sie erzählte ihm von ihrem Sohn, dem Jura-Doktor, dem *zukünftigen* Doktor, verbesserte sie sich aus Sorge um die persönliche Moral, nun ja, setzte sie hinzu, es ist ja nur eine Frage der Zeit: Seine Dissertation ist bald fertig (was natürlich falsch war). Und dann versäumte sie es nie, darauf hinzuweisen: Er hält sogar Seminare in der Uni (was richtig war). Ich erinnere mich noch an diesen Montagmorgen im Oktober, als ich zum ersten Mal mich nicht *in* einer Klasse, sondern *vor* einer Klasse befand; ich musste einen Anzug anziehen, um mich symbolisch älter zu machen. Das Durchschnittsalter wurde an jenem Tag durch die Anwesenheit eines sechzigjährigen Mädchens beträchtlich in die Höhe getrieben: Sie war mitten in der Nacht aufgestanden und die Strecke Amiens-Lyon in einem durchgefahren, um teilzuhaben an dem, was sie meine «Antrittsveranstaltung» nannte, in Wahrheit bloß ein anderthalbstündiges Seminar zum Internationalen Privatrecht vor etwa dreißig Studierenden, von denen die Hälfte vor dem Ende einschlief.

Denen, die es am meisten verdienten, schenkte ich Bücher, in der geheimen Hoffnung, sie würden Jura aufgeben, um direkte Wege zu nehmen – die Literatur ist einer davon. Alles stand zum Besten in der besten aller Welten, bis sich mein Benotungssystem herumsprach und dem Dekan zu Ohren kam. Er zitierte mich in sein Büro. Ich habe gehört, dass Sie Ihre Studenten Gedichte von Baudelaire, Lamartine und Rimbaud aufsagen lassen, dass ihnen diese Gedichte Bonuspunkte einbringen und diese Punkte ihren Durchschnitt merklich anheben, stimmt das? Ja, sagte ich, ich bekenne mich schuldig. Es sollte Ihnen bislang nicht entgangen sein, meinte er, dass dies eine Fakultät der Rechtswissenschaften ist und nicht der Klub der toten Dichter. Stellen Sie sich nur einen Augenblick vor, dass ein Student, der sich benachteiligt fühlt, die Sache vor Gericht bringt: Das könnte unseren Ruf beschädigen. Und ich, fragte ich naiv, mit welcher Strafe muss ich rechnen? Ach, mit nichts Großem, sagte er, im Höchstfall mit einem symbolischen Euro als Buße für den immateriellen Schaden. Gut, dann zahle ich zwei, sagte ich. In weiser Voraussicht.

Es kam zu keinem Prozess. Dennoch gab man mir zu verstehen, ich täte besser daran, *im Augenblick* meinen Lehrauftrag ruhen zu lassen, um mich voll und ganz meiner Doktorarbeit zu widmen. Was ich auch einige Monate befolgte, ehe ich ganz allmählich die Rechtslehre, die Kommentare der Jurisprudenz, die Gesetzesbücher und die Verträge aufgab: Ich hatte wieder begonnen zu schreiben. Zwei Jahre später schickte ich mein Manuskript an die Rue Sébastien-Bottin 5. Ich stand gerade am Flughafen von Lyon, in der Abflughalle, als mich eine Mail von Jean-Marie Laclavetine, Verleger bei Gallimard, erreichte. Ich überflog sie rasch, zitternd, mit angehaltenem Atem, auf dem kleinen Display meines Telefons. Dann las ich sie noch einmal, nun langsam, Zeile für Zeile: Ich würde in der Weißen Reihe veröffentlicht. Die Stewardess, die meine tränenfeuchten Augen sah, als ich ihr mein Ticket zeigte, und sie als Flugangst deutete, sagte mir, ich solle mir bloß keine Sorgen machen, *der Flug würde ganz problemlos sein.* Als ich meiner Mutter einige Tage später die Neuigkeit verkündete, weinte sie, ja, auch sie. Tränen der Trauer. Bestürzt betrachtete sie mich und schüttelte dann den Kopf, ehe sie ausrief: Was sollen wir nur mit dir machen?

86

Dieses erste Buch wurde mit einigen Literaturpreisen ausgezeichnet – aus Gründen, die sich mir nicht erklären, aber solche Dinge passieren offenbar. Ich ziehe daraus keinerlei Ehre, andere Autoren hätten sie ebenso verdient; ich hatte das meiste Glück, mehr nicht. Aber deswegen zeigte ich dem Vergnügen nicht die kalte Schulter: Ich hatte zwar nichts, um mir eine Wohnung in der Rue du Bac zu kaufen (oder bei den Immobilienpreisen höchstens drei Quadratmeter), aber ich konnte mir einen Motorroller leisten – der mir zwei Jahre später gestohlen wurde, nur wenige Tage, nachdem ich umgezogen war, was mir die Fron der Adressänderung auf der Zulassungsstelle ersparte.

Einer dieser Preise – ehrlich gesagt, war es kein Preis, sondern ein Stipendium, das heißt, ein Preis für die Zukunft, für ein Buch, das sich noch ungestaltet im Kopf des Autors befand – war eher gut dotiert (sagen wir mal, ein guter Quadratmeter). Ich befand mich mit zwei jungen Autoren, die auch meine Freunde sind, in der Wettkampfarena: Der eine heißt Arthur, den anderen, Clément, kennen Sie bereits. Drei Minuten vor der Bekanntgabe schlossen wir eine Art Pakt: Der Preisträger würde einen Teil der Summe an die beiden anderen weitergeben. Ich strich den Einsatz ein, und wie verabredet, hielt ich das Versprechen: Einige Tage später fanden die beiden unglücklichen Kandidaten in ihrem Briefkasten einen von mir unterschriebenen Scheck. Der eine leistete sich eine Waschmaschine, der andere eine Nacht in Gesellschaft eines Callgirls (rechnen Sie nicht damit, dass ich preisgebe, wer was gemacht hat, niemals würde ich zugeben, dass Arthurs Klamotten immer makellos sind.) Meine Mutter nahm die Nachricht mit Zurückhaltung auf: Ein Stipendium? Um zu schreiben? Und Jura?

Ein anderer Preis, *de la Vocation*, für die Berufung, so hieß er (ein halber Quadratmeter), wurde mir auf einer Dachterrasse eines großen Unternehmens an den Champs-Élysées mit Blick auf den Arc de Triomphe überreicht. Meine Mutter sparte sich die Anreise: *Dein* Gary wurde von de Gaulle *unter* dem Arc de Triomphe ausgezeichnet, und du gibst dich mit einem Blick *auf* den Arc de Triomphe zufrieden? Das ist vielleicht ein Triumph! Und deine einzige Berufung ist Jura.

Dennoch machte sie einmal die Hin- und Rückreise Amiens-Paris. An jenem Tag wurde ich *sous la Coupole* empfangen, wo die Académie française mir feierlich einen guten Viertelquadratmeter übergeben sollte. Ich kam zu spät an den Quai de Conti, meine Krawatte in der Hand (ich habe sie noch nie binden können), und stieß auf meinen Vater, der mir zwischen zwei Reihen republikanischer Garden mit gezücktem Säbel unter Trommelwirbeln einen vorschriftsmäßigen Knoten machte. Meine Mutter befand sich bereits im Inneren. Sie sucht jemanden, sagte mein Vater, der nicht mehr darüber wusste – doch vielleicht steckte er mit ihr unter einer Decke. Nach der Zeremonie gab es ein Buffet. Dort trafen die Preisträger, ihre Familien und Freunde aufeinander sowie die Akademiemitglieder in grünem Ornat und mit Zweispitz und meine noch immer lauernde Mutter. Sie führte irgendetwas im Schilde. Ich fragte sie, ob alles in Ordnung sei. Ja, ja, erwiderte sie ausweichend und entzog sich meiner Frage. Da erschien Jean-Christophe Rufin. Er war nicht *nur* Akademiemitglied. Nicht *nur* Schriftsteller. Er hatte sein Studium absolviert. Und ein langes obendrein. Medizin. Mindestens neun Jahre. Ein guter Typ. Meine Mutter stürzte sich auf ihn: Sagen Sie meinem Sohn, die Literatur, ja, gut, aber er solle doch lieber seine Doktorarbeit in Jura zu Ende bringen. An jenem Tag beschloss ich, meine Dissertation ein für alle Mal aufzugeben.

87

Als Gary Ende Dezember endlich von La Paz zurückkehrt, wird er gefeiert. Er steigt, ganz in der Nähe von Gallimard, im Hôtel Pont Royal ab. Man erkennt ihn auf der Straße, die Kellner der Brasserie Lipp begrüßen ihn mit *Monsieur le Goncourt*, ganz Paris, fast ganz Paris liegt ihm zu Füßen, an denen er perfekt blank polierte Westons trägt, und da ihm, aber ja, all das nicht missfällt, sagt er sich, warum nicht all diese illustren Leute zu einem Abendessen einladen? Ganz Paris kreuzt also bei Jean de Lipkowski am Boulevard Saint-Germain auf. Von diesem Abendessen meine ich ungefähr alles zu wissen, was man wissen kann: Garys Kleidung an jenem Abend, die Farbe des Kostüms seiner Frau, die Ansprache, die er hielt, seine humoristischen und seine kritischen Bemerkungen, seine Kritik an der Kritik, die Anzahl und die Namen der Gäste, derjenigen, die eingeladen waren, jedoch nicht gekommen sind (Albert und Jean-Paul), was ihnen unter welchen Lüstern, in welcher Etage und zu welcher Stunde zum Essen und Trinken serviert wurde, und wenn ich Lust hätte, könnte ich Sie zu diesem Dîner mitnehmen, aber gut, diese Abendgesellschaften haben mich schon immer etwas angeödet, und ich liege bereits im Bett.

88

Wie jeder Mensch erhält der Schriftsteller Post, in der Regel Aufforderungen, Mitgliedsbeiträge zu zahlen, aber manchmal, auch das passiert, Briefe von Lesern. Die meisten sind schmeichelnd; andere sind es weniger: Man erklärt ihm Punkt für Punkt, mit Beispielen als Beleg, warum man sein Buch hasse, wie sehr einen die Lektüre gelangweilt habe, wie er anders hätte vorgehen müssen; andere Briefe haben mit seinen Büchern schlichtweg gar nichts zu tun: unterschiedliche und verschiedenartige Anfragen (ich schreibe auch, wie finde ich einen Verleger?), zudringliche Fragen (sind Sie Single?), Heiratsanträge mit Nacktfotos und einem zweifelhaften Postskriptum (PS: Sie sind Stier und ich bin

Jungfrau – nur eine der beiden Behauptungen bezieht sich auf die Astrologie) oder einem viel weniger zweifelhaften (PS: Ich habe letzte Nacht von Ihrer Feder in meinem Tintenfässchen geträumt). Noch andere schildern ihm Einzelheiten über den Tod seines Vaters.

So geschah es Gary kurz nach seinem Goncourt: «Unter den Briefen, die ich zum Anlass der Preisverleihung erhielt, war einer, in dem mir Einzelheiten über den Mann mitgeteilt wurden, von dem ich nur so wenig wusste. Er war keineswegs in der Gaskammer gestorben, wie man mir erzählt hatte. Er war auf dem Weg zur Hinrichtung ein paar Schritte vor dem Tor gestorben. Der Briefschreiber war Pförtner gewesen, Hausmeister – ich weiß nicht, wie ich ihn nennen soll, und weiß auch nicht, was für einen offiziellen Titel er trug. Zweifellos um mir Freude zu machen, schrieb der Mann in seinem Brief, mein Vater hätte es nicht bis zur Gaskammer geschafft und sei vor Angst tot umgefallen, noch bevor er sie betreten habe. Ich saß lange mit dem Brief in der Hand da; ging dann ins Treppenhaus der NRF – der *Nouvelle Revue Française* – hinaus, lehnte mich ans Geländer und verharrte, ich weiß nicht, wie lange, (…) mit meinem Titel eines französischen Gesandten, mit meinem Verdienstkreuz, meiner Rosette der Ehrenlegion und meinem Prix Goncourt. Ich hatte Glück: Albert Camus kam zufällig vorbei, und als er sah, dass es mir nicht gut ging, führte er mich in sein Büro. Der vor der Gaskammer tot zusammengebrochene Mann war für mich ein Fremder gewesen, von jenem Tag an wurde er für immer mein Vater.»

89

In Wirklichkeit hat Gary diesen Brief nie bekommen. Sein Vater ist nicht vor Angst auf dem Weg zur Gaskammer gestorben, wie er es so oft behauptet hat.

Von Arieh-Leïb Kacew existieren einige Fotos, eines ist zu der Zeit aufgenommen, als die Mütter lernen, wo die Dardanellen und die Marne, die Somme und Verdun, die Rüben- und Granatenfelder liegen, von denen ihre Söhne nicht zurückkehren – oder wenn sie zurückkehren, dann mit einem Arm in der Schlinge, einem zerfetzten Bein, einem zerschmetterten Gesicht, das Herz aus Stein und den Körper voller Blei. Er ist an einer anderen Front, im Osten, ganz in der Nähe der kosakischen Schlachtfelder, zu der im Vergleich die kosakischen Schlachtfelder wie Kinderspielplätze anmuten. Er ist ein noch junger Mann, der unter zwanzig Millionen anderer noch junger Männer in die kaiserlich russische Armee einberufen wird. Er posiert stolz im dreiviertel Profil, die Mütze mit dem Lederschirm ein wenig schräg, die Hände in den Taschen seines Soldatenmantels aus grobem Tuch, den Bauch unter einer breiten Koppel und die Brust gebläht, der harte Blick noch zu weich für den Krieg. Er lächelt nicht. Sicherlich hat er dieses Foto in einen Umschlag gesteckt und gleich an seine Frau geschickt, dazu vielleicht einen Brief, in dem er ihr tausend Küsse sendet, ihr und dem Sohn, sehr wohl wissend, dass der Brief gelesen und die Fotografie liebevoll aufbewahrt würde, aber ohne zu wissen, dass später nach dem Krieg im nächsten Krieg (denn es sollte einen zweiten geben, nicht weniger bestialisch und grausam) sein Sohn

Folgendes auf die Rückseite des Fotos notieren würde, wobei er das Wort *Vater* drei Mal unterstrich: «Fotografie meines Vaters Léon Kacew während des Militärdienstes in Russland. Er starb auf dem Weg in die Gaskammer.»

Und dennoch stimmt es nicht. Wie soll ich von diesem Vater sprechen? Lange habe ich es vor mir hergeschoben, diese Passage zu schreiben: Ich fand nicht den richtigen Ton. Gibt es denn überhaupt einen richtigen? Ich beschränke mich auf die Tatsachen. Anfang des Jahres 1925 verlässt Arieh-Leïb Kacew Romans Mutter Mina für Frida Bojarski, die siebzehn Jahre jünger ist als sie. Dieser Verbindung entspringen zwei Kinder: Valentina Anfang Juni 1925 und Pavel im März 1926. Zur selben Zeit ziehen Roman und seine Mutter aus Wilna fort, sie übersiedeln nach Warschau und dann nach Nizza. Die Jahre vergehen, und es ist Krieg: Im Wilnaer Ghetto verdingt sich Leïb als Kaminkehrer und macht sich um zehn Jahre jünger, um den Selektionen zu entgehen. Im September des Jahres 1943 werden Frida, Valentina und Pavel in das KZ Klooga in Estland deportiert. Als im September 1944 die Rote Armee näher rückt, liquidieren die Nazis das Lager. Über zweitausend Gefangene werden getötet, manche durch eine Kugel ins Genick, andere mit Benzin übergossen und bei lebendigem Leib verbrannt. Darunter Frida, achtundvierzig, Valentina neunzehn und Pavel achtzehn Jahre alt.

Ich weiß nicht, ob Gary seinen Vater so sehr hasste, dass er ihm seinen Tod raubte, oder ob er ihn im Innersten insgeheim liebte, ob er ihn so liebte, wie er ihn hasste, und wenn er sich weigerte, seinen Tod in Gänze anzuerkennen, so weigerte er sich ebenso, ihn so zu schildern, wie er sich zugetragen hatte. Doch vielleicht ist es nicht unnütz, die

Wahrheit zu berichten: Sein Vater starb 1943 im Wald von Ponar, zehn Kilometer von Wilna entfernt, durch die Hand eines Shoah-Beamten, der den Auftrag hatte, am Rande einer Grube Kugeln in Nacken zu schießen, als eifriger Diener dieser Schwadronen, die in der Sprache der Nazis – der von Schiller und Goethe, der *Lieder* und der neunten Symphonie – für den Namen standen, dessen Widerhall uns unablässig die Kehle aufschürft und das Herz zerreißt: *Einsatzgruppen*.

90

Anfang September 1939 sprach man im Hof der Großen Pohulanka noch nicht Deutsch. Man sprach vor allem Polnisch, Jiddisch, Hebräisch, ein wenig Russisch, aber nicht viel. Doch bald sollte man viel Russisch hören, was nicht nach dem Geschmack der Einwohner von Wilna war: Die Roten in Khaki sollten sich in ihrer Stadt einquartieren, lange bleiben und Wörter wie *vodka* und *chapka* sagen (wie man sieht, spreche ich ein wenig Russisch), jeden Tag der Woche, den Sonntag eingeschlossen, der sich воскресенье schreibt. Das Jahr 1939 hatte ausgerechnet mit einem Sonntag begonnen, und an diesem Sonntag wurden ausgerechnet die Leute, die in Wilna ein schwieriges Jahr voraussagten, aufgefordert, ihre Meinung für sich zu behalten. Die Dinge würden schon irgendwie ins Lot kommen, nicht wahr?

Nicht wirklich. Frieden stand nicht auf dem Programm. Einverstanden, Ende 38 hatte man ihm den Kopf über Wasser gehalten, doch nun ja, man hatte ihn ebenso schnell wieder untergetaucht. *Si vis bellum, para bellum.* Man hatte ihn gewollt, diesen Krieg, man hatte sich auf ihn mustergültig vorbereitet, so gut, dass auf die Nichtangriffspakte die Pakte gegenseitiger Unterstützung im Falle eines Angriffs gefolgt waren; Ergebnis, einige Monate später besetzte Deutschland Böhmen und Mähren, Ungarn besetzte Ruthenien, und die Tage der Diplomaten inmitten der goldenen Täfelungen der Kanzlerämter waren damit ausgefüllt, Sendschreiben hin- und herzuschicken: Musste man (entschlossen) beklagen, (zutiefst) bedauern oder die Machenschaften des Schnurrbärtigen aus Berlin (entschieden) verurteilen?

Und dann kam es zu dem berühmten deutsch-sowjetischen Pakt, in dem die Roten und die Braunen öffentlich übereinkamen, im Falle eines Konflikts nicht gegeneinander zu intervenieren, und kraft dessen sie im Falle eines Sieges sich die Torte heimlich teilen würden. An jenem 23. August 1939 stießen Ribbentrop und Molotow auf ihre Freundschaft an. *Prost!*, sagte der eine, worauf der andere entgegnete: *Za vashe zdorovie!* Die beiden hatten gelächelt, und nun war es an den Juden, die Zeche zu bezahlen.

91

«Solche Reden flackerten überall auf. Die Kosaken lärmten empört und spürten im Zorn ihre Kraft.» (...) «An den Galgen das ganze Judenpack!», gellte es aus der Menge. (...) «In den Dnjepr mit den Ungläubigen! Ersäuft sie!» (...) «Dies Stichwort, das irgendeiner gegeben hatte, schlug wie der Blitz ein, die Menge strömte in die Vorstadt, entschlossen, alle Juden niederzumachen.» (...) «Die Juden wurden gepackt und ins Wasser geworfen. Klägliches Wehgeschrei erscholl weit und breit, aber die rauen Kosaken lachten bloß, wie sie die Judenfüße beschuht oder strümpfig in der Luft zappeln sahen.»

Diese Passagen stammen aus *Taras Bulba*, Gogols erstem Roman. Auf dem rückseitigen Umschlag der Ausgabe, die ich gelesen habe (wo in wenigen Zeilen ohne Rücksicht auf das Lesevergnügen die ganze Handlung preisgegeben wird), erklärt man uns, es handle sich um eine «erfundene Episode im Kampf der Kosaken gegen die Polen in der Ukraine des 17. Jahrhunderts». Ersetzt man jedoch den Dnjepr durch die Vilnia, und setzt man an die Stelle der «rauen Kosaken» die Polen, dann passen diese Passagen auch auf Vilnius im April 1919, damals, nachdem die polnische Infanterie den Sowjets die Stadt streitig gemacht hatte, als die jüdischen Häuser geplündert, die Geschäfte verwüstet, die Friedhöfe geschändet wurden, während die Juden allerlei ausgeklügelten Foltermethoden ausgesetzt waren, sie wurden aus dem Fenster geworfen, bei lebendigem Leib verbrannt oder mit hinter dem Rücken gefesselten Händen in der Vilnia ertränkt – noch gar nichts im Vergleich zu dem, was kommen sollte.

92

Nicht einmal einen Monat nach dem *Prost!* und dem darauffolgenden *Za vashe zdorovie!* hatte Deutschland Polen überfallen, hatten Frankreich und Großbritannien

Deutschland den Krieg erklärt, waren die Sowjets in Wilna einmarschiert. Den Krieg, den kannte Piekielny. 1914 hatte er ihn aus der Nähe erlebt. Vielleicht war er es, der ihn nach Wilna verschlagen hatte – wenn er denn hier nicht bereits wohnte –, und er war geblieben, er lebte von nichts, von der Nächstenliebe, von ein bisschen Brot, ein bisschen Kwas, der an die Stelle von Brot tritt, wenn es an Brot mangelt, wenn er denn nicht zu diesen *westfälischen Bergmännern* gehörte, die eher gezwungen als freiwillig ins Ruhrgebiet verfrachtet wurden, um hundert Meter unter der Erde ein rußig schwarzes Gesicht zu bekommen, oder wenn er sich nicht als Dockarbeiter in einem der Ostseehäfen verdingt hatte, wo man, wie ich aus dem schönen Buch von Henri Minczeles erfahre, für dreißig Pfennig am Tag Ladungen ein- und ausladen konnte, wenn er denn nicht vielleicht weniger Glück gehabt hatte und zum Bataillon der fünftausend jüdischen Rekruten gehörte, die «Sträflingen gleich, in Lumpen gehüllt, von Gendarmen bewacht», Befehl hatten, «Bäume zu fällen, sie wegzuräumen, sie auf Lichtungen zu schleppen», wenn man ihn denn schließlich nicht an die Front geschickt hatte und er nicht wie der Vater des kleinen Roman einer dieser jungen Männer, die ihren Müttern, ihren Frauen entrissen wurden – wenn sie in ihrem Unglück dieses unaussprechliche Glück erfahren hatten –, unter diesen Jungen von zwanzig Jahren war, die in ihren schwieligen Händen nichts außer einer Hippe gehalten hatten und die bald Schnürstiefel anziehen und eine Mütze aufsetzen sollten, die mit einem Tornister ausstaffiert, mit allerhand Krempel beladen und ermutigt würden, ihre Heldenbrust den feindlichen Kanonen entgegenzurecken, dabei ein einfaches Gewehr mit aufgepflanztem Bajonett in den zitternden Händen – und wenn dies der Fall war, in welchem Maße hatten sie gezittert, diese Hände, als sie auf eine Pickelhaube zielten, auf die sie Befehl hatten zu schießen? Man wird es niemals erfahren. Tausend Geschichten könnte man sich ausdenken, aber sicher ist, Piekielny kannte den Krieg, und er, der Krieg, konnte erneut ausbrechen, doch nichts und niemand – nicht einmal die Sowjets – könnten ihn daran hindern, mit Blick in den Sternenhimmel nicht auf seiner Violine zu spielen.

93

Als die Sowjets im Frühjahr 1941 den Überraschungsangriff ahnten, von dem sie noch nicht wussten, das er *Unternehmen Barbarossa* heißen würde, begannen sie, massenweise Menschen nach Sibirien zu deportieren: Allein aus Wilna waren es dreißigtausend – darunter sechstausend Juden –, die als «antisowjetische Elemente» nach Osten verfrachtet wurden – da die Definition so vage war, schloss sie all jene ein, die es entschieden, in Maßen oder gar nicht waren, denen man jedoch eine *Anfälligkeit* nachsagte, und sie ließ sich auf die Pechvögel ausweiten, die wegen eines fehlenden Garderobenständers ihre Uschanka einer Lenin-Büste aufgesetzt oder in der Öffentlichkeit eine harmlose Bemerkung über die Länge des Schnauzbarts des Vaters der Völker fallen gelassen hatten; niemand war gefeit, niemand konnte sicher sein, dem Gulag zu entgehen, alle waren sich einig, dass sie an dem einen oder anderen Tag die Reise anträten: Da gab es zum einen jene, die meinten, man würde sie in einen Viehwaggon gen Sibirien stecken; und zum anderen die weniger hoffnungsvollen, die überzeugt waren, man würde sie zu Fuß dorthin schicken. Da es besser war, darüber zu lachen als zu weinen, erzählte man sich Witze wie diesen sehr bekannten, den Piekielny im Juni 1941 gehört haben musste, über drei Gulag-Häftlinge im Gespräch:

Sag, Kamerad, wie kommt es, dass du hier bist?

Wegen der Arbeit, sagt der Erste. Ich bin eines Morgens zu spät gekommen: Man hat mir zehn Jahre Zwangsarbeit wegen Sabotage zugunsten des Feinds aufgebrummt.

Ich, sagt der Zweite, ich bin zu früh gekommen: Man hat mir zehn Jahre wegen Spionage zugunsten des Feinds aufgebrummt. Und du?

Oh, ich, sagt der Dritte, ich war jeden Morgen pünktlich.

Ja und?

Mir hat man zehn Jahre wegen kleinbürgerlichem Konformismus aufgebrummt.

Und ich hätte ihn nach Sibirien verfrachten können, meinen Piekielny, ich hätte ihn in die Transporte steigen lassen können, die von Wilna durch die weißen Ebenen der Taiga fuhren, wo die Birkenstämme weiß waren, auch sie, aber nicht vor Schnee, weiß, weil die ausgehungerten *Zeks* die Rinde abkratzten und aßen, ehe sie in diesen Baracken zusammenbrachen, wo man sich auf erbärmlichen Pritschen vom Boden bis zur Decke drängte, in elenden Holzbaracken, mit Stacheldraht und Wachtürmen abgeriegelt, wo Gott hauste, den man zu dieser Zeit vergeblich in den Sternenhaufen oder in ihren Strahlen gesucht hätte, ich hätte gekonnt, ja, aber all das will ich ihm, Piekielny, ersparen, denn er fröstelte leicht, darum lasse ich ihn hier im Hof der Großen Pohulanka unter den roten und braunen Wolken zurück, die sich über Wilna zusammenbrauen, und wende mich wieder Gary zu, der zu mir spricht.

94

Wie gerne er doch sprach, Gary. Insbesondere über sich. Im Radio, im Fernsehen, im Bett zu jungen Mädchen, im Café mit Freunden oder zu seiner Mutter, *ad patres in petto*. Manchmal gelingt es mir zu träumen, ich wäre in den Sechzigerjahren in Paris, sagen wir mal, 1963, zu Anfang des Herbsts, und er wäre mein Freund.

Ich hätte mich mit ihm abends um sieben am Odéon verabredet, in einem dieser Cafés, die es heute nicht mehr gibt, im Condé zum Beispiel. Ich wäre wie immer mit zehn Minuten Verspätung gekommen (ich bin in meinen Verspätungen von unerbittlicher Pünktlichkeit). Ich würde auf ihn warten. Und dann endlich sähe ich ihn auftauchen, diskret, im mexikanischen Poncho, er führte wer weiß was an, um seine eigene Verspätung zu rechtfertigen, eine Nervensäge habe ihn auf der Straße erkannt oder ein Groupie habe auf seiner Fußmatte gestanden, habe sich ihm halb nackt angeboten, und er hätte mir seine männliche Hand gereicht und mir freundschaftlich auf den Rücken geklopft, dann hätte er einen Tisch ganz hinten im kleinen Raum gewählt, weit weg von den Stammgästen, und dann letztendlich, nein, setzen wir uns lieber auf die Terrasse. Er hätte einen Blick auf die Karte geworfen, den Kellner angefahren, hätte ihm gesagt, sagen Sie mal, lieber Mann, die

Rechnung ist gesalzen, die Gerichte sind erotisch, aber Ihre Preise pornografisch! Und dann hätte er zu mir gesagt, wie geht's, alter Freund, wie lange ist es her, fünf, sechs Jahre, dass wir uns gesehen haben? Sieben! Seit dem Erscheinen von den *Wurzeln*? Mein Gott, wie die Zeit vergeht... Wenn du meine Meinung hören willst, alter Freund, dieses Schwein müsste man unter den Dieben suchen...

Ich hätte nichts gesagt. Er hätte weitergesprochen.

Das war damals, als Kléber Haedens mich schwer beleidigt hatte, du erinnerst dich doch an die Gruseligkeiten, die er schrieb? «Zu unserem Bedauern und auch aus Pflichtbewusstsein müssen wir sagen, Romain Gary beherrscht das Französische nicht, und wenn der Held der *Wurzeln im Himmel* einen Rat zum Schutz der Elefanten gründet, so denken wir, dass es ab sofort unerlässlich ist, einen Rat zum Schutz der französischen Sprache vor Romain Gary zu gründen.» Ich geb's dir gleich, Räte zum Schutz der französischen Sprache vor mir! Man kann nicht eine Elefantenherde durch Afrika donnern lassen, den Schweiß, die Steppe, den Urwald, die Abenteurer schildern und all das in der Sprache der Prinzessin von Kleve und der Herzogin von Guermantes erzählen! Sie verstehen nicht, dass meine literarischen Wurzeln in meiner Mischmasch-Herkunft gründen. Dass ich meinen Nährstoff aus meinem Bastarddasein ziehe, in der Hoffnung, zu etwas Neuem, etwas Originellem zu gelangen. Dass ich ein hartes, brutales, realistisches Buch schreiben wollte, etwas überaus Kraftvolles. Und hätte ich den Stil geglättet, wäre es ein Buch wie eine kalte Allegorie geworden, ein formelles Werk in der Art von Poe, Alain-Fournier oder Julien Gracq. Ich suche die Kraft, mein Gott! Aber deswegen zu behaupten, ich könnte kein Französisch! Wenn der Goncourt nicht reicht, ich habe immerhin sieben Jahre lang im Gymnasium von Nizza den ersten Preis in Französisch gewonnen. Was haben sie dagegen anzuführen, dieser Kléber Haedens und Konsorten? Ich sag es dir, was sie im Grunde anpisst, was sie zutiefst anpisst, diese Kritikerschweine … was sie anpisst, denn ich will jetzt vulgär sein, ist, dass ein Bastard wie ich den guten Franzosen den Goncourt weggeschnappt hat. Denn, nein, ich habe nicht einen Tropfen französisches Blut in mir. Aber Frankreich, alter Freund, Frankreich selbst fließt durch meine Adern.

Und was ich als Repräsentant Frankreichs befürworte, was ich insbesondere anstrebe ist nichts Geringeres als den totalen Roman. Aber in der heutigen Zeit ist es wohl besser, sich an den totalitären Roman zu halten, an den, der seit Kafka die Geschichte der Fiktion im Westen beherrscht. Totalitär? Das Gegenteil von total: Unterwerfung statt Meisterschaft. Kafka, Céline, Camus, Sartre sperren den Menschen und den Roman in einer einzigen Situation ein, in einer einzigen ausschließlichen Vision. Sie nageln uns mit ihrer unwiderruflichen Definition in der absoluten, also autoritären, unabänderlichen Fixiertheit fest, in ausweglosen Verhältnissen: Kafka in der Angst des Nichtverstehens, Céline in der Scheiße, Camus im Absurden, Sartre im Nichts … Es gebe Schlimmeres, wirst du mir entgegenhalten, als den totalitären Roman: den Roman ohne Fleisch und Blut, den man pompös den *nouveau roman* nennt … Man sieht doch, wo das hinführt: Es fängt damit an, dass man die Person aus dem Roman ausschließt, und es endet damit, dass man sechs Millionen Juden massakriert. Wie, ich übertreibe?

Im Augenblick beschränke ich mich auf den guten alten Roman. Also auf den totalen. Nach den *Wurzeln* habe ich eine Satire auf die UNO veröffentlicht, aber nicht unter meinem Namen, nein, halt dich fest, unter Fosco Sinibaldi. Nicht schlecht, oder? Gut, ich spreche von dem Pseudonym ... das Buch ist überhaupt nicht gut gelaufen. Schluss mit den Pseudonamen, damit fange ich nicht wieder an. Dann habe ich *Lady L.* geschrieben, direkt auf Englisch, ein Triumph in den USA! Es ist gerade in Frankreich erschienen, und stell dir vor, de Gaulle hat es gefallen. Es ist sehr von Lesley, meiner Frau, meiner Exfrau, inspiriert, du weißt doch bestimmt, dass wir geschieden sind. Na ja, was willst du, sie hat mir die Luft zum Atmen genommen. Wir haben uns nicht mehr verstanden. Ich muss sagen, wir haben dieselbe Sprache gesprochen. Die Sprachbarriere tut sich auf, wenn zwei Leute dieselbe Sprache sprechen. Keine Verständigungsmöglichkeit mehr. Ich muss auch sagen, dass wir seit siebzehn Jahren verheiratet waren, und im Laufe von siebzehn Jahren füllt sich das Fass nach und nach. Die Wahrheit ist, es gibt eine unglaubliche Zahl von Tropfen, die es nicht zum Überlaufen bringen, und dann eines Tages, ob man es nun will oder nicht, läuft es über, und dann ist es vorbei, *kaputt,* man kann einen Strich unter die Liebe ziehen – selbst wenn ich noch immer nicht begreife, dass eine Liebe enden kann: Das bringt die ganze Institution in Verruf.

Ich springe von einem Thema zum anderen, aber weißt du schon, dass das *Versprechen* verfilmt wird? Piekielny? Ja, natürlich gab es ihn! Ein Spitzbärtchen, ja. Das ist alles so weit weg. Geige? Jedenfalls habe ich ihn nie spielen hören. In Mexiko, ja, Ende '58. Meine letzten Ferien mit

Lesley. Zimmer 184, ja, genau, sag mal, du bist ja gut informiert!

Ach, sieh mal, der Hund! Der einzige Ort auf der Welt, wo man noch einen Menschen antrifft, der diese Bezeichnung verdient, ist der Blick eines Hundes. Auch die Kennedys haben einen Hund. Er heißt Pushinka. Woher ich das weiß? Wir sind vor zwei Monaten im Weißen Haus empfangen worden. Ein bedeutender Mann, dieser Kennedy! Vom gleichen Schlag wie der General. Einer dieser vom Schicksal gesandten Männer, denen nichts geschehen kann. Und Jean war entzückt, Jackie zu treffen.

Ein blonder Engel. Jean, nicht Jackie. Ja, sie war bereits verheiratet, als ich sie kennengelernt habe. Mit einem jungen Franzosen, Anwalt und Lebemann, der allergrößten Wert darauf legte, den Konsul kennenzulernen. Er ist in Begleitung seiner Frau gekommen, gegangen ist er ohne sie, und so ist Jean Seberg in mein Leben getreten. Ein reines Herz. Aus dem Mittleren Westen, ja. Aus Marshalltown, Iowa. Vom Arsch der Vereinigten Staaten von Amerika, wie du sagst. Verpennter geht gar nicht – außer vielleicht Wilna. Nein, ich bin nie wieder hingefahren.

Ah, du hast sie im Preminger gesehen? Und auch im Godard? Sag mal, du verbringst dein Leben im Kino! Ein Bubikopf, eine hohe Stirn, ein hinreißendes Grübchen in der linken Wange. Ob sie groß ist? Ein Dreikäsehoch. Ob sie eine echte Blondine ist? Ja, wie der Weizen. Nein, sie nimmt keinen Anstoß an Redewendungen. Ihr Akzent? Zum Anbeißen. Manchmal sagt sie mir: Ich sehe Sie an, bis Sie mich nicht mehr ansehen. Aber ich könnte sie stundenlang ansehen, die Kleine. Sie liebt Brando, James Dean, Gerechtigkeit, Gleichheit, die alten französischen Schriftsteller … Ich weiß schon. Fünfundzwanzig Jahre jünger, aber in ihren Armen werde ich wieder zu Romuschka. Und weiß Gott, dass ich in ihren Armen liege. Sie ist unersättlich. Ob ich vögele? Noch nie in meinem Leben habe ich so viel gevögelt! Ich vögele, alter Freund, ich vögele so viel, dass ich keine Zeit mehr zum Schreiben finde. Ich sollte mich nicht beklagen: Es kommt der Moment im Leben, wo einem wie auf diesen Plakaten an den Metroausgängen angekündigt wird: Ab hier verliert Ihr Fahrschein seine Gültigkeit.

Sie und ich sind aus demselben Holz geschnitzt. Zwei Hoffnungslosigkeiten, die zusammenfinden, ergeben doch eine Hoffnung, nicht? Ich liebe sie, weißt du. Verrückt, wie ich sie liebe. Und jemand, den man lieben kann, ist in unseren Zeiten lebensnotwendig. Natürlich ist sie wie alle Frauen etwas aufdringlich. Aber vor allem, wenn sie nicht da ist. Du müsstest sie mal sehen, morgens, bei Tagesanbruch, wenn sie wie ein siegreicher Schwan aus den Laken und Kopfkissen auftaucht. In diesen Augenblicken bin ich der glücklichste Mensch auf der Welt. Man darf keine Angst vor dem Glück haben, weißt du, es ist doch nur eine gute Zeit, die man verbringt.

95

Und dann hätte er mir noch tausend andere Dinge erzählt, sein Ausscheiden aus dem Diplomatendienst, seine Enttäuschungen im Theater, seine Lust aufs Kino, die Dreharbeiten seiner Frau, nun ja, meiner zukünftigen Frau, hätte er richtiggestellt, seine Reisen nach Indien und nach Japan, sein letzter Spleen für die Malerei, das Festival in

Cannes, Sophia Loren und Romy Schneider, seine Lektüren, immer wieder Gogol, aber jetzt, hätte er nach einer Stunde, in der er nur über sich geredet hätte, gesagt, reden wir nicht mehr von mir. Hast du mein letztes Buch gelesen?

96

Es ist nicht unmöglich, dass er all diese Sätze, nahezu all diese Sätze, die ich ihm in den Mund lege, tatsächlich ausgesprochen hat: Die meisten stammen aus seiner Feder, man findet sie in seinen Büchern. Was dieses nur Über-sich-Reden angeht, um mit «reden wir nicht mehr von mir» zu schließen, ehe er zu seinen Bücher überwechselt, dafür war er bekannt. Um ihn zu ärgern, hätte ich kein Wort über sein Buch verloren, nein, ich hätte ihn einfach gefragt: Hast du wirklich Kennedy getroffen?

97

Es ist ein Abend im Juli 1963 im Weißen Haus, im *wedding cake* an der Pennsylvania Avenue in Washington, D. C. Um den Tisch herum sollen sechs Personen Platz nehmen: John Fitzgerald Kennedy, genannt *Mr President*, seine Frau Jacqueline, genannt Jackie, der Redenschreiber Richard Goodwin, genannt Dick, in Begleitung seiner Ehefrau Sandra, genannt Sandy, Roman Kacew, genannt Romain Gary, und Jean Seberg, ja, sagt mal, wo sind die beiden?

Am Vorabend hatte man dem Schriftsteller und dem Hollywood-Star angekündigt, der mächtigste Mann des

Landes, der mächtigste der Welt, erwarte sie am nächsten Abend um Punkt zwanzig Uhr. Kommen Sie nicht zu spät, hatte man sie gewarnt, Pünktlichkeit ist die Höflichkeit der Könige, und der Präsident der Vereinigten Staaten ist auf seine Art einer. Keine Sorge, hat Gary geantwortet, wir werden sogar früher da sein, doch am Tag X zu besagter Stunde sind sie noch nicht da. Kennedy schaut auf seine Uhr – eine gelbgoldene Omega, achtzehn Karat, mit seinem eingravierten Namen –, deren Zeiger 20 Uhr 05 angeben. Gut, denkt er, ganz schön dreist diese beiden. Um 20 Uhr 10 geht er im Oval Office auf und ab. Dort gibt es eine amerikanische Fahne, einen Globus auf einem Dreibein, das Modell eines Segelboots, Haifischzähne, zwei, drei präsidiale Nippesfiguren, ein Telefon, das nicht rot ist, ein paar vertrauliche Akten und John-John, pst!, der sich unter dem Schreibtisch versteckt. Als er um 20 Uhr 15 wieder den Salon betritt, schlägt er im Wortsinn mit der Faust auf den Tisch (drei Sekunden später registriert Alexander M. Irlesse, Seismologe in Perth, eine winzige Erschütterung). Ich hoffe zu ihrem Besten, dass sie eine gute Entschuldigung haben, sagt sich Kennedy um 20 Uhr 20. Um 20 Uhr 30, ihre einzige Entschuldigung ist, dass sie tot sind. Kein Glück, sie leben noch und treffen endlich ein, etwas befangen, aber die Staus, wissen Sie … Kennedy will sie schon heftig maßregeln, als er Jeans Lächeln sieht, Jeans Grübchen, Jeans blaue Augen, Jeans Brüste und vor allem, vor allem den kleinen Hintern der Schauspielerin, der vollendet geformt … Jean, sagt Gary zu seiner Verlobten und reißt damit den Präsidenten aus seiner Träumerei, erzähl unseren Gastgebern, was uns in New York passiert ist. Das ist ganz dumm, sagt sie, wir haben unser Flugzeug verpasst: Wir dachten, der Flug nach Washington starte von *LaGuardia*, dabei war es *Idlewild*, erklärt sie freimütig JFK – was noch nicht der Name des Flughafens ist. Es ist uns wirklich sehr peinlich, sagt sie noch außer Atem. Das macht doch nichts, das macht doch nichts, entgegnet Kennedy, der sich wieder gefasst hat, und nun bittet er sie zu den anderen Gästen in den Salon. Nach Ihnen, sagt er und weist ihnen den Weg. Welch ein Gentleman, sagt sich Jean, als sie an ihm vorbeigeht. Welch ein Hintern, sagt sich John, als er sie an sich vorbeigehen sieht, fünf Fuß und zwei Zoll hoch auf Absätzen. Welch eine Geschichte, sagt sich Gary, der an seine Mutter denkt. Wenn sie mich doch nur hier sehen könnte, gekleidet wie ein Lord, die schönste Frau der Welt an meinem Arm und am Tisch eines Königs, sie würde voll Zufriedenheit laut aufschniefen und dann mit theatralischer Geste, ohne die Gauloise aus dem Mundwinkel zu nehmen, ihre kleinen Arme ganz weit ausbreiten und darauf warten, dass ihr Sohn sich in sie hineinstürzt, damit sie ihn mit Küssen bedecken könnte. Victor Hugo, würde sie mit Tränen in den Augen sagen. Mein Sohn ist Victor Hugo geworden!

Doch sie ist tot, sagt sich Gary, und ich bin nicht Victor Hugo. Ich bin nur ein ganz gewöhnlicher … Schriftsteller, sagt Kennedy, der bemerkt, dass Gary in Gedanken versunken ist, auch ich wäre gerne Schriftsteller geworden! Ich meine, ausschließlich. Denn ich schreibe, wissen Sie. Ich habe übrigens gerade den Schlusspunkt unter ein Buch gesetzt. Das vorherige, prahlt er, hat den Pulitzer bekommen. Ich glaube, das entspricht Ihrem Prix *Gun-coort*. Er erzählt ihm vom Titel (*Profiles in Courage*), vom Genre (Biographie), vom Thema (der politische Mut von acht amerikanischen Senatoren), vom Erscheinungsdatum (1956), vom Verleger (Harper & Brothers), von der Seitenzahl (zweihundertzweiundsiebzig), er hütet sich jedoch zu erwähnen, dass er nicht eine Zeile selbst geschrieben hat (er will ihn nicht mit Einzelheiten langweilen). Ah, macht Gary, der sich nicht täuschen lässt, wir sind hier also unter Kollegen. Lesen Sie viel?, fragt er den Präsidenten. Ja, erwidert Kennedy. Französische Autoren? Ja, erwidert Kennedy, auf meinem Schreibtisch liegt im Übrigen ein kleines Buch von … wissen Sie, von diesem Schriftsteller, der vor drei, vier Jahren bei einem Autounfall umgekommen ist … sie saßen zu zweit im Wagen … *Damn*, stößt er aus, ich komme nicht auf seinen Namen. Albert Camus, sagt seine Frau, die sich in das Gespräch einmischt. Und dann sagt sie noch: Bei wem bedankst du dich? Danke, Jackie. Und Michel, ergänzt Gary, Michel Gallimard, der Neffe von Gaston, meinem Verleger: Er saß am Steuer.

Gut, fährt Kennedy fort, der das Thema nicht breittreten will – er hat andere Sorgen als den Tod (man befindet sich tausendeinhundertdreißig Kilometer und vier Monate fern von Dallas, und er ist meilenweit davon entfernt, an ihn zu denken). Also lächelt er das Lächeln derjenigen, denen das Leben zulächelt, und spricht mit Jean über Filme. Ich habe *À bout du souffle* gesehen, sagt er auf Französisch. *I loved it*, fährt er auf Englisch fort. Und auch *Les Quatre cents coups*. Twoofo (er will Truffaut sagen) verdient eine Straße mit seinem Namen. Eure Kinder leben auf Straßen, die Rue Anatole-France heißen, Boulevard Victor-Hugo oder Avenue Paul-Valéry: Von Kindesbeinen an spüren sie die Bedeutung von Geschichte und Kultur. Bei uns gibt es nur *Main Streets* oder *Broadways*. Dabei haben wir doch genügend große Namen, um sie alle zu ersetzen: «Square Hemingway», «Melville Boulevard» ... Ich wünschte, ein Kind käme abends nach Hause und sagte zu seiner Mutter, die schimpft, weil es zu spät kommt: «Ich habe in der William-Faulkner-Avenue Baseball gespielt.»

Und Gary, der Kennedy zuhört, sagt sich, dass es vielleicht eines Tages auch eine Avenue Romain-Gary gebe oder einen Platz oder zumindest eine Straße. Er könnte sie sich gut im VII. Arrondissement vorstellen oder in der Nähe der Schulen, im Quartier Latin oder, warum nicht, auf der Île Saint-Louis, man wird sehen, egal wo, aber keinesfalls im XV., denkt er, während ein schwarzer Diener mit weißen Handschuhen ihm Champagner in einem Kelch serviert. Das XV. hat er nie ertragen, ohne Reiz, keine Seele, und so weit von allem, dass es eigentlich eine Zeitverschiebung geben müsste, nein, wirklich, wenn man ein Pariser Arrondissement abreißen müsste, um einen Parkplatz daraus zu machen, würde er mit beiden Händen abstimmen für das ... Der 15. Zusatzartikel zur Verfassung, fährt Kennedy fort, als er sieht, dass der Diener sich entfernt, garantiert jedem Bürger der Vereinigten Staaten das Wahlrecht. Er ist vor fast hundert Jahren ratifiziert worden, und dennoch hindert man in diesem Land noch immer die Schwarzen, wählen zu gehen. Ich habe die Zulassung schwarzer Studenten an der Universität von Alabama anordnen müssen. In einem Staat, dessen Gouverneur das Credo vertritt, halten Sie sich fest: «Rassentrennung für immer.» Das ist schändlich, sagt Jackie. Widerwärtig, bekräftigt Jean. Hervorragend, sagt Gary (er hat gerade den Champagner gekostet). Ich trinke nie, erklärt er, aber man stößt ja schließlich nicht alle Tage mit dem Präsidenten der Vereinigten Staaten an, nicht wahr? Darum setze ich mich über die Regel hinweg. Für mich bitte Wasser, äußert die hochschwangere First Lady – ihren Hals schmückt ein zweireihiges Perlencollier, das den Steuerzahler einen Haufen Geld gekostet hat. Und sie legt eine Hand auf ihren Bauch, der sich unter einem Givenchy-Kleid (zwei Haufen) wölbt, nun steht sie auf, nimmt eine kleine präkolumbianische Skulptur vom Kaminsims und betrachtet sie lang, ehe sie sie ihren Gästen zeigt: Ein Geschenk von André Malraux, erklärt sie, eine Fruchtbarkeitsgöttin. Er ahnte ja nicht, wie recht er haben sollte …

Zigarre?, fragt Kennedy. Mit Vergnügen, entgegnet Gary. Gerne, sagt Goodwin (er ist auch noch da? Man hatte ihn schon vergessen). Die Männer ziehen sich zum Rauchen in den kleinen Salon zurück. Der Majordomus präsentiert ihnen eine Auswahl an Zigarren, ausschließlich *made in USA*. Nein, sagt sich Gary, nicht möglich, richtige Zigarren kommen aus Kuba. Und er erinnert sich, dass sich in der Innentasche seiner Anzugjacke sein Zigarrenetui befindet. Ja, er weiß, dass in diesem Zigarrenetui heimlich aus Kuba importierte Zigarren stecken. Doch er weiß auch, dass vor nicht allzu langer Zeit die Kennedy-Administration das Embargo ausgeweitet hat. Seither ist der Import kubanischer Waren strikt untersagt. Gut, denkt Gary, was soll ich tun? Es wäre doch schade, sie in meiner Tasche zu lassen, die Gelegenheit ist zu schön. Doch was wird Kennedy denken, wenn ich sie hervorziehe? Er zögert also, wägt das Für und Wider ab und sagt sich dann, Kacke, er wird uns schon nicht zuscheißen wegen ein paar Tabakblättern, die bei Fidel gerollt wurden (wie gesagt, er konnte vulgär sein). Daraufhin zieht er –

wie ein Schwert aus der Scheide – ein wenig abrupt und linkisch sein Etui aus der Tasche, und während er diese Geste macht – die er sich wie in Zeitlupe, wie in einem Traum, ausführen sieht –, fragt er sich, ob er nicht gerade seine Karriere aufs Spiel setze, ob er nicht gerade Seppuku begehe, aber was soll's, *too late*, er hört sich zum Präsidenten sagen: Eine *richtige* Zigarre?

Kennedy sagt nichts, ein wenig besorgt hält Gary die Luft an, er fürchtet eine Abfuhr und einen diplomatischen Zwischenfall. Eine Sekunde, zwei Sekunden, eine Ewigkeit, Kennedy sagt noch immer nichts (er will ihm die Verspätung von vorhin heimzahlen), und Gary, knallrot, mit seinen Zigarren in der Hand, wird allmählich scharlachrot – sodass er sich schließlich nicht mehr von dem roten Ordensband unterscheidet, das am Revers seiner Anzugjacke steckt. So bescheuert, sagt er sich, aber so bescheuert. Unglaublich, dem Präsidenten der Vereinigten Staaten von Amerika eine Zigarre anzubieten, deren Einfuhr er selbst verboten hat. Als würde, so denkt Gary, ein Botschaftsattaché am Heiligen Stuhl, der an einem Sonntag nach der Vesper zum apostolischen Palast beordert wird, trunken vom Blut Christi und berauscht von den Nackten Michelangelos, zwischen Birne und Käse dem Heiligen Vater die Dienste einer Hure anbieten. So bescheuert, aber so bescheuert, sagt sich der Schriftsteller immer wieder, während die Zeiger auf der Omega des Präsidenten unermüdlich vorrücken.

Gerne, sagt Kennedy endlich. Danke, Eugene, sagt er zum Majordomus, der stumm und stoisch mit seinen amerikanischen Röhrchen dasteht, wir probieren die Havannas unseres Freundes. Du kannst deinen Tinnef wieder einpacken, denkt Gary, der langsam wieder Farbe annimmt – oder vielmehr sie verliert und von Granatrot wieder zu Weiß übergeht. Ich rauche niemals kubanische, sagt Kennedy (er lügt), aber schließlich bekommt man nicht jeden Tag von einem französischen Schriftsteller eine angeboten, nicht wahr?

Er nimmt die Zigarre, betastet sie als Connaisseur, hält sie sich unter die Nase, schneidet den Kopf an, zieht einmal kalt, hält sie zwischen Daumen und Zeigefinger, reißt ein Streichholz an, nähert den Fuß der Zigarre der Flamme und dreht sie, hebt sie zum Mund, zieht zweimal, streicht sich durchs Haar und kommt zu dem Urteil: erdige, krautige Nuancen, holzige Aromen, viel Tonus, Montecristo No. 4, *isn't it*? Ich sehe, sagt Gary, Ihnen kann man nichts verheimlichen. Nichts, was Zigarren angeht, erwidert Kennedy, und für das Übrige habe ich die Geheimdienste. Wissen Sie, fragt er, warum sie Montecristo heißt? Ja, antwortet Gary, in den Fabriken las ein Vorarbeiter den kleinen Händen, die sie rollten, gegen die Langeweile Romane vor. Ihr liebster sei, so heißt es, der von Alexandre Dumas gewesen, *Der Graf von Monte Christo*. Okay, sagt Kennedy, ich sehe, Ihnen kann man nichts beibringen. Nicht über Dumas, entgegnet Gary, und für das Übrige habe ich Bücher.

Und dann kamen sie ins Gespräch über Afrika und die Friedenskorps (Goodwins Steckenpferd), über General de Gaulle (Garys Steckenpferd), auf die Frauen (das Steckenpferd des Präsidenten), über das kleine Fellknäuel, das sich zu seinen Füßen windet (Pushinka, sagt Kennedy, der Hund meiner Tochter Caroline. Geschenk von Chruschtschow. Seine Mutter war im Weltraum. Ich spreche von Pushinka, scherzt er, nicht von Chruschtschow), über seine Rede im Juni in Ost-Berlin (und da erklärte ich, sagt Kennedy, *Ich bin ein Berliner*), kurzum, die Atmosphäre ist entspannt, gemütlich, zu den Zigarren trinkt man Scotch, Goodwin steht auf, um pinkeln zu gehen, Kennedy lächelt, schenkt Gary nach, und Gary heiter: Apropos Mauer, da kenne ich einen guten Witz. Drei Gefangene im Gulag unterhalten sich: Sag mal, Kamerad, wie kommt es, dass du hier gelandet bist? Wegen der Arbeit, sagt der Erste. Eines Morgens bin ich zu spät gekommen: Ich habe zehn Jahre für Sabotage bekommen. Der Zweite sagt, ich bin zu früh gekommen: Ich habe zehn Jahre für Spionage bekommen. Und du? Oh, ich, sagt der Dritte, ich war jeden Morgen pünktlich. Ja und?, fragen die beiden anderen. Man hat mich angeklagt, ich hätte meine Uhr im Westen gekauft. (Kennedy lacht. Gary lächelt.)

Dann lachen sie beide nicht mehr und schweigen. Melancholisch ziehen sie an ihren Zigarren, Gary sieht, wie sie sich langsam verzehren, in Rauch aufgehen, zu Asche zerfallen, wie Piekielny, denkt er und erinnert sich an sein Versprechen. Wie aus dem Nichts, nahezu beiläufig, mit gesenkter Stimme raunt er dem Präsidenten zu: *«In the Grande-Pohulanka Street, at number 16, in Wilno, Mr President, lived a certain Mr Piekielny.»*

Kennedy versteht nicht, hebt eine Braue, bleibt stumm, als legte er eine Schweigeminute zum Gedenken an den kleinen Mann ein, und zieht wieder an seiner Havanna. Sein Blick geht etwas ins Leere, Gary hängt an seinen Lippen, doch der Präsident öffnet den Mund in regelmäßigen Abständen nur, um an der rot glühenden Zigarre zu ziehen – versucht er vielleicht, sich wie die Indianer mit Rauchzeichen zu verständigen?

Gary tut es ihm nach und sagt nichts, auch er hebt die Zigarre an die Lippen und zeichnet zwischen zwei Zügen mit Buchstaben aus Rauch das P, dann das I, das E, das K, bis zum Y von P-I-E-K-I-E-L-N-Y nach, und so endet mit dieser denkwürdigen Raucherei, mit der verqualmten Erinnerung an die freundliche Maus aus Wilna das Festessen zweier Großer dieser Welt.

98

Siebentausenddreihundert Kilometer östlich von Washington D. C. war zweiundzwanzig Jahre zuvor, um genau zu sein, am 23. Juni 1941, ganz Vilnius in Rauch gehüllt – er kam vom Himmel, von einem schönen preußischblauen Himmel, ohne eine Wolke, aber mit Flugzeugen, die seit dem Mittag des Vortags Bomben und Grüne Teufel über der Stadt abwarfen.

Häuser stürzten ein; die Grüne Brücke stand in Flammen; die Rote Armee war auf der Flucht. Tausende Soldaten traten den Rückzug an, während auf die Messerschmitts die Panzer folgten, auf die Panzer Bataillone von Motorradfahrern, und in wenigen Stunden war alles geregelt, man sah Mützen mit schwarzen Schirmen auftauchen, graugrüne Uniformjacken mit wohlbekannten finsteren Ornamenten am Kragen. Die *Übermenschen* paradierten unter dem Beifall der Einwohner durch Wilnas Straßen.

Keine Juden, manche von ihnen waren entschlossen zu fliehen: Es waren zwanzigtausend, die, der Willkür einer Armee ausgeliefert, zu Fuß aufs Land wollten. Um wohin zu gehen? Im Norden standen die Deutschen, im Süden die

Deutschen, im Westen die Deutschen. Blieb nur der Osten, wo sich die Sowjets befanden (als sie an die Grenze gelangten, mussten sie umkehren. Es gab keinen Platz für sie auf den zweiundzwanzig Millionen Quadratkilometern der Sowjetunion).

Piekielny hat sich vielleicht eine grundsätzliche Frage gestellt – sollte nicht auch ich die Beine in die Hand nehmen? –, dann die weiterführende Frage – reichen meine Kräfte, um gegebenenfalls mehrere Tage lang zu laufen, mit der Wehrmacht an den Fersen, ohne etwas zu essen, außer Beeren, und ohne zu schlafen, außer unter freiem Himmel?

Unterdessen war er alt. Ein noch alerter alter Mann, der noch Energie hatte, der sich nicht abschlachten ließe, jedenfalls nicht so, er müsse es versuchen, hat er sich gesagt, und vielleicht hat er harte Züge aufgesetzt, die Zähne aufeinandergebissen und sich mit martialischer Geste auf die Brust geklopft, aua, und dann hat er sein Bündel gepackt, Hemd, Ersatzschuhe, Bartseife und Rasiermesser, und nachdem er seinen Geigenkasten geschlossen hat, den er sogleich in die Hand nimmt, seinen abgetragenen Gehrock übergestreift, den Schlüssel im Schloss der Wohnungstür zweimal umgedreht hat und die Treppe hinuntergegangen ist, hat er im Getümmel der überstürzten und, ja, auch frohen Abreisen den Hof überquert.

Aber als er unten auf der Großen Pohulanka angekommen war, vielleicht auf der Höhe der Stelle, wo sich noch nicht die Bronzefigur eines zum Himmel schauenden Jungen befand, ist er mit einem Mal stehen geblieben, hat die Situation überdacht und kehrtgemacht. Bei genauerer Überlegung schien die Sowjetunion mit ihrem unfruchtbaren Boden, weiß vor Raureif, mit dem Schnee, so weit das Auge reichte, ihrem schneidend kalten Himmel, mit dem Winter, der im Herbst beginnt und sich das Frühjahr einverleibt (es heißt, zu der Zeit finde man nichts, oder nur sehr wenig, das man sich zwischen die Zähne schieben könne, obendrein die eigenen Finger vor Kälte gefroren), auch mit ihrem NKWD, ihrem Gulag, ihren Akronymen, die eine Horde Kosaken zum Erbleichen brachte, mit ihren Gerichten, die Leute für eine Nichtigkeit in die Birkenwälder zum Bäumefällen schickten, mit schließlich ihrem Schnauzbärtigen, der schnauzbärtiger war, aber nicht weniger exaltiert als der aus Berlin, die Sowjetunion also schien ihm nicht viel gastlicher als Vilnius, wo vom Gediminas-Turm die Nazifahne wehte.

99

Eine Sekunde, sagt Clément, dem ich gerade die vorhergehenden Seiten vorgelesen habe, ich möchte noch einmal auf Kennedy zurückkommen. Ist diese Geschichte wahr? Gary hat ihn tatsächlich getroffen? Ja, sage ich, er ist tatsächlich im Juli 1963 mit Jean Seberg ins Weiße Haus eingeladen gewesen, so wie er auch tatsächlich am Ende des Krieges die Königin von England gesehen hat, als sie die Parade seines Geschwaders abnahm, so wie er auch tatsächlich 1945 von de Gaulle unter dem Arc de Triomphe ausgezeichnet wurde, so wie er auch tatsächlich .... Aber woher, unterbricht mich Clément, weiß man, dass er ihnen gegenüber den Namen Piekielny ausgesprochen hat? Das weiß man nicht. Er hat zugesichert, dass er es tut – mit seinen eigenen Worten: Ich bemühte mich bei jeder Begegnung mit den Großen dieser Welt, mein Versprechen gewissenhaft einzuhalten. Doch die Welt, von der er spricht, ist von gestern, diese Welt ist verschwunden, und die Großen von damals sind heute sechs Fuß unter der Erde, mit Blumen darauf, und es ist schon so lange her, dass sie, na ja, siehst du … ebenso wie ihre Untergebenen oder ihre Untertanen, denn die Würmer machen keinen Unterschied. Wenn de Gaulle oder Kennedy oder Ihre Majestät Königin Elizabeth noch unter uns weilten, könnten wir ihnen vielleicht die Frage stellen, Piekielny, sagt Ihnen das was? Dann wüssten wir, ob Gary tatsächlich seinen Namen vor ihnen ausgesprochen hat.

Wenn ich es also richtig verstanden habe, schlussfolgert Clément, weiß man überhaupt nichts Genaues, man weiß nicht, ob Gary sie tatsächlich getroffen und ihnen gesagt hat, in der Großen Pohulanka Nr. 16 in Wilna lebte ein gewisser Monsieur Piekielny? Man ist gezwungen, es zu glauben oder eben nicht. Gut möglich, dass er es getan hat, doch es ist ebenso gut möglich, dass er diese Geschichte erfunden hat. Und doch, hält Clément dagegen, sagt er auch im *Versprechen* – korrigiere mich, wenn ich mich irre –, «er habe sogar das Vergnügen gehabt, mehrmals auf den weit gespannten Netzen des amerikanischen Fernsehens vor Millionen Zuschauern zu verkünden, dass in der Großen Pohulanka Nr. 16 …» Das ist richtig, sage ich, aber es ist falsch. Jedenfalls glaube ich, dass es falsch ist: Ich habe in den Archiven des amerikanischen Fernsehens nichts gefunden. Haben wir dann keinerlei Beweis, dass er Piekielnys Namen ausgesprochen hat, weder vor den Berühmten dieser Welt noch im Fernsehen? Keinen, sage ich. Und da ich seine Enttäuschung wahrnehme, füge ich hinzu: nun, nicht im amerikanischen Fernsehen. Denn im französischen Fernsehen …

Und ich erzähle ihm die Geschichte von der berühmten *Apostrophes*-Sendung.

100

Und da es mir nicht missfällt, die Massaker, die die Deutschen in Vilnius anrichten sollten, hinauszuschieben, lassen Sie mich Ihnen, ja, auch Ihnen die Geschichte der berühmten *Apostrophes*-Sendung erzählen. Doch um sie, diese Geschichte, gut zu verstehen, muss ich zuerst eine andere, schon sehr bekannte erzählen, über die man tausend Romane spinnen könnte, die eines gewissen Émile Ajar, eine Geschichte, die man *Die Mystifikation* nennen könnte.

101

Stellen Sie sich einen Augenblick vor, Sie wären Romain Gary.

Werfen Sie den mexikanischen Poncho über und gehen Sie über die Rue du Bac und den Boulevard Saint-Germain zum Jardin du Luxembourg, zu einer Stunde, zu der die Sonne noch nicht den Morgentau getrunken hat. An was denken Sie? An diese Hinterlassenschaft eines Schriftstellerlebens, die man schwülstig *ein Werk* nennt – Erzählungen, Essays, Theaterstücke, über zehn Romane, um die sich Zehntausende Leser reißen, fast in der ganzen Welt übersetzt, ins Englische, Russische, Italienische, noch nicht ins

Französische – spötteln die, die Sie verachten, Intellektuelle, Universitätsprofessoren, Schreiber von *neo* – und *nouveaux romans*, doch Sie träumen davon, Gogol zu sein oder Conrad oder Kipling oder Malraux, und Sie sind Romain Gary, nicht mehr und nicht weniger als Romain Gary, treu ergeben der «Miss Solitude» und de Gaulle, der Ihnen untreu ist oder der nur noch Colombey treu ist, denn die Zeit vergeht, so ist es nun mal, durch die Sanduhr rinnt der Sand, und das Meer erwartet Sie, daran denken Sie, Sie, Romain Gary, sechzig Jahre alt im Herbst 1974, als *Monsieur Cousin und die Einsamkeit der Riesenschlangen* erscheint.

Es ist die Geschichte eines Büroangestellten, der das starke Bedürfnis nach freundschaftlicher Umarmung verspürt und sich so einsam fühlt, dass er daran denkt, sich zu erhängen, bis er sich eines Tages einen Python zulegt. Im gesprochenen Stil, die Sprache verbogen, der Satzbau zerhackt, das Ganze neu und modern, und doch schreibt Romain Gary immer das Gleiche, hätte man in der Presse gelesen, wenn dieser Roman unter Ihrem Namen erschienen wäre, und Sie wissen ganz genau, dass ein Sowieso etwas Gutes darüber gesagt hätte und ein Soundso etwas Schlechtes, und das macht Sie müde, sehen Sie hier, Matthieu Galey zum Beispiel, wenn auch nicht der leidenschaftlichste, so doch der treueste Ihrer Leser: Seit zwanzig Jahren verreißt er mit bewundernswürdiger Beharrlichkeit jedes Ihrer Bücher. Doch Sie sind des Bilds müde, «das man Ihnen an den Rücken geheftet», überdrüssig der «Grimasse, die man Ihnen vor dreißig Jahren gezogen hat», und dann haben Sie «Sehnsucht nach der Jugend, nach dem Anfang, dem ersten Buch, dem Neubeginn», darum Pseudonym – Wechsel des Pseudonyms: Adieu Gary, was in der

Sprache Gogols «brenne!» bedeutet, willkommen Ajar, was in der Tolstois so viel heißt wie «Glut», und die Kritiker sehen im Augenblick nur Feuer, denn niemand, fast niemand, weiß Bescheid: zwei, drei Freunde, darunter Robert Gallimard, Jean Seberg und Diego, Ihre Anwälte, Ihre Sekretärin und basta – selbst Ihr Verleger weiß nicht, wer Sie sind: Das Manuskript wurde dem Verlagshaus Gallimard übergeben, vom Leseausschuss abgelehnt (Queneau: «Der Autor ist bestimmt eine Nervensäge») und Mercure de France untergejubelt, Filiale des Mutterhauses, das nach anfänglicher Unentschlossenheit banco, dann bingo gesagt hat: Das Buch funktioniert, die Kritik ist begeistert. Schon bald werden wir wissen, ob sie einmütig ist.

Denn nun sind Sie vor dem Luxembourg. Am Kiosk haben Sie nach einigen Wochenzeitschriften gefragt, unter anderen nach *L'Express*. Dann sind Sie ein Stück gegangen, einige Wochenzeitschriften, darunter *L'Express*, unter dem Arm, und Sie setzen sich gegenüber vom Becken des Medici-Brunnens unter den noch grünen Platanen auf einen Stuhl. Dort zünden Sie sich eine Zigarre an; in einer Allee läuft ein *junges Mädchen, ihr Schritt so leicht wie Vogelflug*; Sie blättern in *L'Express* und stoßen auf Seite 36 auf einen Artikel von Matthieu Galey, aus dem Sie auf gut Glück einen Satz lesen: «Die Sprache nach Art von Queneau ist neu und frech ebenso wie die Gedankengänge, überdreht bis hin zur humoresken Poesie.» Die Überschrift des Artikels: «Python mon amour». Eine Zigarre fällt; ein Kinderlachen durchdringt die Platanen; Ihre Jugend ist noch nicht vorbei: Das Leben ist berauschend, wenn es neu beginnt und man die Last abwirft, die man Vergangenheit nennt.

Nach etwas mehr als einem Jahr gehen Sie am frühen Morgen, als Paris langsam in der Kakophonie der Müllabfuhrwagen erwacht – der städtische Hahnenschrei – über die Rue du Bac und den Boulevard Saint-Germain zum Jardin du Luxembourg. Es ist viel geschehen, seit Galey sich zwei Spalten lang für *Monsieur Cousin* begeistert hat: Am Vormittag haben Sie als Gary geschrieben und am Nachmittag als Ajar, und siehe da, man findet Sie in der Buchhandlung mit *Ach, Liebster, das macht doch nichts* und mit *Du hast das Leben vor dir*, die im Abstand von wenigen Monaten unter zwei Pseudonymen erschienen sind, und niemand ist auf die Idee gekommen, dass sich dahinter dieselbe Person verbirgt.

Das eine Buch ist der Monolog eines alternden Mannes, der fürchtet, der Turm von Pisa könne sich nie mehr aufrichten; das andere erzählt die Geschichte eines arabischen Jungen und von Madame Rosa, einer jüdischen Ziehmutter für «Hurenkinder». Das erste, von Gary unterschrieben, wird hier und da verrissen (Beispiel in der *Tribune de Genève*: «Müder Zuchthengst aus dem Stall Gallimard, der mondäne Romain Gary, der stets auf nonchalante, diplomatische Art geschrieben hat, scheint bestens Bescheid zu wissen über das Phänomen, das er in seinem letzten Roman beschreibt»), das zweite von Émile Ajar spaltet, stößt ab, verführt, ruft Leidenschaften hervor.

Sie also vor dem Jardin du Luxembourg. Es ist Herbst. Am Kiosk fragen Sie nach einigen Zeitungen, darunter *Le Monde*. Sie gehen ein paar Hundert Meter, haben einige Zeitungen, darunter *Le Monde*, unter dem Arm, und Sie lassen die Prozession der Platanen und der wie Scharfrichter blutbefleckten Kastanien hinter sich, um sich an den griechischen Schauspieler mit dem nackten Oberkörper und der auf die Stirn geschobenen Maske zu lehnen, er scheint die Seite eins der Zeitung zu deklamieren, die Sie nun nicht mehr unter dem Arm, sondern in Ihren leicht fleckigen und zu leichtem Zittern neigenden Händen halten: «Goncourt: Émile Ajar, trotz des Mysteriums».

Das Mysterium ist für Sie keines. Sie haben gerade das Pantheon der Literatur betreten, Sie haben ganz Frankreich zum Narren gehalten, die Kritiker lächerlich gemacht, Hut ab vor dem Künstler, ah, Herrgott noch mal, wenn Ihre Mutter Sie sehen könnte. Und jetzt, was tun? Den Goncourt haben Sie bereits bekommen, und man kann ihn – so ist das Statut – nur ein einziges Mal bekommen. Müsste man jetzt zum Geständnis übergehen? Öffentlich die Autorenschaft von Ajar eingestehen? Oder die Granate Pavlowitch entsichern?

Paul Pavlowitch, Ihr Großneffe. Dreiunddreißig Jahre und ebenso viele kleine Jobs hinter sich, literarisch wirres schwarzes Haar, der Schnauzbart üppig, der Blick unruhig und tiefgründig, zutiefst melancholisch, obendrein Lektüren, Saufgelage und das Aussehen eines Manns, der einem jeden Moment eine Faust ins Gesicht schlägt. Er hat grünes Licht gegeben, er akzeptiert, die Person hinter dem Autor Émile Ajar zu sein. Paul ist also Émile, Émile ist also Paul, der nein danke zum Goncourt sagt, aber der Goncourt, so entgegnet ihm der Präsident der gleichnamigen Akademie durch die Presse, «kann weder angenommen noch abgelehnt werden, ebenso wenig wie die Geburt oder der Tod». Daraufhin gibt Paul, der sich auf das Spiel einlässt, *Le Monde* ein Interview, dazu erscheint ein Foto von schlechter Qualität, jedoch nicht schlecht genug: Ein Journalist erkennt ihn, ein anderer enthüllt seinen wahren Namen, seinen Wohnort, seine verwandtschaftlichen Verhältnisse, und nach und nach kommt man auf Sie, Romain Gary.

Kameras und Mikros belagern die Rue du Bac, denn Ajar, nicht wahr, das sind doch Sie? Sie öffnen Ihre Tür mit einem Revolver in der Hand und schreien laut «Scheiße!», dann unterschreiben Sie schwarz auf weiß eine Erklärung in *Le Monde*, nein, Sie sind nicht Émile Ajar. Ihr Leugnen ist zu lebhaft, und Ihre letzten Romane zu akademisch: Dieses Wunder, wie es *Du hast das Leben vor dir* eines ist, könne nicht aus der altmodischen Feder eines alten Reaktionärs stammen, gut, einverstanden, letztlich glaubt man Ihnen, und um die Spuren zu verwischen, um sie vollends zu verwischen, um die Öffentlichkeit und die Presse in die Irre zu führen, schreiben Sie in Windeseile *Pseudo*, einen verrückten Text, einen Frevel, den dritten Ajar, in dem Sie einen zerbrechlichen, wahnsinnigen, angstbesetzten Pavlowitch erfinden, der seine Abrechnung mit einem gewissen Tonton Macoute macht, «dem notorischen Schriftsteller» und zugleich dem «Schwein», dem «Wüstling ohnegleichen», der «stets aus Leid und Entsetzen ein hübsches literarisches Kapital zu schlagen wusste».

Monate, Jahre vergehen, Sie im Januar 1980, noch immer mit diesem Doppel-Ich, das Sie immer weniger amüsiert, das Sie anfangs bekümmert und beunruhigt hat und Sie jetzt ganz und gar peinigt: Und wenn man das Geheimnis aufdeckt? Was würde Ihr Verleger denken? Was würden die Gefährten der Libération dazu sagen? Und die Juroren des Goncourt? Würde man nicht behaupten, das Ganze sei eine von zwei Juden eingefädelte Geschichte, die nur den Zaster einheimsen wollten? Und dann der Fiskus? Riskieren Sie nicht einen erneuten Steuerbescheid? Und dann ist da noch Paul, dem allmählich als einfacher Komparse nur noch eine unbedeutende Rolle zukommt, und auch ihn scheint diese Geschichte nicht mehr zu amüsieren.

Seit Monaten haben Sie nicht eine Zeile mehr geschrieben und sorgenvoll gehen Sie über die Rue du Bac und den Boulevard Saint-Germain zum Jardin du Luxembourg, wo die wenigen Passanten Sie unter den blattlosen Platanen auf der Wiese liegen sehen, vor allem an nichts denken, aber das missglückt, jemand hat auf einem Stuhl eine Ausgabe von *Télé 7 Jours* liegen lassen, die sie mit müdem Blick durchblättern, nichts wirklich Aufregendes, bis hierhin: «An diesem Freitag im Fernsehen: Antenne 2, 21 Uhr 30: *Apostrophes*, moderiert von Bernard Pivot. Gast: Romain Gary». Scheiße, denken Sie, was soll ich anziehen?

102

Dunkler Anzug, hellblaues Hemd und Krawatte, Bernard Pivot, der vor der Kamera steht, stellt Romain Gary vor, der «heute Abend zu einer Sendung eingeladen ist, die sich ausschließlich seinem Leben und Werk widmet». Kamerazoom auf den letzten Roman des Autors, beigefarbener Einband, ein schwarzer Rahmen, zwei rote Rahmen, ein etwas wackeliges Bild, dazu im Hintergrund Rachmaninow, nun erscheint Gary auf dem Bildschirm, dunkler Anzug, weißes Hemd und Krawatte (entweder so oder im mexikanischen Poncho), halblanges Haar, Salz und Pfeffer, weißer Bart, saphirblaue Augen, das Gesicht eines Muschiks, das zu dem eines Barin, eines feinen Herrn, geworden ist, dasselbe wie in seiner Jugend – als Zugabe die Furchen der Ernüchterung. Er scheint sich nicht sonderlich wohlzufühlen, nein, überhaupt nicht, das ist das Mindeste, was sich sagen lässt, etwas beunruhigt ihn, und niemand weiß im Augenblick, was es ist.

103

Das wird man erst viel später wissen. Die Wahrheit erfährt man aus einem heute unauffindbaren Buch*. Durch Zufall ist es an einem Herbstnachmittag in meine Hände geraten, die in den Kisten eines angesehenen Buchhändlers am Boulevard Saint-Michel stöberten. Ich sehe mich darin blättern, bis ich auf ein Kapitel stoße, das sich in Gänze mit Romain Gary beschäftigt. Mehr brauchte es nicht, um mich zu überzeugen: Ich kaufte das Buch und ging zum Jardin du Luxembourg; es hatte nicht einmal hundert Seiten, und das Wetter war schön; ich las es auf der Stelle.

Die Maskenbildnerin erzählt darin, dass Gary an jenem Abend im Januar 1980 durch die «Rue Jean-Goujon gekommen war – denn am Abend war der Eingang von Antenne 2 in der Avenue Montaigne geschlossen. Er war ziemlich übel gelaunt und setzte sich ziemlich widerwillig auf den Stuhl, wo man ihn zurechtmachen musste». Sie schildert, «er sah aus meiner Tasche eine Ausgabe von *König Salomons Ängste*, Ajars letztem Roman, herausragen. ‹Ah›,

* Maeva Likern, Sans fard et ni retouche – mes quinze ans d'Apostrophes, ou comment j'ai maquillé les plus grands écrivains, éditions Flammarion, 1994.

sagte er, ‹ganz eindeutig, dieser Ajar, man liest wohl nur noch ihn!› Dann kam Pivot in die Maske. ‹Sprechen Sie mit ihm nicht über Ajar›, riet ich ihm, ‹er macht mir nicht den Eindruck, als habe er ihn ins Herz geschlossen.› Doch Pivot war zu Scherzen aufgelegt: Kurz bevor er das Studio betrat, sah ich, dass er Gary eine Hand auf den Unterarm legte und zu ihm sagte: ‹Gut, ich hoffe, Sie mögen Ajar. Wir werden viel über ihn sprechen ...› Und Gary wurde bleich, Bestürzung verschleierte seinen Blick, er konnte sich kaum noch auf den Beinen halten, und ich fürchtete einen Augenblick, man müsse die Sendung absagen. Erst später, nach seinem Tod, verstand ich, dass an jenem Abend eine Verwechslung vor sich ging: Gary hatte geglaubt, Pivot kenne sein Geheimnis, er habe Émile Ajars wahrhaftige Identität durchschaut und wolle sie live Millionen Franzosen enthüllen[**].»

Romain Gary im Fernsehstudio von Apostrophes.

** Ebda., S. 81.

104

Hat man diese Passage gelesen, betrachtet man die Sendung im Nachhinein mit anderen Augen. Gary scheint sich nicht sonderlich wohlzufühlen, nein, überhaupt nicht, das ist das Mindeste, was sich sagen lässt, etwas beunruhigt ihn, und wir wissen, was es ist.

Romain Gary, so setzt Pivot an, Sie sind Soldat gewesen, Widerstandskämpfer, Diplomat und heute sind Sie Schriftsteller, Autor einer Vielzahl erfolgreicher Bücher, darunter *Europäische Erziehung*, *Die Wurzeln des Himmels*, *Frühes Versprechen*, *Lady L.*, *Die Liebe einer Frau*, aber Sie sind auch und insbesondere (Gary wird aschfahl, da ist es, sagt er sich, er greift gleich mit Ajar an) der Sohn einer Frau, die Ihnen sehr früh eine große Zukunft vorausgesagt hat. Spüren wir doch, wenn Sie mögen, der Genese Ihrer ehrgeizigen Absichten nach. Würden Sie sagen, fragt der Moderator, dass Sie dank Ihrer Mutter zu der Person wurden – ich möchte sogar sagen, zu der Persönlichkeit –, die Sie heute sind?

Ich glaube, erwidert Gary, der sich die Stirn mit einem Taschentuch abtupft, dass ich nahezu alles meiner Mutter verdanke. Wie man weiß, bin ich Russe … (und schon kehrt er den Musiker heraus, der uns zunächst in schönsten Flötentönen etwas vorschwindelt – Geburt in Moskau, Vater Filmschauspieler, Mutter, die auf einer Seifenkiste Tschechow darbot etc. –, und dann holt er die Geige hervor – «während des Krieges bekam ich regelmäßig Briefe meiner Mutter, obwohl sie bereits seit drei Jahren tot war» etc. –, kurzum, wir kennen das Lied).

Sie war ja doch, fährt Pivot fort, eine wirklich außergewöhnliche Mutter. Sie ist außergewöhnlich geworden, erwidert Gary, weil *Frühes Versprechen* sie dem Vergessen entrissen hat, dem ansonsten alle Mütter anheimfallen. Eine außergewöhnliche Anzahl außergewöhnlicher Mütter gerät in Vergessenheit, weil ihre Söhne nicht *Frühes Versprechen* haben schreiben können, das ist alles. Die graue Vorzeit ist voller bewundernswerter, unbekannter, vergessener Mütter, die wie meine Mutter sich ihrer Größe nicht bewusst waren. Es ist allerdings richtig, sie war außergewöhnlich durch ihr forsches Auftreten, ihre Lebendigkeit, ihre Extravaganz, aber nicht durch ihre Liebe. Sie zählte zu den Besten, das ist alles. Mütter werden nie gut entlohnt, wissen Sie. Meine zumindest hatte Anrecht auf ein Buch.

Jetzt kommen die Anfänge seiner Diplomatenkarriere zur Sprache. Ich glaube, sagt Pivot, Sie wurden zunächst nach Bulgarien entsandt, nicht wahr? Gary bestätigt es und legt dar, er habe als zweiter Sekretär in Sofia begonnen, wo man versucht habe, ihn als Spion anzuwerben. Und er erzählt eine Anekdote, die er später genauso in Radio-Canada wiedergeben sollte: Ich hatte eine junge Frau kennengelernt und wurde sozusagen ihr Liebhaber, oder genauer, ich hatte mit ihr geschlafen, was ja wahrhaftig nicht das Gleiche ist. Eines schönes Tages halten mich auf einer Straße von Sofia zwei Herren an, sie fragen: Sind Sie Romain Gary? – Ja. – Wir haben Fotos gefunden, die Sie interessieren dürften, und möchten sie Ihnen gerne geben.» Sie zeigen mir Fotos, auf denen ich ganz nackt bin mit besagter junger Frau – in Wahrheit eine Agentin der Miliz –, auch sie nackt, in einer Stellung, die man sich unschwer vorstellen kann, und ich habe gesagt: «Ja, natürlich, geben Sie mir die Fotos.» Sie reichten sie mir mit den Worten: «Selbstverständlich könnten wir Ihnen auch die Negative beschaffen, aber das setzt eine Gegenleistung voraus, Sie müssten uns gewisse Dienste leisten.» Daraufhin habe ich gesagt: «Hören Sie, meine Herren, Sie haben mich am Schluss fotografiert, wenn Sie verstehen, was ich meine. Dieses Foto lässt mich nicht vorteilhaft aussehen, vor allem auf der Ebene der Männlichkeit, ganz erbärmlich. Wenn Sie dieses Foto verbreiten, weiß man nicht, dass das am Schluss ist, und man glaubt vielleicht, es wäre zu Anfang, und man glaubt, dass ich das Bild des Franzosen, des Repräsentanten Frankreichs im Ausland, selbst auf diesem Gebiet nicht sehr gut vertrete. Sie geben mir daher eine zweite Chance: Wir wählen eine andere junge Frau aus, am besten die Tochter Ihres Innenministers – die eine hinreißende Blonde war –, wir fangen noch mal ganz von vorne an, Sie sind im Zimmer, Sie fotografieren mich vollständig. Einverstanden?» Sie haben irgendetwas gestammelt, sind aufgestanden und gegangen, und mir blieb es, die Rechnung zu bezahlen.

Lachen vonseiten des Publikums, Lächeln vonseiten Pivots, der wieder ansetzt: Ihre Karriere als Diplomat führt sie dann nach La Paz. Dort erfahren Sie, dass man Ihnen den Prix Goncourt verleiht. Ja, erwidert Gary, für *Die Wurzeln des Himmels*, ein Buch, das ich zum Schutz der Elefanten geschrieben habe. Vergeblich: jedes Jahr werden siebzigtausend getötet. Aus Anlass dieses Preises habe ich allerlei Geschenke bekommen, darunter, ob Sie es nun glauben oder nicht, eine kleine Elfenbeinstatue. Nein!, sagt Pivot. Doch, sagt Gary.

Und dann sprechen sie über das amerikanische Abenteuer (Hollywood, Gary Cooper, Kennedy), aber nicht über Jean Seberg (seit vier Monaten ist der kleine blonde Engel ein Engel, jemand da oben hat sie von der Bürde des Lebens befreit und ihr Federn aufgebürdet – diese Federn weigert sich Gary, ins Tintenfass zu tauchen, und darüber zu reden, kommt gar nicht infrage. Nun geht es um seine Romane, und dazu kann man ihm problemlos jede Frage stellen, die man ihm stellen möchte. Warum schreibt er? Um nicht wie das Chamäleon zu enden, nein danke. Was er darunter verstehe? Ich bin in Russland geboren, erklärt Gary, dann habe ich in Polen gelebt, aufgewachsen bin ich in Frankreich, und später war ich einige Jahre in den USA … ich habe vielfältige Identitäten. Wie das Chamäleon, erklärt er weiter: Es färbt sich rot, wenn man es auf etwas Rotes, blau, wenn man es auf etwas Blaues, grün, wenn man es auf etwas Grünes setzt, und dann setzt man es auf eine Schottenkarodecke, und das Chamäleon wird verrückt. Ich bin nicht verrückt geworden, sondern Schriftsteller. Jedes Mal, wenn ich einen Roman schreibe, tue ich es, um andere Leben als mein eigenes zu führen.

Genau, die anderen Leben, Sie haben einige mehr gelebt, als man glaubt. (So etwas wie Angst lodert in Garys Augen auf, er erstarrt, jetzt kommt's, Pivot lässt die Ajar-Bombe platzen.) Denn Sie sind auch Cineast. (Falscher Alarm, Gary kann aufatmen.) Erzählen Sie uns etwas über Ihre Filme, bittet Pivot. Mir wäre lieber, wir hielten uns an die Bücher, sagt der Schriftsteller. Gut, konzediert der Moderator. Es ist über vier Jahre her, dass Sie das letzte Mal in dieses Studio gekommen sind, sagt Pivot, das war im Juni 1975, anlässlich des Erscheinens von *Ach, Liebster, das macht doch nichts.* Ja, sagt Gary, die Geschichte eines Mannes, der wegen seiner nachlassenden Manneskraft am Boden zerstört ist. Ein bedeutender Kritiker hat geschrieben, es müsse mich viel Mut gekostet haben, dieses Buch mit so großer Authentizität zu schreiben. Anders gesagt, die Impotenz dieses Buches bin ich. Wollte ich zynisch sein, würde ich sagen, auf sexueller Ebene ist das eine gute Aktion gewesen: Manche Frauen wollten unbedingt wissen, ob die Person, die in diesem Roman «ich» sagt, der leibhaftige Romain Gary ist, anders gesagt, ob es der Wahrheit entspricht, ob ich nun impotent bin oder nicht. Es gab die Erlöserinnen, die meinten: «Mit keiner anderen, aber mit mir wird es ihm gelingen.» Und schließlich gab es die jungen Frauen, die dachten: «Prima, in ihm hat man einen Papa, da besteht keine Gefahr.» Und wäre ich ein Profiteur, hätte ich auf diesem Gebiet wirklich eine reichliche Ernte einbringen können. Aber ich habe nicht profitiert.

Lachen vonseiten des Publikums, Lächeln vonseiten Pivots, der ein wenig feierlich überleitet: Und nun, Romain Gary, möchte ich Ihnen eine Überraschung präsentieren. Seit Anfang dieser Sendung wartet jemand hinter den Kulissen. (Da haben wir's, sagt sich Gary, Paul wird ins Studio kommen.) Jemand, den Sie gut kennen. (Ich bin geliefert). Er ist knapp über dreißig, er ist Schriftsteller, und er hat den Goncourt gewonnen. (Kein Zweifel mehr. Pivot, dieses Schwein.)

Ich warne Sie, sagt Gary nervös, wenn mir die Überraschung nicht gefällt, gehe ich. Da erscheint Patrick Modiano. Er ist knapp über dreißig (vierunddreißig), er ist Schriftsteller (bereits sechs Romane), er hat den Goncourt gewonnen (*Die Gassen der dunklen Läden*, vor etwas mehr als einem Jahr). Heller Anzug, hellblaues Hemd, keine Krawatte. Man bietet ihm einen Sessel an, er scheint zu zögern, schaut nach hinten, als wolle er kehrtmachen und das Studio verlassen, nein, letztendlich keine Lust, macht die Sendung doch ohne mich. Dennoch setzt er sich endlich, und Pivot, das sieht man, stößt einen lautlosen, aber doch wahrnehmbaren Seufzer der Erleichterung aus (Modiano ist tatsächlich da), dem sogleich Garys Echo folgt (Pavlowitch ist nicht da).

Ich meine zu wissen, sagt Pivot zu Gary, dass Sie Modiano sehr mögen. Ja, das stimmt, er ist der Saint-John Perse des Romans. Ich habe ganz beglückt sein letztes Buch gelesen, auf jeder Seite glänzt sein Talent. Das ist ergreifend und unterscheidet sich von allem. Das ist eine poetische Schöpfung *ex nihilo*, eine erstaunliche Art und Weise, innerhalb des gesellschaftlich Fantastischen etwas Realistisches und Menschliches entstehen zu lassen. Als ich das Buch ausgelesen hatte, bekam ich spontan Lust zu schreiben. Das ist für mich das wahre Qualitätsmerkmal. Ich habe schon immer gesagt, Modiano wird es einmal weit bringen, nun hat er es erreicht.

Und Modiano, fragt Pivot, lesen Sie Gary?

Da modianisiert Modiano in seiner ruhigen, zaghaften, synkopischen Sprache, mit den elliptischen Akzenten, mit dem Schweigen, in dem Gedankenwindungen, Zögern und Reue lauern, ja, selbstverständlich, er habe immer Gary gelesen, das heißt, natürlich, wenn man ihn liest, dann ist man ein bisschen wie, man weiß es nicht genau, und anschließend, sagen wir mal, vor allem wenn es uns daran erinnert, nein, weil die Bücher, nun ja, das ist eine

Art, und dann ist es ein bisschen, als ob, man wird sich bewusst, dass man die Stimme hört, ja, manches Mal mit Momenten, na ja, all das ist, wie soll ich sagen, sonderbar.

Daraufhin antwortet Gary Modiano, der Pivot antwortet, der nichts mehr verantwortet, die Unterhaltung setzt sich fort, sie könnte sich endlos fortsetzen, und wir könnten unermüdlich zuhören, doch die Uhr tickt, die Sendung ist vorbei, vielen Dank, dass Sie gekommen sind, sagt Pivot, einen schönen Abend und auf bald.

Während des Abspanns bleibt die Kamera auf Gary, man kann nicht hören, was er zu Pivot sagt – die ersten Klänge des Klavierkonzerts Nr. 1 von Rachmaninow übertönen ihn –, doch wenn man von den Lippen ablesen kann, sieht man sie deutlich dieses formulieren: Scheiße, ich habe vergessen zu erwähnen, dass in der Großen Pohulanka Nr. 16 in Wilna ein gewisser Monsieur Piekielny lebte.

Sergej Rachmaninow,
Auszug aus dem Klavierkonzert Nr. 1, Fassung von 1917.

105

Zumindest bis zum 6. September 1941, hätte er hinzufügen können.

Lebte er zu diesem Datum noch in der Großen Pohulanka? Das weiß niemand. Doch man kann sicher sein, nach dem 6. September 1941 lebte er nicht mehr dort. An jenem Tag ist er im Morgengrauen zweifelsfrei von fortwährendem, schrillem Pfeifen wach geworden, das von knappen, energischen, auf Deutsch gebellten Sätzen unterbrochen wurde, und auch wenn er nichts verstand, ahnte er, dass «*Juden raus*» nichts Gutes verhieß. Er war nicht überrascht. Schon am Tag zuvor hatte sich etwas zusammengebraut, wie alle anderen hatte er die in gotischen Lettern gedruckten Anschläge gesehen, die auf den Mauern klebten. Die Juden wurden aufgefordert, vor dem Abend im nächstgelegenen Kommissariat alle Wertgegenstände abzugeben, die sich in ihrem Besitz befanden (Geld, Gold, Schmuck etc.). Überdies hieß es, sollte nach dieser Frist bei ihnen Geld, Gold, Schmuck oder irgendein Gegenstand irgendeiner Natur gefunden werden, der in die Kategorie «etc.» gehöre, würden sie auf der Stelle erschossen.

Manche kamen der Aufforderung nach und gaben all ihre Besitztümer in die Aufbewahrung, nicht ohne einen ordnungsgemäßen Einlieferungsschein zu fordern. Andere versteckten sie unter Lebensgefahr auf Speichern und in Kellern. Wiederum andere waren ein bisschen radikaler: Ich möchte glauben, Piekielny war einer von ihnen. Nachdem er den Aufruf gelesen hatte, inspizierte er seine Wohnung peinlich genau, seine Wohnung ohne Parkett und ohne Zierleisten, aber mit eleganten Vorhängen vor den Fenstern zum Hof und mit weißem Kalkputz, der hier und da Ziegel frei ließ: Kerzenleuchter, Kerzen, eine Anrichte, ein Spiegel, ein Weidenkorb, ein Bett, das für ihn allein zu groß war, ein einzelnes Kopfkissen. Ein Federbett und darin, verborgen zwischen den Daunen, Bündel von Zloty und Rubel, eine kleine nutzlose Wegzehrung, in Hinblick auf schlechte Zeiten nutzlos angehäuft, in monatelanger Arbeit, zehn Stunden am Tag, in seinem Laden verdient, die sich in seinem Ofen im Handumdrehen verzehrte. Und dann hat er sich umgeschaut. Nichts, das Begehrlichkeiten bei den Deutschen wecken konnte, so schien es ihm: sein Hut, sein Gehrock, seine Pfeife und ein bisschen Tabak. Nachdem er den Ersten aufgesetzt und den Zweiten übergestreift hatte, steckte er das Dritte in die Tasche, und scheiße, die Geige. Ob sie wohl unter «etc.» fiel? Die Kategorie war günstigerweise sehr vage und gab den Deutschen eine *legale Grundlage*, jeden Juden nach Lust und Laune zu ermorden. Also was? Sollte er die Geige behalten, auf die Gefahr hin, ohne Vorwarnung getötet zu werden, oder müsste er sie ganz einfach loswerden? Piekielny'sches Dilemma. Das sich löste, als er sich einen Nazioffizier vorstellte, der sie sich angeeignet hätte, um ein Stück von Beethoven oder von Bach zu massakrieren: Er konnte alles akzeptieren, aber das, nein.

Da hat er den Kasten geöffnet und zunächst nach dem Bogen gegriffen, dessen Mähne er lange und bedächtig gestreichelt hat, indem er mit Daumen und Zeigefinger über das Rosshaar hin und her fuhr, dann umschloss er mit der einen Hand die Spitze, mit der anderen das Ende und hat ihn über dem Oberschenkel glatt in zwei Teile gebrochen. Dann nahm er die Geige, fasste sie am Hals und hat sie mit geschlossenen Augen vielleicht eine Minute an sich gedrückt – er hätte schwören können, währenddessen in ihrem Korpus das Geigenherz schlagen zu hören, aber bestimmt war es nur sein eigenes klopfendes Herz, das bei der Vorstellung, was geschehen würde, wild pochte. Denn mit einem Mal schwang er sie mit beiden Händen über den Kopf, mit geschlossen Lidern, geröteten Augen, brennenden, tränenüberströmten Wangen, und hat sie mit seiner ganzen armseligen Kraft gegen den Tisch geschmettert, sodass die Geige in einem höllischen Lärm zersplittert ist, sie fiel zu Boden, in Stücken, zerbrochen, die Saiten hingen herab wie Lianen, nur die Schnecke ist ihm in den Händen geblieben, die Schnecke in Form eines Schnurrbarts, die er sich in die Tasche gesteckt hat – in die, wo sich bereits die Pfeife und ein bisschen Tabak befanden –, und dann hat er sich aufs Bett fallen lassen, sogar ohne sich die Mühe zu machen, die Vorhänge zuzuziehen, sodass ihn das Fenster schamlos zur Schau stellte.

Der Tag begann mit dem deutschen Hahnenschrei: «*Juden raus!*» Piekielny hat zum Fenster hinausgeschaut: Er hat den riesigen Hof gesehen, den die Septembersonne beschien und Soldaten verschatteten; er hat Helme gesehen und Hunde; er hat eingekreiste Juden gesehen; und er hat verstanden, dass er zu ihnen gehen musste. Daraufhin hat er seine restlichen Kleider zusammengesucht, eine Hose, zwei Hemden, sie auf sein Laken gelegt, es zu einem Bündel zusammengeknotet, und nachdem er seine Wohnungstür zweimal umgeschlossen und den Schlüssel in die Tasche seines Gehrocks gesteckt hatte – die einzige, die nicht durchlöchert war, in der sich bereits die Schnecke, die Pfeife und ein bisschen Tabak befanden –, ist er die Treppe hinuntergegangen und fand sich in dem sonnenüberfluteten Hof wieder. Ein schöner Tag.

Die Juden, seine Nachbarn, standen mit erhobenen Händen da, machtlos, unterworfen, mit ebenfalls zu notdürftigen Bündeln geschnürten Klamotten, mit dem gleichen Entsetzen im Blick und diesen Maschinenpistolen im

Rücken, die aus einem Flegel einen König machen. Man hat sie in Viererreihen antreten lassen, und die Kolonne hat sich in Bewegung gesetzt, hat die Toreinfahrt passiert und ist auf die andere Kolonne getroffen, die riesige Kolonne aus Männern, Frauen und Kindern, die unter Knüppelschlägen bis zur Niemiecka-Straße gegangen ist, wo die einen, neunundzwanzigtausend, zum Großen Ghetto geführt wurden und die anderen, elftausend, zum Kleinen Ghetto, während man eine dritte Gruppe von unbestimmter Zahl in das Lukiškės-Gefängnis brachte und von dort zu einem unbekannten Ziel, das man bald unter dem Namen Ponar kennen sollte.

Es schlossen sich die Tore des Ghettos, was für Piekielny der Auftakt zu einem rasenden Lauf bedeutete, bei dem er auf der Suche nach einem halben Quadratmeter durch die Straßen irrte, nach einem Ort, wo er seinen lächerlichen Krempel ablegen konnte, doch er wurde überall abgewiesen, bis er sich damit abfand, unter dem Torbogen eines Hauses ohne Dach und Fassade zu schlafen, ehe er später eine Ecke auf einem Speicher ergatterte, auf die noch niemand ein Auge geworfen hatte: Der Wind pfiff durch die Ziegeln des teilweise eingestürzten Dachs, sodass man ein Stück Himmel sah, doch damit kam Piekielny zurecht, er kam mit allem zurecht, solange er sich nur unter anderen einsamen alten Männern auf einem durchgelegenen Strohlager ausstrecken konnte – wenn man ein wenig trockenes, auf einen Holzboden gestreutes Stroh überhaupt Strohlager und ein paar wurmstichige Latten überhaupt einen Boden nennen konnte –, mit seinem Bündel als Kopfkissen lag er da, seine kleinen Augen weit offen, und streichelte die Schnecke in der Tiefe seiner Tasche, während er beobachtete, wie der Tag sich dehnte, als stürbe er widerwillig, was er so lang und so gut tat, bis es schließlich Nacht war, schwarze, undurchdringliche Nacht, als hätte man schamhaft einen Trauerflor über die Dächer des Ghettos geworfen, eine markerschütternde, grausame, schmerzliche Nacht ohne Sterne, und vergeblich hätte man sie am Himmel gesucht: Sie waren am Boden, aufgenäht auf die Kleider seiner Leidensgefährten.

106

Zwischen dem Einmarsch der Deutschen in Vilnius und Piekielnys erster Nacht im Ghetto waren etwas mehr als zwei Monate vergangen – in dieser Zeit hatten die Gewalttätigkeiten der Ersten gegen den Zweiten zunächst allmählich und dann sehr rasch zugenommen. Anfangs hatte es kleine Schikanen gegeben, nichts wirklich Bösartiges oder Schwerwiegendes auf der Skala der Nazi-Grausamkeiten; hatten sich zum Beispiel vor den Bäckereien endlose Schlangen gebildet, wartete man ab, bis Piekielny kurz davor war, sein Brot kaufen zu können, um ihn wieder ans Ende der Schlange zu zerren. Und bald darauf war es zu Entbehrungen gekommen (Piekielny wurde aufgefordert, seinen Radioapparat abzugeben), zu Hausdurchsuchungen (drei Viertel der Wohnungen in der Großen Pohulanka wurden von den Deutschen gefilzt, sie plünderten, was von Wert war, und verwüsteten, was keinen hatte), zu Verboten (den Zug zu nehmen, außerhalb bestimmter Zeiten zum Markt zu gehen, dann überhaupt zum Markt zu gehen, dann nach achtzehn Uhr das Haus zu verlassen, dann auf den Bürgersteigen zu gehen, dann die größeren Straßen zu betreten) und schließlich zu Demütigungen (das Tragen eines weißen Rechtecks von zehn mal zehn Zentimetern mit einem gelben Kreis und dem Buchstaben «J» in der Mitte, das Piekielny sich selbst auf seinen alten Gehrock nähen musste, dann das Tragen einer blauen Armbinde mit einem weißen Stern). Doch all das war nichts im Vergleich zu dem ganzen Rest, und Piekielny hätte geschätzt, dass seine Brüder, die Juden, nicht so schlecht dabei weggekommen wären, hätten nicht gleichzeitig und immer häufiger diese Razzien stattgefunden, auf die Transporte folgten, die sie weiß Gott wohin brachten, die Deutschen hingegen wussten es – und die Litauer auch.

107

An der Rūdninkų-Straße Nr. 8, genau an dem Ort, wo sich während des Krieges der Judenrat versammelte, hängt heute eine Gedenktafel zur Erinnerung an die tausendzweihundert Juden, die nach der Razzia vom 3. November 1941 ermordet wurden. Ein Stück weiter, auf der Höhe der Nr. 18, sieht man eine Tafel mit dem Plan der beiden Ghettos. Und geht man mit gesenktem Blick durch die Altstadt, entdeckt man hier und da in die Straße eingelassene Messingschilder, die die Erinnerung an einige in Vilnius geborene und von den Nazis ermordete Juden wachhalten (acht Namen sind es, der von Piekielny ist nicht dabei).

Das heutige Vilnius trägt Trauer, so wie eine Frau bei Balzac oder Maupassant sich augenfällig in Schwarz hüllt, nachdem sie ihren Gemahl vergiftet hat. Die nichtjüdischen Einwohner, das weiß man heute, waren mehr oder weniger willige Helfer der Nazis, sie kollaborierten in unterschiedlichem Maße am Massaker der Juden: Die überwiegende Mehrheit, ängstlich und passiv, passiv, weil ängstlich, war ihnen nicht unbedingt feindlich gesonnen, weigerte sich aber, ihnen zu helfen; dann gab es die Leute, die ihnen aus christlicher Nächstenliebe ihre Besitztümer zu Spottpreisen abkauften; außerdem die Leute, die sie sich unberechtigt angeeignet hatten – sie hatten zwar nichts gegen die Eigentümer, zogen aber ihren Tod irgendeiner Bezahlung vor; zudem gab es noch die, die die «Judenfrage» umtrieb und für die es ohne Feuer keinen Rauch gab; und schließlich waren da noch die litauischen Nationalisten.

Als Miliz organisiert, zählten sie in ihren Rängen etwa hundert Mann, die man *Ypatingi* (die «Erwählten») nannte – beziehungsweise, sie ließen sich so nennen. Seit dem Einmarsch der Deutschen in die Stadt hetzten sie die Juden, sie verfolgten sie auf den Straßen, griffen sie in den Synagogen oder in ihrem Zuhause auf, ja, sie gingen so weit, sie in ihren Verstecken aufzustöbern, um sie den augenblicklichen Herren auszuliefern, die ihnen zehn Rubel pro Kopf zubilligten – und ihnen sehr rasch weitere Arbeit gaben: Jedes Mal, wenn ein Deutscher am Rand einer Grube «Feuer!» schrie, schoss ein Litauer. Innerhalb von zwei Monaten gab es zwanzigtausend Tote, und dann wurde das Ghetto eingerichtet.

108

Vom Wilnaer Ghetto weiß ich nur, was ich darüber gelesen habe.

Von Marc Dvorjetski, einem Überlebenden des Ghettos, Autor von *Ghetto à l'Est*, 1950 aus dem Jiddischen ins Französische übersetzt, erfahre ich, dass die Kinder im Ghetto «Deutsche und Juden» spielten, die einen fingen die anderen, führten sie weg und drückten ihnen dabei eine vorgebliche Maschinenpistole in den Rücken; dass man sich zu fünfzehnt oder zwanzig in Räumen drängte, wo eigentlich nicht mehr als ein, zwei Menschen Platz hatten; dass es etwas Wertvolleres als Brot, Kleidung oder ein Dach über dem Kopf gab, nämlich den *Schein*, eine Arbeitsbescheinigung, die einem ein Lebensrecht sicherte; dass das Aussehen – Form, Farbe und Wert – dieser Scheine ständig geändert wurde; dass sie mit oder ohne Foto waren, weiß, blau, rosafarben, grün, mit oder ohne Nummer, eines der vielen «von den Nazis ausgedachten Mittel, um den Widerstandsgeist der Menschen im Ghetto zu täuschen, zu betäuben, zu spalten, zu demoralisieren, zu lähmen»; dass im September 1941 die Scheine verschwanden und es seither keinerlei Garantie keinerlei Art mehr gab.

Aus dem Tagebuch von Yitskhok Rudashevski, der im Alter von fünfzehn Jahren am 1. Oktober 1943 ermordet wurde – seine Aufzeichnungen fand man nach dem Krieg in den Trümmern seines Verstecks –, erfahre ich, dass am Morgen des 6. September 1941 schönes Wetter war und die Sonne später, «als schämte sie sich zu sehen, was die Menschen dort unten machen, sich mit Wolken bedeckt hat»; dass das Ghettotor eine Sperre aus hellem, stacheldrahtbewehrtem Holz war; dass für die Bewohner des Ghettos, die weder Holz noch warme Kleidung hatten, der Winter die grausamste Jahreszeit war; dass die verschneiten Ruinen vor Eis glitzerten, als wären sie «mit Diamanten besetzt»; dass der erste Tag des Jahres 1943 ein «weißer Tag, ein klarer Wintertag» war; dass ein hungriger Deutscher sagte, «ich will mampfen wie ein Jude»; dass es im Ghetto einen Literaturkreis gab und Abraham Sutzkever dort über Poesie sprach.

Von Abraham Sutzkever, Dichter, Mitglied der Papierbrigade, Überlebender, erfahre ich, dass beim Einmarsch der Deutschen die Soldaten der Roten Armee durch die Straßen von Wilna getrieben wurden, in Ketten, ausgehungert und halb nackt, um der Bevölkerung zu beweisen, wer die Herren der Welt waren; dass man überall in der Stadt Schilder auftauchen sah, *Eintritt für Juden verboten*; dass es außerdem den Juden verboten war, aus den Fenstern zu sehen, die Ausblick über die Grenzen des Ghettos boten, und dass darum diese Fenster zugemauert oder mit dunkler Farbe zugetüncht werden mussten; dass es ihnen unter anderem verboten war, über Politik zu sprechen; Deutsch zu sprechen; mit Nichtjuden zu sprechen; einen Schnurrbart zu tragen; fett zu essen; zu beten; zu lernen; Blumen ins Ghetto zu bringen; dass es den jüdischen Frauen verboten war, sich die Haare zu färben; Lippenstift zu benutzen; dass es ihnen sogar verboten war zu gebären – die Frauen, die ein Kind zur Welt brachten, wurden mit ihm auf der Stelle ermordet. Von Sutzkever erfahre ich auch, dass ein Bordell eingerichtet wurde, in der Subotsh-Straße Nr. 9 (heute Subačiaus – Gary ist in der Nr. 8 derselben Straße geboren), mit polnischen Frauen, die man beliebig in Cafés verhaftet hatte und deren Beine sorgfältig mit rot glühenden Eisen gebrandmarkt wurden. Ich erfahre, dass ein von einem litauischen Studenten gefangener Jude diesen anflehte, er möge ihn verschonen; dass der Student ihn am Leben ließ – nicht ohne ihm zuvor seine Goldzähne herausgebrochen zu haben; dass das Kleine Ghetto am 28. November 1941 liquidiert wurde und seine Straßen wieder dem normalen Verkehr übergeben wurden; dass Säuglinge vor den Augen ihrer Mütter gegen Baumstämme geschmettert wurden; dass man manchen Juden Schaufeln gab und sie zwang, ihr eigenes Grab auszuheben, in dem sie lebendig begraben wurden; dass man für dreißig Mark pro Kopf Kinder im Alter von drei bis zehn kaufen konnte, die aus Smolensk gekommen waren und die ein Zug nach Ponar bringen sollte; dass *Malinen* Verstecke im Ghetto waren, in denen Juden sich verbargen; dass am Ende des Krieges noch Hunderte Leichen unter den Ruinen der Strazuna-Straße (Žemaitijos) Nr. 12 begraben waren. Schließlich erfahre ich, dass eine gewisse Anzahl Juden von Polen und Litauern versteckt wurde; dass die Wohnung einer gewissen Maria Abramowicz, einer Polin, und die einer gewissen Wiktoria Gzmielwska, ebenfalls Polin, die in der Großen Pohulanka Nr. 16 lebten, «Zuflucht für zahlreiche Verfolgte» war – und ich kann nicht umhin zu denken, dass vielleicht Piekielny einer von ihnen war.

Aus hier und da zusammengetragenen Lektüren im Internet erfahre ich, dass es im Wilnaer Ghetto einen jungen Mann namens David Berger gab, 1922 in Polen, in der Nähe von Przemyśl, geboren; und dass seine Freundin Elza hieß (oder Elsa – die Quellen sind nicht einheitlich) und er sie vielleicht *moja miłość* nannte – «meine Liebste» auf Polnisch; dass sie nach dem Überfall der Deutschen aus Polen floh und nach Süden, nach Palästina, gereist ist; dass er nach Osten gegangen ist, während er doch eher nach Westen, nach Norden oder nach Süden hätte gehen müssen, irgendwohin, nur nicht nach Osten; dass er in Wilna gelandet ist, dann im Ghetto von Wilna; dass er Elza (oder Elsa) einen Abschiedsbrief geschickt hat; dass er ihr in diesem Brief mit Datum vom 2. März 1941 geschrieben hat: «Sollte irgendetwas geschehen, möchte ich, dass es jemanden gibt, der sich daran erinnert, dass David Berger gelebt hat»; dass *irgendetwas* geschehen ist; dass er neunzehn Jahre alt war.

109

Von Abraham Sutzkever habe ich auch erfahren, dass Piekielny vielleicht nicht einmal einen einzigen Tag im Wilnaer Ghetto verbracht hat. Nachdem die Juden aus ihrem Zuhause vertrieben waren, schickte man manche direkt nach Ponar, das heißt, in den Tod. Sutzkever schreibt: «Die Bewohner folgender Straßen wurden nicht ins Ghetto gebracht: Mickiewicz Straße, Mühlenstraße, Portowa Straße, der beiden Pohulankas, Kalvarienstraße (mit Ausnahme von Nr. 50 bis Nr. 1), Pióromont, eines Teils der Zwierzyniec, Węglowa und Anatokol Straße, insgesamt etwa zehntausend Menschen.» Was bedeuten würde, dass Piekielny Anfang September 1941 durch einen Genickschuss ermordet wurde – und sein Dasein nicht, wie es sein Biograph darstellt, «in den Krematoriumsöfen der Nazis» geendet hat.

110

Betrachtet man die topografischen Karten der Region, die die Deutschen Ende 1941 angefertigt haben, stellt man fest, dass Ponar – der Name Ponar – darauf nicht vermerkt ist: Es ist eine weiße oder vielmehr grüne Zone, die ganz bewusst ohne Bezeichnung geblieben ist; es ist kein Ort mehr, sondern ein Nicht-Ort, was bedauerlich ist, denn Ponar ist ein hübscher Name. Es ist umso bedauerlicher, weil es auch eine schöne Gegend ist. Ein Eichen- und Birkenwald, in den die Schulen in der Vorkriegszeit ihre Schüler auf Exkursion schickten. Sie bestaunten die Höhe der Bäume, den Duft der Blumen, das Blau des Himmels; sie machten Tiere aus in den stillstehenden Wolken; sie kehrten in Zweierreihen und sich an der Hand haltend mit ihrem Herbarium unter dem Arm zurück. Das war, bevor man sie in Sechserreihen am Rand einer Grube antreten ließ. Das war vor dem Sommer 1941.

111

Es gibt zwei Möglichkeiten, von Vilnius nach Ponar zu kommen: über die Straße oder mit dem Zug. Ich habe den Zug genommen. Es war Winter, ich erinnere mich nur noch an den Schnee, an den Nebel, an den verschneiten Bahnhof im Nebel, an schwere Wolken, den niedrigen Himmel, den Fußmarsch von einem Kilometer – und dann nichts mehr, die Bäume, die Schilder, die Gruben, nichts mehr.

Dennoch sehe ich noch vor mir, zwei Schritte von den Gruben entfernt, eine zusammengezimmerte Behausung, ein junger Mann im militärischen Drillich trat heraus, betrunken, mit einer flachen Flasche in der Hand, aus der er mit kräftigen Zügen Schnaps trank, der vergessen lässt, dass der Tod diesen Ort zu seinem Domizil auserkoren hatte und hier monatelang Männer, Frauen und Kinder getötet wurden, genau hier, zu Tausenden, am Ende des Gartens.

Der Modus Operandi war immer der gleiche: Sie wurden im Hof des Judenrats zusammengetrieben, von SS und Litauern umstellt, sie wurden gezählt, mit Lkws, zu Fuß oder im Zug nach Ponar gebracht, sieben Kilometer, an deren Ende sich ein Tor mit zwei Reihen Stacheldraht darüber befand und an dem ein Schild hing: «Eintritt auch für deutsche Offiziere streng verboten!» Dort ließ man sie Schuhe und Kleider ausziehen – die Kleidung musste gesammelt werden, ohne Löcher und mit abgetrennten Sternen, das Ganze wurde nach Deutschland geschickt (bei den letzten «Aktionen», als die Massaker beschleunigt werden mussten, verlor man keine Zeit mehr damit, dann eben keine Klamotten) –, sie mussten sich in Sechserreihen an den Rand eines großen runden Lochs knien, man schoss ihnen eine Kugel ins Genick, und los, die Nächsten.

112

Alles legt die Vermutung nahe, dass eines Tages unter diesen Nächsten ein gewisser Monsieur Piekielny war.

Musste er seine Kleider ausziehen, oder konnte er seinen

Gehrock bis zum Schluss anbehalten? Sprach er ein Gebet? Erinnerte er sich an das Versprechen eines kleinen Jungen, der früher sein Nachbar war? Schloss er die Augen oder betrachtete er den Himmel, die Bäume, die Blätter an den Bäumen und den Wind, der sie zittern ließ? Zitterte auch er, und wenn er zitterte, war es aus Entsetzen, Empörung oder aus Wut? Machte er es wie Gengis Cohn, dieser jüdische Komiker, «der damals in den jiddischen Kabaretts sehr bekannt war: zuerst in der *Schwarzen Schickse* in Berlin, dann im *Motke Ganeff* in Warschau und schließlich in Auschwitz», von wo er im Dezember 1943 fliehen konnte, bis man ihn einige Monate später wieder fasste, als man ihn am Rand eines Lochs niederknien ließ, zeigte er kurz vor seinem Tod seinem Schlächter den Stinkefinger, kehrte ihm den Rücken, ließ die Hose herunter und präsentierte ihm seinen Hintern.

Wir werden niemals erfahren, was Piekielny vor der Grube tat, nicht einmal, was er womöglich sah, empfand oder dachte. Es ist sein Geheimnis, sein elendes Geheimnis.

113

Eines Nachts im Mai kam ich gegen ein Uhr morgens zu dem Haus, in dem ich mit Marion lebte; Polizisten versperrten den Eingang. Ich fragte naiv, ob etwas los sei. Ja, sagte ein Polizist, Sie müssen etwa zwanzig Minuten warten, bis Sie in Ihre Wohnung können. Ich parkte meinen Motorroller, verschloss ihn mit der Kette, nahm meinen Helm und fragte dann nach Einzelheiten. Jemand ist gestorben, sagte der Polizist. Ich dachte: Eine alte Dame habe umgeben von ihren Liebsten ihren letzten Atemzug getan – was traurig war, aber so war nun mal das Leben, das gehörte zur *Ordnung der Dinge*. Eine junge Frau, setzte der Polizist hinzu, aber mehr kann ich Ihnen nicht sagen. Eine Sekunde, die sich bis in alle Ewigkeit dehnte, dachte ich an Marion. Sie war eine junge Frau. Sie wohnte in diesem Haus: Sie hatte auf meine letzte Nachricht nicht geantwortet. Entschuldigung, sagte ich, aber meine Verlobte wohnt hier, ich *muss* es wissen. Der Polizist wurde bleich: Er hatte vielleicht jemanden vor sich, dessen Leben von einer Sekunde zur anderen zusammenbrach, und es wäre seine Pflicht, ihm diesen Zusammenbruch mitzuteilen. Er fragte mich nach ihrem Vornamen. Marion, sagte ich, sie heißt Marion. Sie ist es nicht, sagte er, und gemeinsam seufzten wir auf, er aus Dankbarkeit und ich aus Erleichterung.

Und dann öffnete sich die Haustür: Auf einer Tragbahre lag bis zu den Schultern in eine isothermische Decke gehüllt ein Körper; das Gesicht war frei. Ich erkannte die junge Frau, die ich gelegentlich im Hof getroffen hatte, wir hatten uns einen Blick, ein Lächeln zugeworfen, mehr nicht, ich kann nicht sagen, dass ich sie kannte: Ich wusste nicht einmal ihren Namen.

Diesen Namen sollte ich bald erfahren. Da mich das schmerzlich junge Gesicht fesselte, hatte ich nicht von der anderen Straßenseite eine Frau kommen sehen, die zwei junge Männer untergehakt hatten. Es herrschte abgrundtiefe Stille, wie bei einem ungeheuerlichen Schrei, der ganz in die Tiefe der Kehle zurückgewichen war, und dann ein verzweifelter, untröstlicher, unendlicher Schrei. Wer nie den Schrei einer Mutter, die ihr lebloses Kind findet, gehört hat, hat niemals einen Schrei gehört. Die Redewendung mag abgegriffen sein, aber ich sehe keine richtigere: Ihr Schrei zerriss die Nacht, zerfetzte sie mit Tränen. Die arme Frau schrie den Vornamen ihrer Tochter.

Ich stand da, verstört, versteinert, vielleicht eine Minute lang, und verzog mich schließlich, ließ die halb tote Mutter und die Tochter, die es ganz und gar war, hinter mir und ging durch die dunkle, gewundene und menschenleere Straße, die hinunter zum bleiernen Wasser des Canal Saint-Martin führt. Eine Stunde später herrschte vor dem Haus nur noch Stille und Nacht. Ich drückte Marion an mich, erzählte ihr von dem Erlebten – sie wusste es, sie hatte davon gehört, alle im Haus hatten es gehört (ein Nachbar, der den Anlass für den Schrei missdeutet hatte, hatte sogar damit gedroht, *die Polizei zu rufen*) –, dann packte ich meinen Koffer (ich flog am nächsten Tag nach Russland zur Hockeyweltmeisterschaft, auf den Tag genau zwei Jahre nach der in Minsk und meinem Umweg über Vilnius). Ich schlief nur ein, zwei Stunden: Ich dachte an die junge Frau, die unter dem schmerzerfüllten Blick ihrer Mutter für immer schlief.

Wenn ich das hier erzähle, dann weil mein ganz von der freundlichen Maus aus Wilna beherrschter Geist Worte aller Art sammelte – das ist nun mal so, ich kann nichts dagegen tun, selbst wenn ich deswegen manches Mal nicht gerade Scham, so doch zumindest Unbehagen empfinde, was übrigens nichts anderes ist als gedämpfte Scham – und ich mich erinnere, mir gesagt zu haben: Das also muss Piekielny zu dem Lärm der Maschinenpistolen, zu den kläffenden Hunden, den brüllenden Soldaten, den weinenden Kindern gehört haben, das also muss Piekielny vor der Grube gehört haben: den Schrei einer Mutter, die ihre tote Tochter findet, verstärkt, vervielfacht um das Hundert-, das Tausendfache, um die Zahl der Mütter, die an jenem Tag mit ihm waren.

114

Im Juli 1944 türmten die Deutschen. Weil Geschichte sich wiederholt und nicht immer als Farce, marschierten die Sowjets erneut in Vilnius ein: Sie sollten fünfundvierzig Jahre bleiben. Und während die Nazis sich nach Berlin zurückzogen und die französische 2. Panzerdivision nach Paris vorstieß, während der Vercors erzitterte, aber standhielt, während die Friseurlehrlinge des Sommers 1945 ihre Scheren schärften und alles unterging, Vichy zu spät und Saint-Ex zu früh, während das Reich zusammenbrach, aber nicht die Wolfsschanze, während die Weichsel menschliche Asche mit sich führte wie der Styx Seelen, während die Rote Armee in die Ebenen Polens vordrang und nach und nach dem Pitchipoï, dem unbekannten Ziel, Namen gab und diese lebendigen Toten mit den leeren Augen entdeckten, ausgehoben wie Abgründe des Leids, lebendige Tote, deren giacomettihaften, abgezehrten Körper ihre Befreier dazu bewegten zu sagen, dass sie sich schämten, selbst so wohlauf zu sein, während die Welt, die große weite Welt, endlich allen Widerständen zum Trotz ihren verrückten Lauf fortsetzte, begann man also in Vilnius die Toten zu zählen.

Es waren siebzigtausend, sicherlich noch einige mehr,

man wusste es nicht genau. Die Deutschen hatten, um die Spuren ihrer Verbrechen auszulöschen, die Hälfte von ihnen verbrannt; die anderen sühnten die Sünde ihrer Geburt in den Löchern, die mit Sand und Kalk aufgefüllt waren. Manche waren nackt, andere nicht. Bei denen fand man Gedichte, Briefe und Hunderte, Tausende Schlüssel: Bis zum Schluss hatten sie geglaubt, dass man sie in Arbeitslager bringe, dass sie dort sicherlich stürben, doch dass sie mit ein wenig Glück zurückkämen und dass sie dann wie zuvor in ihre Wohnungen heimkehrten.

Etliche dieser Schlüssel öffneten leere, geplünderte und mit Schutt übersäte Wohnungen in der Großen Pohulanka Nr. 16. Einer davon, den man vielleicht neben einer Pfeife, ein wenig Tabak und der Schnecke einer Geige in der Tasche eines fadenscheinigen Gehrocks fand, gehörte einem gewissen Monsieur Piekielny.

DRITTER TEIL

115

An einem Septemberabend, an dem ich nichts vorhatte, wurde im Lucernaire, einem Theater im VI. Arrondissement von Paris, Gogol gegeben: *Der Revisor*, eine Komödie in fünf Aufzügen, deren Lektüre ich bislang immer hinausgeschoben hatte.

Gogol – und das ist wohl das Einzige, was ich mit ihm gemeinsam habe – hatte keine Phantasie. Oder zumindest behauptete er, keine zu haben – was natürlich falsch war: Man schreibt nicht *Taras Bulba*, den *Mantel*, *Die toten Seelen* und all das Übrige ohne ein Minimum an Phantasie. Doch da er dachte, er habe keine, da er es sich einbildete, da er schrieb – und da es insgesamt für einen Schriftsteller ziemlich blöd ist, an mangelnder Phantasie zu leiden –, hatte er ein gutes Gegenmittel gefunden: Er machte den Subunternehmer. Hättet ihr nicht vielleicht eine Idee?, fragte er herum, manchmal in der Familie, öfters bei den Freunden. Zu den Freunden gehörte ein gewisser Alexander Puschkin, und Puschkin mangelte es nie an Ideen, und das ist noch untertrieben (er hatte ihm bereits das Thema für *Die toten Seelen* zugeschanzt). Da es Gogol im Oktober 1835 an Geld mangelte, griff er zu seiner schönsten Feder und schrieb an Puschkin. Ob er, Puschkin, nicht vielleicht zufällig ein Thema bei der Hand habe, ich weiß nicht, eine teuflisch komische Komödie, die du weder die Zeit noch die Lust hättest, selber zu schreiben? Doch, antwortete Puschkin, doch, ich habe eines: Ein Journalist aus Sankt Petersburg auf Besuch in Bessarabien wird für den Revisor – einen Entsandten der Regierung – gehalten und als solcher empfangen. Hier, Nikolaj, mach daraus, was du willst. Banco, sagte Gogol und schrieb in Windeseile, das heißt, in etwas mehr als zwei Monaten, ein Stück, das man knapp zwei Jahrhunderte später noch immer in der ganzen Welt aufführte, insbesondere in Paris, in der Rue Notre-Dame-des-Champs, im Lucernaire, wohin ich an diesem Abend gehen würde. Setz deine Uschanka auf, sagte ich zu Marion, wir reisen nach Russland.

116

Denn diese Geschichte spielt in Russland, in einem «kleinen Provinznest» zwischen Sankt Petersburg und Ssaratow. Es handelt sich um eine große Verwechslung: Jeden Augenblick trifft aus Sankt Petersburg ein Revisor ein, inkognito, der im Auftrag des Zaren auf Inspektionsreise ist. Doch alle Honoratioren des Städtchens haben «Dreck am Stecken»: Im Krankenhaus lässt man die Patienten sterben; der Assessor bei Gericht stinkt nach Wodka; der Postmeister öffnet heimlich die Briefe «weniger aus Vorsicht als aus Neugier»; und der Stadthauptmann lässt sich gerne schmieren. Aufschreie des Entsetzens. Auf ins Getümmel. Wie kann er nur aussehen, dieser Revisor? Und wenn er bereits eingetroffen ist?

Ja, tatsächlich, vor zwei Wochen ist ein junger Mann in

einem Gasthof abgestiegen, er geht nie aus, nimmt alles auf Rechnung und denkt nicht ans Bezahlen; er kommt aus Sankt Petersburg und will nach Ssaratow. Und wenn er es ist? Er ist von angenehmem Äußeren, er ist von so überlegener Art, das kann nur er sein. Dieser junge Mann heißt in Wahrheit Chlestakow, er ist faul, er tut nichts, oder vielmehr, er prasst, er fährt mit einer Kutsche, lässt sich beim Kartenspiel ausnehmen und lebt von den Rubeln, die ihm sein Vater schickt. Er ist nicht der Revisor. Doch da man ihn nun einmal für einen solchen hält, warum letztlich nicht all diesen illustren Leuten einen bösen Streich spielen? Zumal ihm nach und nach klar wird, welch großen Gewinn er daraus schlägt: Man erlässt ihm seine Schulden, man lädt ihn zum Essen ein, man drängelt sich, um ihm Geld zu leihen, der Stadthauptmann erweist ihm seine Gastfreundschaft, und die Tochter dieses besagten Stadthauptmanns erstarrt in Bewunderung und Liebe (er ist ein Mann von Welt! Er gibt Bälle! In Petersburg!).

Manche Städtenamen haben in den Ohren der fern von ihnen Lebenden einen Klang wie eine sanfte, betörende und geheime Melodie. Lebt man in einem kleinen Provinznest irgendwo in Russland, ist *Petersburg* so einer. Bei der Tochter des Stadthauptmanns beschwor der Name der Zarenhauptstadt prächtige Bälle herauf; bei den anderen war es der Zar, die Größe des Reichs. In diesem kleinen Provinznest lebte ein ganz gewöhnlicher Mann, klein und stämmig, Bobtschinskij mit Namen. Auch er suchte den angeblichen Revisor auf. Er hatte eine Bitte.

An jenem Abend im Lucernaire lief alles vortrefflich: Ich brannte darauf zu erfahren, wie das Stück ausgehen würde (klärte sich der Irrtum auf? Wie würde sich Chlestakow aus der Affäre ziehen?), es war großartig inszeniert und göttlich gespielt, das Publikum lachte herzlich, ich lachte mit. Bis zum 4. Aufzug, Szene 7, als Bobtschinskij seine Bitte äußern sollte – und meine Nachforschungen eine unerwartete Wendung erfuhren.

117

Der Revisor, Gogol.
4. Aufzug, Szene 7 (Auszug*)

CHLESTAKOW
Haben Sie mir nicht auch etwas zu sagen?

BOBTSCHINSKIJ
Doch ja, ich habe eine ganz kleine Bitte.

CHLESTAKOW
Und das wäre?

BOBTSCHINSKIJ
Ich bitte ergebenst, sagen Sie, wenn Sie nach Petersburg kommen, allen Würdenträgern, den Senatoren und Admiralen: Euer Exzellenz oder Euer Hochwohlgeboren, dort in jener Stadt lebt Pjotr Iwanowitsch Bobtschinskij.

* Aus dem Russischen von Bodo Zelinsky, Philipp Reclam jun. GmbH & Co. KG, Stuttgart 1996.

CHLESTAKOW
Gut, gut.

BOBTSCHINSKIJ
Und wenn Sie zufällig dem Zaren begegnen, dann sagen Sie auch dem Zaren: Euer Majestät, dort in jener Stadt lebt Pjotr Iwanowitsch Bobtschinskij.

118

Ich glaube, nun ist alles klar, sagte Marion zu mir, als wir das Theater verlassen hatten und die Rue Notre-Dame-des-Champs entlanggingen. Daher kommt er also, dein Piekielny. Als du deine Nachforschungen begonnen hast, dachtest du, du fändest ihn bei Google: Dabei war er bei Gogol.

119

120

So war meine Reaktion. Eine Leere. Eine große Leere völliger Verblüffung. Verstört, still stand ich da und blinzelte. Ich wusste wirklich nicht, was ich sagen und denken sollte. Ich hatte das Ende des Stücks in einer Mischung aus Erstarrung und Entsetzen erlebt, mit benebeltem Geist und taubem Körper. Somit war also Garys Piekielny ein natürliches Kind des Gogol'schen Bobtschinskij. Es gab keinen Zweifel: Gary hatte den *Revisor* gelesen, die 7. Szene im 4. Aufzug hatte Spuren in ihm hinterlassen – ebenso wie das 7. Kapitel des *Versprechens* später in mir Spuren hinterlassen sollte –, er hatte sich vorgenommen, dass auch er eines Tages auf seine Art diese Geschichte erzählen würde, die eines Mannes, der einen anderen Mann flehentlich bittet, seinen Namen in das Ohr der Berühmten dieser Welt zu murmeln, und er hatte sie ins Licht gerückt, indem er seine Kerze an der seines Lieblingsschriftstellers entzündet hatte. Darum also hatte ich in dem Melderegister der Großen Pohulanka Nr. 16 keinerlei Spur eines Piekielny finden können. Ich musste mich damit abfinden: Ich hatte monatelang Recherchen über eine fiktionale Person angestellt, über einen Mann, der *in Wirklichkeit* nie existiert hatte.

121

Meine Großmutter aber, sie existiert *in Wirklichkeit*. Bei ihr habe ich, um nach dem *Revisor* einen klaren Kopf zu bekommen, Zuflucht gesucht. Sie lebt in einem kleinen Dorf an der Somme-Bucht, in einem schönen Haus, wo im Winter ständig ein Holzfeuer knistert. Vor dem Kamin befindet sich ein Mahagonitisch, auf diesem Tisch ein gerahmtes Schwarz-Weiß-Foto und auf diesem Foto mein Großvater, 1948, souverän auf seiner Gondel. Lange Zeit verstummte in der Familie das Gespräch, wurde er erwähnt, es schlich sich auf Zehenspitzen davon und ließ nur ein lastendes Schweigen zurück.

Meine Großmutter war achtzehn Jahre alt, als sie sich die erste Reise ihres Lebens gönnte. In Begleitung einer Freundin nahm sie den Nachtzug nach Venedig, stieg an einem Septembermorgen in Santa Lucia aus, fand einen Gasthof nicht weit vom Canal Grande in einer kleinen Straße, die auf die Ca' d' Oro hinausging, dort stellte sie ihr Gepäck ab und bat einen Venezianer, ihr den kürzesten Weg zum Markusplatz zu erklären (sie wollte die Basilika sehen). Frage niemals einen Venezianer nach dem Weg, riet sie mir eines Tages, als ich ihr von Venedig erzählte: Muss man nach links abbiegen, durch einen Torbogen hindurch und hundert Meter geradeaus gehen, eine Brücke überqueren, dann nach rechts gehen, auf einem Platz anlangen und an einem Kanal entlanglaufen, wieder nach links abbiegen, dann über eine Brücke und dann in die zweite rechts gehen, so deutet der Venezianer vage in eine Richtung und sagt dir mit gleichgültigem Blick: *Sempre dritto!* – «Immer geradeaus!»

Als sie noch immer nicht die Basilika oder den Dogenpalast sich abzeichnen sah, befand sie sich ein wenig später und ein wenig weiter, noch immer in Begleitung ihrer Freundin, plötzlich vor der Kirche Santa Maria Formosa,

gegenüber einem *rio*, auf dessen Wasser eine Gondel schaukelte, vor der in praller Sonne mit einem Strohhut, der sein Gesicht verschattete, mit einem vier Meter zwanzig langen Ruder in der rechten Hand stolz ein Gondoliere stand: *Mi chiamo Michele*, sagte er zu den beiden jungen Mädchen (er sprach kein Wort Französisch, sie sprachen kein Wort Italienisch). Mit ausladender Geste zeigte er auf seine Gondel, bat sie, Platz zu nehmen, und brachte sie zum Markusplatz, wo er, als es Abschied zu nehmen galt, die Handvoll Lire ablehnte, die sie ihm hinhielten. *Per voialtre xe gratis, signorine*. Zum Dank machte meine Großmutter ein Foto von ihm, ein Polaroid, auf dessen Rückseite sie ihm ihre Adresse notierte (wenn er Französisch lerne, könne er ihr schreiben). Ein Jahr später trug er noch immer den Strohhut, der sein Gesicht verschattete, doch sein Ruder hatte er gegen einen Blumenstrauß eingetauscht, und er war nun nicht mehr in Venedig: Er stand mit seinem Gepäck und dem Polaroid in der Tasche vor ihrer Tür. Er sprach unsere Sprache, die er unterdessen gelernt hatte. Es gab eine Hochzeit und zwei Kinder, eines davon meine Mutter, Michele wurde zu Michel und ließ sich als Viehhändler in Frécain-sur-Somme in der Picardie nieder, vierhundertsiebenundsiebzig Einwohner bei der letzten Volkszählung.

Das Frécain von damals habe ich nicht gekannt. Ich habe einige Schwarz-Weiß-Fotos gesehen: Heute sind sie in Farbe, aber es hat sich kaum etwas verändert. In Frécain gibt es keinen Canal Grande, keine *rii*, aber Sträßchen, Sackgassen und eine Landstraße, die man eilig überquert (man hält nur an in Frécain, wenn man einen Abzweig verpasst hat, einen Zubringer, einen Kreisverkehr – durch Frécain fährt man nur hindurch). Hier hat es nie einen Dogen im Hermelin- und Brokatmantel gegeben, sondern einen Bürgermeister, dessen Palast ein roter Ziegelbau mit einer französischen Fahne auf dem Giebel ist – auf Halbmast, wenn die Linken regieren – und darunter in Stein gemeißelt, in der Comic Sans MS-Schrift, das republikanische Triptychon: Liberté - Égalité - Fraternité. Es gibt auch keine *scuola*, die mit Gemälden von Carpaccio ausgeschmückt ist, sondern eine Vorschule und ein landwirtschaftliches Lyzeum; keine *bácari*, wo man seinen Spritz trinkt; weder ein Quadri noch ein Florian; kein Orchester, das von mittags bis Mitternacht Kantaten, Suiten und Oratorien spielt, sondern ein *bar-tabac*, wo unter Hirschgeweihen die Saufbrüder sich die Eier kratzen, wenn sie auf dem Spieltisch nichts mehr zu kratzen haben. Schlafen in Frécain? Wenn Sie nicht allzu heikel sind, gibt es einen

Gasthof: Der Geschäftsführer heißt Daniel; seine Absteige hat nichts vom Danieli – weder Sand noch Musset, nicht einmal Honoré de Balzac, keiner dieser drei hat sich je die Mühe gemacht, hier zu übernachten. In Frécain gibt es keinen venezianisch-byzantinischen, keinen Renaissance- oder romanischen Stil, keine Gotik, kein Barock, sondern eine Ansammlung gleichartiger Häuser hier und da mitten im Nichts. Der Markusplatz heißt Sainte-Anne, er hat keinen Campanile, keine Basilika in seiner Mitte, sondern eine neugotische, moderne Kirche, ein schmuckloser Klotz aus Stahlbeton; sie bemächtigt sich des Platzes, verleibt ihn sich ein und erdrückt das Dorf mit ihrer schweren Masse; drinnen und draußen ist nichts, so gut wie nichts, das klassische Mobiliar, Kelche, Hostienteller, Ziborium, Osterkerze, Kruzifix, Stühle mit Strohgeflecht, das ist alles. Hätten Sie sich an einem Ostertag nach Frécain verirrt und wären durch das Kirchenportal getreten, hätten Sie weder *Das Opfer des Abraham* noch *Die Hochzeit zu Kana* in der Sakristei noch *Pfingsten* im Kirchenschiff gefunden: In zwanzig Jahrhunderten hat Frécain weder einen Tintoretto noch einen Veronese hervorgebracht, keinen zweit- und, ja, keinen drittklassigen, keinen Jacopo Bellini, der von seinen Söhnen weit übertroffen und im Mehl der Zeit gewendet wurde. Die Künstler des Dorfs finden Sie in der zweiten Straße rechts hinter dem Betonblock, in der Impasse des Lilas 10: Petitpierre und Söhne GmbH, Anstreicher seit drei Generationen. Frécain ist, wie man sieht, nicht die «Hochburg der Religion der Schönheit», niemand hat ein Loblied auf diesen Ort gesungen, kein Maler hat ihn beschrieben, kein Literat gemalt, hier geschieht nichts: Es gibt kein Museum, kein Kino, kein Theater;

keine Disco, wo man bis in die frühen Morgenstunden die Hüften schwingen könnte (hat Venedig auch nicht, oder es gibt nur eine einzige, die aber so klein ist und so versteckt im Dorsoduro liegt, dass niemand hingeht: Aber braucht man wirklich das Getöse vom Plattenteller, wenn die Nächte sich im Takt des plätschernden Wassers gegen die Schwellen der Paläste wiegen?). Frécain, das ist der Arsch der Welt, sagte dein Großvater, wie mir meine Großmutter erzählte. Eine Zugstunde von Paris, zwei Flugstunden von Venedig entfernt.

In Frécain liefen die Geschäfte meines Großvaters gut. Sie machten Pläne, sie sprachen davon, sich in der Normandie niederzulassen, sie würden dort einen Bauernhof kaufen mit einem großen Garten und Weidegrund, auf dem weiße Charolais-Rinder stünden. Sie bauten Luftschlösser, doch die Jahre vergingen, und sie waren noch immer in Frécain, und es kam der Tag, an dem man – wenn man in Venedig gelebt hat – dorthin zurückkehren möchte.

Meine Mutter war zehn Jahre alt, als Michel wieder zu Michele wurde. Zurück auf dem Wasser, hielt er nicht lange durch. In einer Septembernacht verlor er das Gleichgewicht, fiel von seiner Gondel und wurde in den frühen Morgenstunden, wenn die Stadt den Möwen gehört, im schwarzen Wasser der Lagune gefunden. Als ich eines Tages über die venezianische Friedhofsinsel spazierte, entdeckte ich auf einem Grabstein den eingravierten Namen des Mannes, der in der Familie so lange totgeschwiegen wurde. Der Mann, der dort lag, war für mich ein Fremder, aber *von jenem Tag an wurde er für immer mein Großvater.*

Meine Mutter war achtzehn Jahre alt, als sie ihre Koffer packte, um in diese Anhäufung roter Ziegel unter einem grauen Himmel zu reisen, die man in der Umgebung einfach als *die Stadt* bezeichnete. Schließe ich die Augen, sehe ich sie vor mir, wie sie eines Morgens im September am Bahnhof von Amiens ankommt; als sie vor den Bahnhof tritt, erblickt sie die roten Ziegelsteine, den grauen Himmel und den Betonfurunkel, den Auguste Perret erbaut hat; der Turm – lächerlich für jemanden, der in Manhattan aufgewachsen ist, aber weit weniger lächerlich, wenn das Empire State Building der Glockenturm der Kirche von Frécain ist – wirft seinen Angst einflößenden Schatten auf das junge Mädchen mit seiner runden Brille, das sich in der eiligen Kohorte, die die Morgenstunde ausspuckt, verstört umsieht.

Dann lernte sie einen Mann kennen, der mein Vater werden würde. Die beiden bekamen vier Kinder, die lange studieren sollten, ihr ältester Sohn würde Doktor werden, ja, ein Doktor der Rechte, Sie werden schon sehen, doch niemand hat es gesehen, es tut mir leid wegen deiner geplatzten Träume, ich habe nur meine Bücher, und die lege ich dir zu Füßen.

122

Ich rechne mit vielen Vorwürfen, und sie sind berechtigt: Es wird heißen, ich hätte viel über meine Mutter gesprochen, vielleicht sogar etwas zu viel (aber wenn ich einen Teil des Intimen offenbart habe, dann nur um das Private besser zu verbergen). Vielleicht hätte ich von Piekielny sprechen müssen, und zwar ausschließlich von ihm. So war meine ursprüngliche Absicht: nicht gelungen, das Schicksal hat anders entschieden.

Erst beim Schreiben dieses Buchs habe ich begriffen, warum das *Versprechen* – das ich zum ersten Mal in einem Alter gelesen hatte, in dem man sich mit sich selbst nicht auskennt – mich in so hohem Maße fasziniert hatte: Meine Mutter gehörte zur Dynastie der Minas, die Stirn ihres Sohns musste mit Lorbeer bekränzt sein, damit sie sich endlich selbst einen Kranz aufsetzen konnte. Aber Romain hatte *für* seine Mutter angefangen zu schreiben, ich bin dank und *trotz* meiner Mutter Schriftsteller geworden: Was mich heute mitreißt und begeistert und mein Leben ausmacht, das habe ich ohne jeden Zweifel ihr zu verdanken.

123

Ich habe bereits erwähnt, wie wenig ich als Jugendlicher las. Ich erinnere mich gerade mal an eine Schullektüre aus der Zeit vor der Oberstufe: *Der Graf von Monte Christo*. Ich war zwölf, dreizehn Jahre alt, es war Sommer, ich war in Chamonix, wo ich fünf Stunden am Tag trainierte und zwischen zwei Runden auf dem Eis, ausgestreckt auf einem Feldbett in einem Zwölferzimmer, Edmond Dantès zum Gefährten hatte, einen guten Seemann, einen liebenden Sohn, den Verlobten der schönen Mercédès, den ein Komplott ins Château d'If verschlägt. Ohne die Gründe zu kennen, warum er ins Gefängnis geraten ist und wie lange er eingesperrt sein wird, allein und ohne Hoffnung, denkt er darüber nach, sich umzubringen. Dann lernt er eines Tages Faria kennen, einen alten Abbé, den alle für verrückt halten und der es vielleicht auf seine Art auch ein bisschen ist: Um zu fliehen, gräbt Faria seit vielen Jahren einen Tunnel, der aber nicht am Meer endet, sondern in Dantès Kerker. Die beiden Männer freunden sich an, der alte Abbé wird Dantès' Lehrmeister und väterlicher Freund; Faria gelingt es, die Intrige zu rekonstruieren, die seinen unschuldigen «Sohn» in das Gefängnis von Château d'If gebracht hat; als er seinen Tod nahen spürt, vertraut er ihm ein Geheimnis an, das allein er kennt: das Versteck des Spada-Schatzes, der auf der Insel Montecristo vergraben ist. Dann stirbt Faria, und Dantès entkommt (ich sage nicht, wie, ich will den Fortgang der Geschichte nicht *tarasbulbieren*), er findet den Schatz und nimmt Rache.

Als ich zehn Jahre später in Marseille war, besichtigte ich das Château d'If, eine riesige, von drei Türmen flankierte Festung auf einem felsigen Inselchen, dessen Klippen steil ins Meer fallen. Es gab Zellen mit Meerblick, andere ohne, und ich erinnere mich, dass ich mich gefragt habe, was schlimmer sei: zwischen vier Wänden zu leben mit nur einem Stuhl, einem Wasserkrug, Stroh, und wenn man Glück hatte, einigen Ratten, die einem Gesellschaft leisten, oder hinter Gittern mit all dem Blau davor, ohne jemals das Vergnügen zu haben, hineinzuspringen? Berühmte Gefangene hatte es hier gegeben, aber die berühmtesten waren im Kerker gewesen: In diesem hier, sagte der Führer, saß Abbé Faria und in dem anderen, ein Stück weiter, Edmond Dantès. Zwischen diesen beiden Verliesen hatte jemand einen Tunnel gegraben – oder war es vielleicht das Werk der Dumas'schen Romanfiguren? Man wusste es nicht mehr; man wollte es nicht wissen; man wollte dieser Geschichte glauben – und tatsächlich glaubte man daran: Als ich diese beiden miteinander verbundenen Kerker sah, finster, feucht, eng, am helllichten Tag in Nacht und in der Nacht in Grabesruhe gehüllt, empfand ich Mitleid mit Dantès – stell dir vor, sagte ich zu Marion, die mich an jenem Tag begleitete, fast fünfzehn Jahre hat er hier verbracht! –, und dann freute ich mich ganz aufrichtig, dass ihm die Flucht gelungen war.

124

Balzac rief auf seinem Totenbett nach Bianchon, dem Arzt aus der *Menschlichen Komödie*. Nur Bianchon, sagte er, hätte ihn retten können.

125

In Sankt Petersburg kann man das Haus von Raskolnikow besichtigen; in Verona küsst man sich unter Julias Balkon.

126

In der Altstadt von Nizza hängt am Antonia Café an der Place Rosetti eine Tafel: «Antonia, die Zeitungshändlerin, und Jallez, der Absolvent der École normale, die Hauptfiguren aus *La Douceur de la vie* von Jules Romains, verliebten sich ineinander hier auf diesem Platz.»

127

Der Tod von Lucien de Rubempré in *Glanz und Elend der Kurtisanen* sei der größte Kummer seines Lebens gewesen, sagte zur Blütezeit seines Ruhms Oscar Wilde – dem das Leben leider später beibringen sollte, wie Proust schreiben wird, dass es quälendere Schmerzen gibt als die, die uns Bücher zufügen.

128

Beim Tod von Ariane und Solal habe ich geweint.

129

Und ich habe Piekielny gesucht. Ich habe die Szene im Kapitel 7 des *Versprechens* geglaubt. Denn diese Szene liest man nicht, man *sieht* sie. Man sieht euch beide, die traurige Maus, ihren ängstlichen Ausdruck und den tabakverfärbten Spitzbart, und den kleinen Jungen in kurzen Hosen, mit einem Barett, das zu groß für ihn ist, in einer Zwillichjacke und mit Pantinen an den Füßen, mit denen er durch die Straßen von Wilna schlurft. Du trägst Strümpfe bis hoch zu den Knien, du bist neun Jahre alt, und wir sind bei euch in der Großen Pohulanka Nr. 16.

Meine erste Reaktion nach dem *Revisor* – oder genauer, meine zweite, nachdem die Verblüffung sich gelegt hatte – war eine riesige Erleichterung: Piekielny hatte also nicht die Erfahrung der Roten, der Braunen und des Krieges machen müssen und vor allem nicht die des Genickschusses am Rand einer Grube. Die dritte Reaktion war eine riesige Enttäuschung: Er hatte nicht gelebt. Die vierte schließlich war, Gary zur Rechenschaft zu ziehen: Was denn nun? Diese Szene, ihr beide im Treppenhaus und dann bei ihm, du, der du dich mit dem Rahat Lokum vollstopfst, und er, der dich betrachtet, diesen kleinen Wilnaer Jungen ernst betrachtet, der französischer Botschafter, Ritter der Ehrenlegion, berühmter Theaterautor, Ibsen, Gabriele D'Annunzio werden sollte, diese Szene soll also gar nicht stattgefunden haben?

130

Was, mein Romuschka, hättest du wohl geantwortet? Du hättest dich wie immer mit einer Pirouette herausgewunden, du hättest mir gesagt, wichtig sei es, sie zu glauben, und im Übrigen hätte ich sie ja geglaubt, du hättest mir gesagt, genau das sei Literatur, das Eindringen der Fiktion in die Realität, und die gute alte Parade von Boris Vian parodierend, hättest du mir gesagt, sieh mal, mein lieber F.-H., diese Szene ist vollkommen wahr, weil ich sie erfunden habe.

131

Aber hätte dann dieser Monsieur Piekielny mit seiner Schachtel Rahat Lokum, seinem tabakverfärbten Spitzbärtchen, seiner ergreifenden Bitte nur in Garys Kopf existiert? Wo endet die Wahrheit? Wo beginnt die Lüge?

132

Was ist eine Lüge anderes als eine subjektive Variation der Wahrheit?

133

Im Laufe eines Gesprächs antwortet Gary: «Die Wahrheit? Welche Wahrheit? Die Wahrheit ist vielleicht, dass ich nicht existiere. Was existiert, was vielleicht eines Tages zu existieren beginnt, wenn ich viel Glück habe, sind meine Bücher, einige Romane, ein Werk, wenn ich dieses Wort zu benutzen wage. Alles Übrige ist Literatur.»

Und Monsieur Piekielny, ist er Literatur? Ist er *nur* Literatur? Ist er mehr als das?

Ich weiß es nicht.

134

Und wenn er ein Symbol war? Und wenn dieser Monsieur Piekielny für alle Juden von Wilna stand, die während des Krieges massakriert wurden? Und wenn seinen Namen auszusprechen bedeutete, die Toten zu retten, da man die Lebenden nicht hatte retten können, und ein Kaddisch für diese Tausende Männer, Frauen und Kinder zu sprechen?

Die, deren Metier der Tod war, hatten sich voller Eifer bei der Erfüllung ihrer Aufgabe gezeigt, sodass Gary sie nicht alle namentlich nennen konnte, diese Juden, seine Brüder, darum hat er sie in den tabakverfärbten Spitzbart einer von ihm erfundenen, traurigen Maus hineingesteckt, und vielleicht hatte er gedacht, er rette sie kollektiv vor dem Vergessen, ja, ich sehe ihn den Namen Piekielny auf das Blatt schreiben, wobei er sich sagt:

Und durch die Kraft eines Namens
Beginne ich dein Leben neu
Ich bin geboren, um dich zu kennen
Um dich zu benennen

Piekielny

135

Ich bin nach Vilnius zurückgekehrt, wo ich für drei Nächte ein überteuertes Zimmer unterm Dach gemietet habe, es war ohne jeden Charme und rustikal möbliert, doch die Gaube ging hinaus auf den Hof der Jono Basanavičiaus Nr. 18, der früheren Nr. 16 der Großen Pohulanka. In diesem Zimmer bin ich eingenickt, im Traum habe ich noch einmal die berühmte *Apostrophes*-Sendung gesehen, und als ich mitten in der Nacht aufwachte und den Kopf zur Gaube hinausstreckte, habe ich Romain für Roman verlassen: Ich ließ meine Blicke umherstreifen, wo seine kleinen Beine ein Jahrhundert zuvor umhergestreift waren, und ich bebte leicht bei der Vorstellung, dass dieser Hof genau derselbe war, dass das Stück Sternenhimmel, der seinen Schatten darauf warf, derselbe war und nur das Jahrhundert gewechselt hatte.

Als ich am nächsten Morgen aufwachte, leuchtete draußen ein herrlicher Tag: Nach dem Stand der Sonne zu urteilen – deren Strahlen sich im Glas der Wanduhr über dem Bett spiegelten –, war es Mittag. Ich bin hinunter in den Hof gegangen; Kinder liefen hinter einem Ball her; ein Mann mit nacktem Oberkörper polierte ein vorsintflutliches Auto; zwei Katzen räkelten sich, das Licht brach sich, verblich auf ihren Schnurrhaaren, auf ihren glänzenden Schnäuzchen; eine alte Dame stand auf ihrer Türschwelle, ein besticktes Tuch über Kopf und Schultern, beide Hände auf den Knauf eines Stocks gestützt, der nicht einmal ein Stock war, sondern ein armseliger Stecken, ein schlecht zugeschnittenes Stück Holz, das sie womöglich in einem Wald der Umgebung aufgesammelt hatte. Sie hat etwas zu mir gesagt, das ich nicht verstand, ich habe auf Englisch geantwortet, *sorry*, es tut mir leid, ich spreche kein Litauisch. Sprechen Sie Deutsch?, hat sie gefragt. Sie sprach Deutsch, ich radebrechte es, wir hatten eine gemeinsame Sprache. Und dann hat sie mich gefragt, was ich in Vilnius mache, ob ich auf Reisen sei, und *nein*, habe ich gesagt, *nein*, nicht so ganz.

Nicht so ganz: Ich wandele auf den Spuren Romain Garys, eines Schriftstellers. Ich weiß, hat die alte Dame gesagt, jeder kennt ihn. Ich habe ihn nicht persönlich kennengelernt, aber ich habe einige seiner Bücher gelesen. Ich bin hier geboren, 1928, und habe immer hier gelebt. Wollen Sie sagen, habe ich sie gefragt, dass Sie seit 1928 in diesem Haus wohnen? Sie hat genickt. Ich kannte bereits die Antwort, ich wusste, dass sie Nein sagen würde, und dennoch, ich weiß nicht, warum, habe ich ihr die Frage gestellt: Sie haben nicht zufällig einen Mann namens Piekielny gekannt?

Piekielny? Aber natürlich, sagte sie, natürlich habe ich ihn gekannt. Warum? Sind Sie mit ihm verwandt? Es ist lange her. Er ist im Krieg umgekommen, wie die anderen. Und dann deutete sie mit dem Ende ihres Stocks (ihres Holzsteckens) auf ein Fenster im zweiten Stock des Hauses, vor dem wir standen: Hier hat er gewohnt.

136

Es gab nur zwei Möglichkeiten: Entweder machte sie sich lustig über mich, was nicht ausgeschlossen war, oder sie hatte sich eingeredet, Piekielny gekannt zu haben, weil Gary in einem Buch, das *Frühes Versprechen* heißt und das sie gelesen hatte, von ihm erzählt hatte. Auch das war nicht ausgeschlossen, und es konnte sehr gut sein, dass die aus dem literarischen Feld überbordende Fiktion in die Realität eindrang, um sich letztlich mit ihr zu vermischen. Ich kannte das gut.

Ich war zwanzig Jahre alt, knapp über zwanzig, als ich zum ersten Mal *Die Elf* las. Ich weiß nicht, durch welche Empfehlung mir dieses kleine sonnengelbe Buch in die Finger gekommen war, darauf der mir unbekannte Name Michon und darin diese Prosa, die die Sonne selbst war und tief in der Nacht hell aufleuchtete. Denn es war Nacht über Marseille (am Tag hatte ich das Château d'If besichtigt) in dem Zimmer zwei Schritte von der Gare Saint

Charles entfernt, deren endlose Stufen in den Himmel führen, und ich las *Die Elf*, hundertsiebenunddreißig wie vom Himmel gefallene Seiten, die Geschichte eines Auftrags, für das «aus Männern bestehende Bild, zu jener Zeit, als die Bilder aus Tugenden zu bestehen pflegten», das berühmte Gemälde der *Elf*, auf dem man den Wohlfahrtsausschuss sieht, das «weltliche Abendmahl», so wie Michelet es deutete, so wie François-Élie Corentin, der «Tiepolo des Schreckens», es gemalt hat.

Auch ich hatte dieses Gemälde gesehen. Ich sah mich wieder einige Jahre zuvor im Louvre, im Pavillon de Flore, im großen Saal, wo es, wie uns Michon erinnert, «unter Ausschluss jedes anderen Bildes» hängt. Meine Erinnerung war vage, ich hätte nicht sagen können, wie viele Jahre es zurücklag, und auch nicht, wie das Gemälde aussah, doch die sonnige Lektüre in der Nacht ließ seine Farben wieder lebendig werden, und allmählich sah ich sie wieder, die Elf, den «Großen Ausschuss des Großen Schreckens», ich sah erneut den Zivilrock und die Stiefel von Billaud, die Houppelande, den Zivilrock und die Stiefel von Carnot, den Federbusch auf dem Kopf von Prieur, auf dem Tisch den Federbusch des anderen Prieur, die nutzlosen Schnallenschuhe an den Füßen von Couthon, die Schnallenschuhe an den Füßen von Robespierre, die Houppelande von Collot, den Zivilrock von Barère, die Schnallenschuhe von Lindet, das Goldgewand von Saint-Just und Jean Bon Saint-André mit dem Federbusch in der Hand. Ich las *Die Elf*, und die Elf standen wieder vor mir im Zimmer von Marseille, unveränderlich und aufrecht wie auf Corentins Gemälde. Wie gesagt, ich war mir sicher, dieses Gemälde gesehen zu haben. Ich wollte es mir erneut ansehen. Der frühe Morgen sah mich die Stufen von Saint Charles hinaufgehen, nicht um zum Himmel zu gelangen, sondern nach Paris, wo ich an der Gare de Lyon die Metro zum Louvre nahm, dann kaufte ich eine Eintrittskarte für das Museum, wo ich den Wächter bat, mir den Weg zum Pavillon de Flore zu erklären. In die Richtung, sagte er und deutete auf die venezianische Art vage mit dem Finger. An der *Venus von Milo* eilte ich pfeilschnell vorbei und stellte mir vor, dass sie wegen meiner fehlenden Ehrerbietung schmollte, dass sie mit dem Gedanken spielte, mir den Stinkefinger zu zeigen, sich dann aber anders besann; auch an der *Nike von Samothrake* sauste ich vorbei, ohne sie eines Blickes zu würdigen; ein wenig weiter segnete Napoléon in Krönungsrobe Joséphine; *Die große Odaliske* wand sich lasziv um; die Freiheit lenkte meine Schritte zu den *Elf*, doch die *Elf* entzogen sich meinem Blick; ich ging zurück zur Mona Lisa, die seit fünfhundert Jahren wunderbarerweise ein Gesicht zieht (ein Lächeln? Das da?), und ich sah sie kaum auf den Displays, durch die die Japaner sie betrachteten und glückselig anlächelten; es war nicht wichtig, *La Gioconda* war mir egal: Ich war wegen der *Elf* hier, wegen des Gemäldes von Corentin, doch Corentin, sagte mir ein Wächter, den ich fragte, wo zum Teufel dieses Gemälde hänge, Corentin gebe es nicht, habe es nie gegeben, ebenso wenig wie das von Michon erfundene Gemälde, erfunden ganz und gar, Monsieur, und Sie sind nicht der Einzige, der in die Falle gegangen ist.

137

Wenn ich mich eine Nacht lang vage und dann immer deutlicher an das fiktive Gemälde eines fiktiven Malers erinnern konnte, wenn ich mir sicher war, es schon einmal gesehen zu haben, dieses Gemälde, und es am nächsten Tag vergeblich fast überall im Louvre suchte, war es nicht ausgeschlossen, dass die alte Dame im Laufe ihres Lebens nach der Lektüre des *Versprechens* von der Existenz eines gewissen Piekielny überzeugt war, und weil sie zu dieser Fiktion ihre eigene Fiktion hinzufabulierte, erhob sie ihn unbewusst in den Rang einer realen Person. Kurzum, sie glaubte, ihn gekannt zu haben, weil Gary schwarz auf weiß geschrieben hatte, dass er zu einer Zeit in der Großen Pohulanka Nr. 16 lebte, als auch sie bereits dort wohnte. Doch sie wusste nicht, was ich wusste: Sie wusste nicht, dass Gary Piekielny erfunden oder vielmehr dem Gogol'schen *Revisor* entlehnt hatte, um ihn auf seine Weise neu zu erfinden – das zumindest glaubte ich. Denn es gab eine andere Hypothese, an die ich erstaunlicherweise nicht gedacht hatte.

138

Es scheint, dass man an der Schwelle des Todes blitzartig sein Leben in Rückblenden bis zu der ersten Erinnerung an sich vorbeiziehen sieht. Was hat er, Romain Gary, gesehen, in dem roten Morgenrock und blauen Hemd, am Dienstag, den 2. Dezember 1980?

Hat er Big Sur gesehen, den Strand, die Seehunde, die Wellen, seinen Bruder, das Meer? Hat er Frankreich gesehen? Die Schwäche, die «Nein» sagt zu der Kraft in diesem General, der sie verkörpert hatte? Hat er den alten klapprigen Renault des Taxifahrers Rinaldi gesehen, seine Mutter in Salon-de-Provence? Die Promenade des Anglais? Die Baie des Anges? Die Hôtel-Pension Mermonts? Hat er Warschau gesehen? Gogols Schnurrbart? Und Vilnius? Das Vilnius von heute oder das von damals, als es Wilna oder Wilno hieß? Den Hof der Großen Pohulanka? Seine Kinderschuhe?

Und wer könnte sagen, ob er nicht als Letztes seine kleinen Füße im Schatten eines tabakverfärbten Spitzbarts sah?

139

Über *die Gründe seiner Tat* hat man lang diskutiert. Warum jagt man sich eine Kugel in den Kopf, wenn man Romain Gary ist? Es hieß, er habe Verantwortung und Liebe für andere empfunden und diese Bürde habe ihn gebeugt; das Unglück der Welt habe ihn noch stärker angegriffen als sein persönliches Unglück; bereits seit Langem habe die schwarze, die Nerval'sche Sonne der Melancholie auf ihm gelastet; das Doppel-Ich Gary-Ajar habe ihn aufgezehrt; er habe *noch Leben vor sich* gehabt, einverstanden, aber genau dahinter, im Hinterhalt, den Tod, den Todesstoß mit fünf Patronen in der Trommel; die *Toska*, die ein stärkerer, ein slawischerer Spleen ist, habe ihn mit sich gerissen. Und dann hat man behauptet, er habe Angst vor dem Alter gehabt; Angst vor den Tagen, die sich beharrlich anhäufen, dann zusammensacken und mit einem Schlag wegbrechen; vor dem schwarz-weißen Getöse des Todes. Er selbst hat in seinem letzten Brief erklärt, «keine Verbindung mit Jean Seberg», er habe sich «blendend amüsiert» und «letztlich alles gesagt» – aber ist das möglich? Man kann sich in Mutmaßungen verlieren. Man kann aber auch erneut die Korrespondenz zwischen Romain Gary und Raymond Aron lesen.

140

Die beiden kannten sich seit der Ton- und Licht-Show im verwüsteten London, seit der Zeit der kleinen Raketen aus Berlin. Der eine und der andere kämpften für Frankreich, Aron auf den Seiten einer Zeitung und Gary am Himmel, und der eine und der andere schrieben: der Erste im verheerten London bekam vom Zweiten Novellen geschickt, die er veröffentlichte. Dann las er das Manuskript von *Europäische Erziehung* und verhieß dem Autor eine «große literarische Karriere», wünschte ihm allen Erfolg der Welt und sah seinen Wunsch erfüllt: Man kennt den glückhaften Weg, den Garys erster Roman genommen hat und über den er sich überrascht äußerte: «Mein lieber Raymond, was geschieht da? Mein Gott, was geschieht da?»

Fünfunddreißig Jahre später ließ Gary ihm seinen neuesten Roman mit einer beifälligen Widmung zukommen. Der Kreis war geschlossen, und Aron schickte ihm zum Dank den Brief zurück, den er 1945 von ihm erhalten hatte. Auf einer Visitenkarte, datiert mit dem *29.XI.80*, vier Tage vor dem großen Flashback, sandte ihm Gary folgende Antwort: «Danke, lieber Raymond Aron, für diesen Brief, der mich an die Tage erinnert, als ich noch ‹daran› glaubte: an den literarischen Ruhm, an Berühmtheit etc. etc. Unterdessen ist alles zu ‹etc. etc.› geworden (...) Ihr treu ergebener ...»

Vielleicht muss man letztendlich nicht weitersuchen: Gary hatte an die Literatur geglaubt, die das Leben selbst war, die in das Leben hineinfloss und sich mit ihm vermischte; er hatte geglaubt, die Literatur triumphiere über das Leben, und nun glaubte er es nicht mehr. Die Flamme auf dem Altar war erloschen. Die Literatur leuchtete nicht mehr in der Nacht.

141

Im Laufe eines Lebens reist man viel. Jedenfalls ist Romain Gary viel gereist. Man reist auch nach dem Tod viel – zumindest wenn man Romain Gary ist. Man bringt Sie von der Rue du Bac in den Innenhof der Invalides, in einem hölzernen Sarg unter der Trikolore, dann in die Kathedrale Saint-Louis, wo man vor den Gebeten und den Trommelwirbeln die *Marseillaise* auf Polnisch singt. Nun zum Père-Lachaise, wo sich Ihnen zwei Möglichkeiten bieten: die Gruft, die man schließt, um Blumen darauf zu stellen; und das Krematorium, das Sie der Gruft vorgezogen haben. Und dann glaubt man, es sei vorbei, aber nein, man muss noch den Zug und das Auto nehmen, dann das Schiff und hinaus aufs offene Meer, wo man in der Bucht von Roquebrune Ihre Asche verstreut, und das war's.

Darauf also reduziert sich Ihr Leben, das Leben eines Mannes, dem das Leben ein frühes Versprechen gegeben hat, das es niemals einhält, ein Mann, der nacheinander Flieger, Diplomat und Schriftsteller war, der zum Ritter geschlagen, beweihräuchert und gering geschätzt wurde, ein bewundernswerter großer Haufen an Geheimnissen voller Freuden, Ängsten und Leid: ein kleiner Haufen Asche, der in die Wellen und den Wind gestreut wird, ein bisschen Grau in ein bisschen mehr Blau.

142

Doch es bleiben uns seine Seiten, die wir unzweifelhaft vor Augen haben – jedenfalls ich vor meinen. Ich beende dieses Buch, das sich zu den Auslegungen hinzufügt, ich füge dem *Versprechen* einen Nachtrag hinzu, den ich nach Roquebrune mitnehme, wo definitiv alles endet.

143

Ich bin dort eines Morgens im November am Bahnhof angekommen. Von Nizza aus führen die Gleise an der Küste entlang, als zeichneten sie ihre Konturen nach. Villefranche-sur-Mer, Beaulieu-sur-Mer, Cap-d'Ail und Monaco folgen aufeinander, man lässt sie hinter sich, und schon ist man da, Roquebrune-Cap-Martin, man steigt aus dem Zug, läuft, steigt schmale Wege hinauf zwischen Zypressen, Mimosen, Feigenbäumen und noch anderen Bäumen, deren Namen ich nicht kenne. Das Dorf befindet sich oben, etwas tiefer zu seiner Rechten liegt Monaco, Menton zu seiner Linken, der Mont Agel in seinem Rücken und davor, ganz im Süden, majestätisch und so weit das Auge reicht, das riesige, blaue Meer.

Gässchen führen hinauf zur Festung, die zehn Jahrhunderte alt ist, zum Olivenbaum, der doppelt so alt sein soll, und zum Atelier eines alten Mannes, weißer Schnauzbart, weißes Haar, zwei lachende, von Brillengläsern umrahmte Augen, matte baumrindenähnliche Haut, als hätte er sie nach eigenem Belieben gestaltet: Er heißt Julien, er ist Holzbildhauer. Auf seiner Werkbank Pinsel, ein Kompass, Hohlmeißel, eine Säge, ein Holzhammer, andere Werkzeuge (ein Reißmaß? Ein Grundhobel? Ein Falzhobel?), die er benennt und deren Verwendung mir unbekannt ist, eine Lampe mit einem Schirm aus Stroh; Licht und Schatten auf den Mauern aus Bruchstein; überall auf dem Boden Sägemehl und Hobelspäne. Ich lebe seit 1959 hier, sagt er in diesem Atelier, das zwei Schritte von der Festung entfernt ist. Ich frage ihn, ob er Romain Gary gekannt habe. Nicht sonderlich gut, entgegnet er, ich kannte vor allem Madame Gary (so nennt er Lesley Blanch). Eine schöne Frau. Den Konsul sah man nicht so oft. Nur im Sommer, sehr früh morgens oder am späten Nachmittag. Manchmal ging er da unten in Morgenrock und Mokassins spazieren, er lehnte sich mit Blick aufs Meer an den Olivenbaum neben der Kapelle. Stunden verharrte er dort, Gott weiß, worauf er wartete – ich jedenfalls habe es nie erfahren.

Würde man es je erfahren?

144

Dafür müssen wir in den Sommer 1959 zurückkehren. Es riecht nach Jasmin, nach Lilien; die Zikaden lassen unermüdlich ihre Zimbeln erklingen; Gary am Olivenbaum mit dem Meer vor sich sagt nichts. Ich stelle mir vor, dass er früh aufgestanden ist; dass er die schmalen Wege zwischen den Zypressen, den Mimosen, den Feigenbäumen und den anderen Bäumen gegangen ist, deren Namen er sicherlich in drei Sprachen kannte; dass er barfuß, mit weit offenem Hemd gegangen ist, mit den Mokassins in der Hand auf dem noch kühlen Sand; dass er lange im Meer geschwommen ist, lange die Sonne genossen, die Vögel oben am Himmel beobachtet hat, die himmlische Kavallerie, die vor blauem Grund die Flügel ausbreitet; dass er dann nach Hause gegangen ist, um sein Kapitel 7 fertig zu schreiben, und sich gesagt hat, nun zu uns beiden, Piekielny. Und er hat einen Blick auf die noch weißen Blätter geworfen, einen weiteren auf die Hängematte, und mit dem Gedanken, dass letztendlich nichts dränge, hat er eine Siesta gemacht oder Gauloises geraucht und das Azur betrachtet, das Meer, das wie ein Blatt knittriges Aluminium glitzert. Und dann hat er gelesen beziehungsweise sich selbst noch einmal gelesen, wie man sich selbst lesen muss, ohne Selbstgefälligkeit und ohne Eile, unermüdlich, wie die Zikaden singen. Vielleicht hat er wieder gelitten unter dem «gutmütigen Gelächter der ‹bourgeoisen Drecksbande›», hat seinen Morgenrock übergeworfen und ist in seine Mokassins geschlüpft, hat den kleinen Julien gegrüßt, dessen junge Hände bereits mit einem Grundhobel das Holz bearbeiten. Und dann ist er über den Chemin de Menton und die Rue de la Fontaine bis zum Olivenbaum gegenüber dem stets blauen Meer gegangen, wo er noch immer nichts sagt.

Woran denkt er wohl? An den puren Überschwang, an diesen etwas nüchternen Rausch, der das Schreiben ausmacht, wenn die Worte auf die Seite fallen wie der Schnee im Winter auf die Dächer von Vilnius. An die Opfer seiner Mutter. An das, was sie hundertfach aufwiegt, an den Reichtum und die Frauen, an *die strahlende Trauer des Glücks*. An die Zikaden. An den sich verändernden Himmel. An traurige Mäuse. An vieles andere, was wir niemals erfahren werden.

Jetzt aber, er tut nun schon eine Weile nichts, es ist Zeit, nach Hause zu gehen. Zu uns beiden, Piekielny. Er kehrt zurück zu seiner Kammer mit den zerfallenen Wänden; der Abendwind verfängt sich darin, wie der Winterwind sich unter dem Torbogen in Wilna verfing; in der Ferne hört man die Zikaden, das Plätschern des Meeres, die Skandierung des schwindenden Tages; Gary hockt im Schneidersitz zwischen den Blättern, den Stiften, er wird schreiben. Das Meer schimmert unter dem Mond. Er schreibt.

Oben auf die Seite schreibt er: *Kapitel 7*. Und darunter, genau darunter: *Die dramatische Enthüllung meiner zukünftigen Berühmtheit hatte nicht auf alle Mieter der Großen Pohulanka Nr. 16 die gleiche zwerchfellerschütternde Wirkung gehabt. Unter ihnen war ein gewisser …* Und schon sehen wir sie vor uns, die traurige Maus, und sie lächelt: Sie bleibt auf der Treppe stehen und betrachtet feierlich, ja, respektvoll, den kleinen Jungen aus Wilna, der Botschafter werden wird, vielleicht sogar Schriftsteller, *ein bedeutender Mann*, der die Großen dieser Welt kennenlernen und vor ihnen die neun Buchstaben P-I-E-K-I-E-L-N-Y aussprechen, sie in ein Buch hineinschreiben wird, und wenn dieses Buch Erfolg haben sollte, so träumt er, wäre sein Name vielleicht der Vorhölle des Vergessens entrissen und ebenso lang von Ruhm erfüllt, wie es Menschen gebe, die ihn lesen, aussprechen und niemals vergessen.

Darum also flammt in diesem Augenblick so etwas wie heimliche Freude in seinem Blick auf, in Piekielnys. Das also denkt er insgeheim, und darum huscht unwillkürlich ein Lächeln über sein Gesicht. Er tätschelt die Wange des kleinen Roman und äußert dann die flehentliche Bitte. Den Herzensschrei. Der kleine Roman hört den Namen der Maus, und wir hören als Widerhall das Hugo'sche, das Rabelais'sche Lachen von Gary, das große innere Lachen, das mit Schluchzen einhergeht: Die Erinnerung an diesen Namen, das Schicksal des Mannes, das ihn nach Wilna versetzte, die winzig kurze und empörende Zeit eines Lebens finden in Gänze Platz auf der Spitze eines Federhalters.

145

Sind Sie sich sicher, fragte ich die alte Dame, dass hier in der Großen Pohulanka Nr. 16 ein Piekielny gewohnt hat? Sie nickte. Nun ja, erklärte sie, Piekielny war sein Spitzname. Alle hatten einen Spitznamen. Er bedeutet *höllisch* auf Polnisch. Er war dermaßen zurückhaltend, dass er seit jeher so genannt wurde. Das war natürlich ironisch gemeint. Um sich über ihn lustig zu machen. Er hatte sich damit abgefunden und stellte sich schließlich selbst als Herr Piekielny vor. Aber seinen richtigen Namen habe ich vergessen. Ansonsten … ach, warten Sie mal, einen Moment. Dzięgiel. Ja, genau. Ich glaube, er hieß Dzięgiel.

146

Ich hätte mich wieder ins Archiv begeben und das Melderegister der Großen Pohulanka einsehen können, um auf der Stelle zu überprüfen, ob dieser Dzięgiel, *genannt* Piekielny, darin eingetragen war. Doch es missfiel mir nicht, dass letzten Endes alles in ein Geheimnis gehüllt war, das für immer im Nebel der Vergangenheit verborgen bleiben sollte. Letztendlich bedeutete es mir wenig zu wissen, ob er *tatsächlich* gelebt hatte, ob er aus der wohlbekannten Hand Garys hervorgegangen war oder aus etwas anderem, aus dem Bauch einer Frau, die niemand mehr kennt: Wenn er denn nur aus Tinte und Papier war, bedeutete das den unzweifelhaften, glänzenden Triumph der Literatur *durch* die Fiktion.

Aber wenn er doch *in echt* existiert hatte, wie die Kinder sagen? Wenn aus diesem Körper, der auf den Scheiterhaufen von Klooga zu Asche reduziert wurde oder in den von Stacheldraht umgebenen Steckrübenebenen Polens in Rauch aufgegangen war oder, wahrscheinlicher, im Zwergwald von Ponar am Fuße großer Bäume gefallen war, wenn Gary also aus diesem Körper einen Körper aus Worten gemacht hatte? Auch dann würde die Literatur triumphieren, in diesem Fall *durch* die Wirklichkeit.

Manches Mal behauptet man, sie vermöge nicht sonderlich viel, sie bewirke nichts gegen den Krieg, gegen die Ungerechtigkeit und die Allmacht der Finanzmärkte – und das stimmt vielleicht sogar. Doch zumindest vermag sie dies: dass ein junger Franzose, den es nach Vilnius verschlägt, den Namen eines kleines Mannes ausspricht, der siebzig Jahre zuvor in eine Grube geworfen oder in einem Ofen verbrannt wurde – eine traurige Maus mit scharlachroter Haut, von Kugeln durchlöchert oder in Rauch aufgegangen, die aber weder die Nazis noch die Zeit vollständig auslöschen konnten, weil ein Schriftsteller sie dem Vergessen enthoben hat.

147

Gary schreibt Piekielnys Namen auf das Papier. Lässt er ihn lebendig werden? Erneut lebendig werden? Aus den Tiefen seiner Erinnerung erwachen? Oder aber kommt das aus größerer Ferne, aus dem Imaginären, das sich wundersam entfaltet, um die Wirklichkeit zu unterwerfen? Ich weiß es nicht. Er ist allmächtig. Er schreibt. Er denkt allein daran: Schreiben. Die Welt in sechsundzwanzig Buchstaben festhalten und sie unter sein Gesetz zwingen.

Dank

Mein Dank gilt dem *Centre national du livre* und den *Missions Stendhal* des Institut français,

Dalija Epstein und Loïc Salfati,

Elžbeta Šimelevičienė, Dalius Žižys und den Archiven Litauens,

Myriam Anissimov, Paul Audi, Lesley Blanch, Joseph Bulov, Dominique Bona, Marc Dvorjetski, Roger Grenier, Irina Guzenberg, Jean-François Hangouët, Maeva Likern, Henri Minczeles, Paul Pavlowitch, Yitskhok Rudashevski und Abraham Sutzkever für ihre so wertvollen Seiten.

Jean-Marie Laclavetine und Anne Vijoux.

Abbildungsnachweis

Abb. S. 21: Adagp, Paris 2017 für das Werk von Romualdas Kvintas / photo www.vilnius-tourisme.lt; Abb. S. 49: Musée Jacquemart-André / Institut de France / Scala, Florenz; Abb. S. 74, 84, 90, 148: Fotos des Autors; Abb. S. 120: Collection Sylvia Stave Agid / Foto Patrick Léger; Abb. S. 122: Privatsammlung; Abb. S. 193: Louis Monier / Gamma-Rapho; Abb. S. 228: Evans / Three Lions / Getty Images.

Zitatnachweis

Aus folgenden Werken wurde zitiert:

Romain Gary, Frühes Versprechen, Schirmer Graf Verlag, München 2008, Übersetzung: Giò Waeckerlin Induni.

Romain Gary, Die Wurzeln des Himmels, Nachdruck von Piper Verlag 1957, München 1985, Übersetzung: Lilly von Sauter.

Romain Gary, Du hast das Leben vor dir, Edition Blau im Rotpunktverlag, Zürich 2017, Neuübersetzung: Christoph Roeber.

Nikolaj Gogol, Die toten Seelen, dtv, München 1982, Übersetzung: Fred Ottow.

Nikolaj Gogol, Taras Bulba, zitiert nach Projekt Gutenberg im Netz.

Nikolaj Gogol, Der Revisor, Philipp Reclam jun. GmbH & Co. KG, Stuttgart 1996, Übersetzung: Bodo Zelinsky. Daraus 4. Aufzug, Szene 7.

Albert Cohen, Die Schöne des Herrn, Klett-Cotta, Stuttgart 2012, Übersetzung: Helmut Kossodo, überarbeitet von Michael von Killisch-Horn.

Gustave Flaubert, Madame Bovary, Hanser Verlag, München 2012, Übersetzung: Elisabeth Edl.

Gustave Flaubert, Salambo, nach Internet zitiert.

Franz Kafka, Der Prozess, Fischer Bücherei, Frankfurt am Main 1960.

Patrick Modiano, Dora Bruder, Hanser Verlag, München 1998, Übersetzung: Elisabeth Edl.

Pierre Michon, Die Elf, Suhrkamp, Berlin 2013, Übersetzung: Eva Moldenhauer.